浩气飞腾耀紫英，

天河如雪剑如冰。

红尘不解三生梦，

同上琼华拜玉清。

——管平潮

管平潮 / 作品

姚壮宪 / 监制

北京联合出版公司
Beijing United Publishing Co.,Ltd.

仙剑奇侠传 肆

# 目录

## 第一章 初涉江湖，轻谈诛心之剑

韩菱纱心中想，这小野人，不通世事，怎会懂悲伤？

从青鸾峰的紫云架下来，云天河和韩菱纱便看见前面有个村子，和黄山脚下其他乡村相似。这村子并不大，但气氛宁静和谐，正是皖地典型的农家田园。

“哎呀！”走得好好的少年，忽然大叫一声。

“怎么了？怎么了？”韩菱纱忽听少年大叫，既吃惊又期待，“是有人打架吗？”她挽挽袖子，朝云天河凝视的方向张望。可是看了一会儿，她发现那边只是有些村人走动，并没有什么新鲜好玩的。

“到底怎么啦？”看着惊呆的云天河，少女很期待从他嘴里说出什么惊人的发现。

在少女的期盼中，呆愣半晌的少年忽然蹦出一句话：“好多人啊！”

“啊？”韩菱纱不甘心地问道，“除了好多人，还有呢？”

“没有啦！怎么了？”云天河看着韩菱纱，“咦？你脸怎么了？绷得这么紧，是跟谁生气吗？你要知道，你生气的样子可不太好看。”

“你！”韩菱纱努力控制自己的情绪，“我——没——生——气！”

“我说嘛！”云天河一副理所当然的样子，“看见这么多人，该惊呆了才是，怎么会生气呢？咦？对了，你怎么没惊呆啊？”

“云天河！你是不是呆子啊？只是人多嘛，有什么值得——”刚说到这里，韩菱纱突然醒悟过来，哎呀，还真是错怪他啦。这野人，从小在深山高崖上待着，看野猪的机会可比看人多，也难怪他一惊一乍的。

心中想明白，她的脸色便柔和下来，好言说道："你不用吃惊啦，只是人多而已。咱们今后行走江湖，还会碰见更多更有意思的人呢！"

"是吗？"少年听了这话莫名地兴奋，"人多好！人多好！我一年见的人，都没对面那些人多！"

韩菱纱听闻此言，心中暗笑：我就说嘛，在这野人心目中，恐怕山中老虎豹子都不及人珍贵吧。

一边说着，二人也走近了前面的村子。这座村子名叫太平村，在青鸾峰的脚下依山而建。云天河和韩菱纱下山的那天，正好是端午。按照皖地的风俗，太平村中正在举行"跳钟馗"活动。钟馗是驱鬼逐邪之神，人们跳钟馗便有送孤除煞之意。太平村的村民都相信，扮过钟馗神，跳过除煞舞，再驱逐五个同样也是人扮的小鬼之后，就能送走一切孤魂野鬼，保佑村民接下来一年里安居乐业了。

再说云天河二人。当他们走过村口的那棵大槐树，正巧看到太平村的村民正簇拥着一位巨汉扮演的红衣钟馗，威风凛凛地朝村东边的祠堂走去。

"哇！"云天河眼睛瞪圆，又是一声大叫！

这一次，韩菱纱没再吃惊，她静静地等少年的下文——只听少年叫道："人好多！好多人！"

果然如自己心中所想！韩菱纱心中生出成就感。她白了少年一眼："大惊小怪的，看来你真的没见过人多啊！"

"当然没见过！"云天河理直气壮地道，"这么久，也只见过你和我爹。"

"这我倒忘了……"本来暗中嗤笑他的少女，听到这句话，竟有点负罪感。她注视着少年，想从他的眼神中看出一丝悲伤，却什么也没看到。韩菱纱心想：还是我想多了。这小野人，不通世事，怎会懂悲伤？

心中这般想，韩菱纱的神色恢复了正常，"就说你是土包子，别东张西望的，小心招来麻烦！"她嗔笑着提醒。

很明显，云天河对她好心的提示充耳不闻，"菱纱，快看快看！"云天河指着正簇拥着"钟馗"的那群人，新奇地叫道，"中间那个！快看，那个穿红衣的，是不是他们的大王？"

"哼！果然没在听我说话！"韩菱纱没好气地道，"什么大王小鬼！又在说傻话！"

“呵呵，原来你不懂啊！”云天河看着少女，一脸“你很无知”的表情，滔滔不绝地说道，“山里的猴子，都会跟着最厉害的猴王。你看那个红衣服的，要不是老大，干吗一堆人围着他？”

“傻瓜，我看你干脆去当猴子算了！”

韩菱纱听云天河开口闭口就是山中的那一套，有点生气。不过，她转念一想，这“小野人”还是她哄骗下山的，心就软了几分。她看着云天河，想了想，认真地说道：“天河，你记住了，山下和山上是不一样的。我们在此人世，行走江湖，不是只比谁的拳头硬的。这世上，凡事都要讲个规矩，就像老百姓要听当官的，当官的要听皇帝的。”

“黄弟？”云天河闻言一愣，“那个叫‘黄弟’的，很厉害吗？剑法如何？”

“你！”韩菱纱一滞，怒道，“你究竟有没有在听我说话？”

“我在听啊！”云天河见少女生气，一脸茫然，“我很认真地在听呢。因为以后我跟你‘行走江湖’，再也看不到野猪，只能跟你相依为命了。但‘黄弟’是谁？我真的不懂啊，为什么那些当官的都要听他的——是真的因为他的剑法厉害吗？”

“谁跟你相依为命？你还是挂念着你那些野猪好了！”韩菱纱一副气呼呼的样子。不过，片刻后，她忽然想到自己这样子倒像是在吃醋，还是吃野猪的醋，不由得笑了。这一笑，心情也就好多了，便耐心地跟少年解释：“皇帝是人，天下最尊贵的人。他厉害，并不是因为他懂什么上好的剑法，而是管着所有的官。所有的官都要听他的，谁不听，皇帝就会让谁官变小、做不了官，甚至坐牢、杀头。”

“杀头？”云天河一吐舌头，“那就和我以前杀野猪一样了。那时候我很凶的，那这个‘黄弟’也真凶啊。我杀猪，他杀官！”

韩菱纱忍俊不禁，扑哧一声笑出来：“你……说话还真有趣！不过，你敢说皇帝凶，真大胆，不怕他杀你吗？”

“为什么怕？”云天河挺起胸膛，昂然道，“你不是说‘黄弟’不杀猪，只杀官吗？我既不是猪，又不是官，怕啥？”

“好吧！”韩菱纱憋着笑，“你不是猪，也不是官，不过还是要小心了，皇帝的权力很大的，只要他一声令下，成千上万的人都得掉脑袋！”

“这么厉害？”云天河倒吸了一口冷气，“那不是已经到了爹说的‘以气御剑’的境界？你还说他不懂上好的剑法！”

“哎呀，根本不是一回事嘛！”韩菱纱蓦然发现，跟少年认真说话真是一个错误，再说下去，她可能要被气死。发现这个可怕的事实后，她道：“你啊，少问一些有的没的！天色不早了，我们先找个地方歇息，然后商量下接下来要去哪里。”

“找地方？”云天河又是一脸茫然，他指着对面成片的村舍，奇怪地问道，“为什么要找？不用找啊，这儿这么多房子，我随便睡哪间都行。”

“天啊！”韩菱纱终于觉得自己快要崩溃了，“傻瓜！傻瓜！大傻瓜！房子再多也是别人的，主人不同意你就进去住，是想做强盗啊？是不是还想顺手找点东西拿……停！接下来你别问我‘强盗’是什么，反正在山下你什么都不懂，一个‘不懂’和两个三个‘不懂’也没差啦！”

“哦。”见少女一副抓狂的样子，云天河虽然还有很多疑问，但担心少女不高兴，就没再说什么。他们又往前溜达了一阵儿，才安静了片刻的少年又叫道：“菱纱，我饿死了，想吃东西。”

“哼！”才清静了一会儿的少女，没好气地答道，“别满嘴死啊死的，你哪有这么脆弱！这太平村地方小，也没客栈，我们借住在村长家好了。他家院子宽敞，屋子大，既然是一村之长，住在他家也安全。”很显然，韩菱纱行走江湖的经验果然丰富。

但很明显，云天河不会注意到这一点，问道：“村长家有好东西吃吗？”

“……”韩菱纱有些无语，“你就知道吃！唉，我现在就去找村长，你别跟来了，免得添乱。”

“好啊。那我就去看那个穿红衣服的。”云天河望望那边被众人簇拥着的红衣花脸大汉，觉得现在只有他才能让自己转移饥肠辘辘的感觉。

听他这么说，韩菱纱应了一声。可是正要走开时，她忽然觉得有什么地方不对劲。想了想，她才明白问题出在哪里，“听好了！”只见灵丽的少女双手叉腰，郑重其事地叮嘱道，“你有什么事，一定要等我回来再说。你，不——许——惹——麻——烦！”

“放心，我最不喜欢惹麻烦，又不抵吃。再说，那些人我又不认识。”云天河这时倒答得十分顺溜。

“那就好！我走了，记得你答应我的话！”韩菱纱气哼哼地走了。

等走得远了，快看见上山前就打听到的村长家屋顶，她心里忽然冒出个念头：“真的不会惹麻烦吗？”

虽然她还在往前走着，可心里总有一种不祥的预感……

# 第二章 牛刀小试，奋勇吞粽杀鸡

对拥挤的人群，他感到无限地新奇，甚至还觉出几分让人感动的温暖。

其实，对于云天河来说，本就是半大的少年，再加上自幼独居深山，这回初次下山，可以说他对什么都感到新奇。而这太平村，正值端午节，平时大门不出二门不迈的大姑娘小媳妇，也都收拾收拾、打扮打扮出门了；那平时不常来这偏僻村子的货郎们也来了，和本地做些小本买卖的生意人一起，从大清早起就把这村子的大街小路两边占住，摆起了摊，十分热闹。

熙熙攘攘的人流，对一般人来说是困扰，很容易引起烦躁。但这样的常理，在云天河这里根本不适用。对拥挤的人群，他感到无限地新奇，甚至还觉出几分让人感动的温暖。随着端午节的乡村人流，云天河到处闲逛，没多久就路过一个粽子摊。当他看到简陋的摊子撑杆上挂着几串粽子时，顿时眼睛一亮，努力挣脱了人流的裹挟，来到粽子摊前站住。

云天河来的时候，那个名叫李慎的中年摊主正在卖力地吆喝："又香又好吃的粽子啰！瞧一瞧看一看啰！"虽然正值端午，粽子是应节的食物，本应好卖，但正因为如此，今天这太平村中的粽子摊便如雨后春笋般冒出，所以这位李慎的粽子摊，生意并不好。尽管他吆喝得十分卖力，却并没多少人驻足。

所以，当李慎看见云天河停下来观看时，顿时眼睛一亮，忙鼓足中气，招呼道："这位小哥，一看就是走南闯北好见识的！我这李家香粽，独家秘方调制糯米，只有端午节才能吃得到，绝对好吃！过了这村可就没这店了！"

云天河本就肚饿，一听李摊主说好吃，立马凑到近前。

见少年一副垂涎欲滴的模样，李慎暗自得意，更加殷勤。他亲手拿起一只正在热水中蒸煮保温的青碧苇叶香粽，递到少年跟前，赔笑道："嘿嘿，小哥拿这个先尝尝看吧！"

"这个真的好吃？"面对李慎的殷勤，"精明"的少年摆出一副"我山里人，你不要骗我"的表情。

"哈哈，当然！"李慎拍着胸脯道，"绝不哄你，真个好吃的。"

说起来，因为竞争激烈，李慎这粽摊一上午还没怎么开张，他决定好好做这笔生意，便打起全副精神，察言观色，看了片刻又对少年说道："看小兄弟这打扮，一定是附近村子里的猎户吧？居然不清楚我李家这块大好的招牌！小兄弟恐怕不知道，我们村里端午节有个习俗，每年都有扮钟馗、斩小鬼的戏目，谢他老人家保佑我们平安。小哥你买两只，到时候一边吃粽子，一边看戏，真是再惬意不过啦！"

李老板介绍得十分卖力，可是很不幸，他遭遇到和韩菱纱同样的命运。在他滔滔不绝努力推销时，少年根本没把他的话听进去。他只顾翻来覆去地研究李老板递给他的这只粽子。研究了片刻，他好像忽有所得，恍然大悟道："原来山下的人不吃烤肉，却吃这怪模怪样的东西！哎呀，这东西外壳硬，捏着软，还绑了绳子，莫非怕它跟山猪一样要逃走？真是古怪！"

刚刚还很是卖力的李老板，听了这话，不由得差点泪流满面！他一脸悲愤，几乎哽咽着说道："你究竟有没有在听我说话？！"

云天河却没注意到他在说什么。当他研究完毕，便拿起粽子，跟往日吃烤山猪肉一样，直接往嘴里塞！然后一口咬下去，开始咀嚼起来。很显然，嚼了两口外面包的苇叶子，他觉得无法下咽，便一口吐掉，开始吃起里面的糯米来。

"唔……唔……不好吃！不好吃！"吞完粽子，云天河十分失望，"三口两口就吃完了，外面的壳还嚼不烂。你这东西真差！"

见他这般吃法，李老板早已是目瞪口呆。很快，他就被少年那句"不好吃"激怒，恼火道："怎么会不好吃？我说小哥，你跟我说笑呢？"

"说笑？"云天河觉得莫名其妙，理直气壮地道，"这种东西哪比得上香喷喷的烤肉！你们整天吃这个呀，难怪长得不结实。和你不一样，我可不骗人，看我下回猎几头山猪来送你，你就知道了！"

虽然对粽子表示了鄙夷，但云天河最后这句话，却透着山里人的真挚和淳朴。一时间，气冲冲的李老板竟愣住了。见他无语，云天河带着对粽子的无限失望，转身便要走。

“哎，等等！”李老板反应过来，赶紧将他叫住，“你还没付钱呢！”

“钱？”云天河一脸茫然。

见他如此，刚才还被他淳朴之气感染的李老板，语气顿时不善起来：“小兄弟，一个粽子一文钱，招牌上写得清清楚楚。大叔我小本生意，你可别仗着年轻身板儿好，想吃我的霸王粽子啊！”

“霸王粽？”虽然不谙世事，但云天河从李老板的语气和神态中，也大概明白是怎么回事。他顿时恼了起来，叫道：“是你要我尝，我才吃的！”

“好哇！你想赖账？！”半天没开张的李老板顿时气得七窍生烟，“我老李做了这么多年生意，还没见过你这般惫懒的！”

“你怎么这么说？”云天河觉得对方简直不可理喻，“我赖账？明明是你叫我尝的，我尝了，不好吃——我就说苇叶子怎么能吃？没怪你就算好了，还找我要钱，我看你是要霸王钱才对！”

“你！”李老板再次张口结舌。

其实要说这年头能出来做生意的，口才定然不错，这李老板也不例外。他本来看着眼前的小哥有种愣愣呆呆的模样，心说这笔生意定然能做成，谁想到不但没做成，自己还在最自傲的口才上，被对方压倒！

“我怎么啦？”面对目瞪口呆的李老板，云天河一副很诚恳的样子，“真的不骗你，那苇叶子又苦又涩又硬，不好吃，以后你直接拿里面的米煮出来卖就好了。大叔，烹饪我拿手，今天给你出了这个好主意，你不用谢我。”

“谢……你？”李老板一口气差点儿没接上来。

正当李老板快被气死时，韩菱纱刚好从村长家谈好借宿的事情出来，正巧瞧见这一幕，看到两人气势不对，赶紧跑了过来。

“怎么回事？”灵丽的少女看到这二人隔摊对峙、大眼瞪小眼的架势，只觉得莫名其妙。

李老板见她到来，一打量像个正常人，顿时像溺水之人抓住了根救命稻草，嚷道：“这位姑娘来得正好！你评评理，这小子吃了东西不给钱，还一副理直气壮的样子，你说气人不气人？”

"啊？"韩菱纱闻言，转身看向云天河。被她看着，长身挺立的昂然少年终于有点心虚起来，"钱……"他挠着头，有些脸红地问道，"菱纱，你说，这人把'钱'字说来说去的，到底是什么呀？"

听他问出这话，李老板简直快支撑不下去了："好个不实诚的小子，竟敢到我太平村地头装傻！"

依旧，云天河没注意到李老板在说什么，他认真地跟少女解释："真不怪我的，是他让我尝尝看，我才拿起来吃的，又不好吃——呸呸！"说到这儿，他好像觉得那股苇叶苦涩的味道又泛了上来，连忙向旁边啐了两口。

李老板见此，立即火冒三丈："臭小子，你不给钱就算了，还敢瞧不起咱老李家的手艺！"

"啊，对不住！"此时韩菱纱已经看明白了是怎么回事，她连忙一把拉住云天河的衣袖，满怀歉意地对李老板解释道，"对不住，我这个朋友不懂世事，也不会说话。他欠你多少钱，我赔就是。"说着，连忙掏钱，心中还郁闷，"云天河啊云天河，我竟然相信你不会惹麻烦！可恶！"

"敢情你们俩认识？"李老板见少年来了能说理的朋友，反而脾气上来了。他猛一摆手，挡住了少女递过来的铜板："别跟我谈钱！俗气！钱财事小，名声事大！让这小子乱说我老李家的粽子难吃，我以后还要不要在村里混？"

正当他捶胸顿足滔滔不绝之时，忽听得附近有人暴喝："浑蛋！给我站住！"

听闻此言，粽子摊边的三人顿时心神一震，"难道有人抢劫？"韩菱纱回头一看，却是一人一只母鸡从旁边奔腾而过。

"宋大田，你这是怎么了？"李老板朝那追鸡汉子喊道。

"是李老板啊！"宋大田气喘吁吁地说道，"气死我了！这瘟鸡，还不给我乖乖滚回鸡窝去！"

对他的怒吼，那只芦花母鸡并不畏惧，反而振羽怒睛，与主人对峙。甚至，它还朝宋大田冲前两步，十分凶悍。而那宋大田看起来胆子并不大，见鸡扑翅冲来，他还下意识地退后两步。

"哈哈哈！"李老板见状大笑，"宋大叔还是老样子，吼得最响，退得也最快！"

"谁……谁说的！我今天非教训它不可！"被村邻言语一激，宋大田便张牙舞爪地朝那只悍鸡扑去。一边扑，他还一边大叫："别以为能生几个蛋我就治不了你！瞧我宰了你炖汤！”

宋大田冲前几步，想去捉鸡，没想到那母鸡竟然也拍翅反扑。汹汹气势之下，宋大田竟然显出几分瑟缩。见此，闻声赶来围观的村民个个哈哈大笑。这事，直到现在也没什么，无非是一件让宋大田这村汉丢脸的闹剧而已。只是，在这一片大笑声中，却忽有一个年轻的声音大叫道："大叔别怕，我帮你！"

"啊？"韩菱纱一听声音，觉得有点不对劲。等她一回头，却见云天河正一脸浩然正气地举起他那把铁胎硬弓，搭上青光细剑。还没等她反应过来，已是寒光一闪，紧接着就是母鸡的惨叫声！

听到这声突兀的惨叫，刚才还嘻嘻哈哈的人群，顿时安静下来。

"哇！小花怎么不动了？"很显然，围观人群中有个小姑娘是母鸡的拥护者。这时惊见它不幸中剑"牺牲"，顿时泪光盈盈，又惊又悲。

"这……这是什么妖法？"另外一个青年村民却是被如电飞逝般的晶蓝剑光给震呆了。

"就是妖法！"有位猎户打扮的中年人，显然眼神比较好，惊恐大叫道，"刚……刚才眼前蓝光就这么一闪，像是箭飞了出去，可是箭又怎么会自己飞回来？八成是妖法！"

"什么妖法？这是我的箭术好不好？"云天河闻言不乐意了。他转过身来，对宋大田诚恳说道："大叔，现在不用怕了，这恶鸡我已经帮你射死了。"

"射……射死……"宋大田愣了一下，很快便反应过来，"你！你杀了我家小花！"一瞬间，中年大叔眼圈泛红，看样子竟和那个小姑娘一样，也是中剑倒地母鸡的忠实拥趸。

"是杀了它呀！"云天河一副理所当然的样子，"它凶得很，你又说要宰了它，那我就帮你一把嘛。爹爹说，该帮人的时候就要帮。大叔你真的不用谢我。"

"臭小子，我饶不了你！"对鸡畏缩的大叔，这时却被少年的几句话给撩起了怒火。他看了看躺在地上鲜血直流的鸡，撸了撸袖子，就想揍云天河。见他这样反应，云天河一脸茫然，不知道刚才自己做得有什么不对。

"等一下！"这时韩菱纱脆声叫道，"大叔你冷静点，有话好说。"她看了看那只还有些抽搐的鸡，瞪了少年一眼，苦笑道："这只鸡，我赔钱就是！"

"赔钱？"见韩菱纱是个不认识的年轻外乡女孩子，宋大田立即来了精神，怒声大叫道，"你赔得起吗？"

“怎么赔不起？”韩菱纱不解。

“我这可是一天能下四只蛋的宝贝母鸡！臭小子不知用什么古怪法子把它弄死了，以后我们全家靠什么吃饭啊？”宋大田仰天悲声大叫，一副痛不欲生的样子。

“吃饭？”云天河也表示不解，“吃饭简单呐，不就是靠自己的一张嘴张口吃饭，有什么困难？”

“气……气……气……气死我也！”宋大田被气得七窍生烟，撸着袖子就要过来，“敢跟老子调侃，小子欠揍！”

“等等！”却是粽摊老板李慎，忽然挺身而出阻拦。韩菱纱见状大喜道：“果然还是你知礼，晓得见义勇为。”谁知却听李老板严词叫道：“揍人也要有个先来后到，他头一个得罪的是我，宋大叔你让让先！”韩菱纱闻言顿时无语。

“凭什么？”倒是宋大田打量了李慎两眼，怀疑道，“看你身上没几两肉，打架行不行啊？”

“嘿嘿，我有帮手！”李慎朝远处大叫一声，“王大哥，有人吃霸王饭啦！”

话音未落，云天河等人就听到一阵“咚咚咚”的重重脚步声。一时间，仿佛这脚下的街道都开始颤抖起来。觉出异常，韩菱纱一惊，回头一看，却见是一个长身巨大的红袍汉子，正朝这边奔来！

# 第三章 壮志有怀，任尔钟馗俯首

所有人都对这个少年刮目相看，觉得他是深藏不露、游戏人间的真正高手。

“王魁山在此！谁敢吃霸王饭！”那红袍巨汉还未跑近，便是一声大吼，直震得众人耳膜发疼。

韩菱纱看得分明，这巨汉正是今天跳钟馗的那个钟馗扮演者。现在他正是一副钟馗扮相，头戴插翅冠，身穿赭红袍，腰围黄牛皮带，满脸络腮胡子，相貌极其威猛。一般来说，钟馗毕竟是传说中人物，怎么扮都不容易像，再配上民间臆想的钟馗装，往往十分滑稽。但不得不说这位王魁山，由他来穿着这身钟馗装，却让人觉得威能辟邪的钟馗就该是这样。

话说王魁山奔到近前，那李慎便朝云天河一指：“王大哥，就是他！头像鸟窝的那个野人！”

“怎么说话呢？”虽然韩菱纱经常对云天河一口一个小野人，但这时她却生气了，叉腰怒视李慎道，“吃了你的粽，我们给钱；打死他的鸡，我们也给钱。还要怎样？”

对她的话，刚刚奔近的巨汉王魁山却哂然一笑，仿似充耳不闻。他转身拿手指点云天河：“好小子，敢来太平村吃霸王饭，来来来，跟老子较量较量！”

“较量？”云天河挠了挠头，“就是比武吗？好啊，很久没跟人比武了。你不用兵器，我也不用兵器。”说着话，他就把青光细剑递给韩菱纱：“你帮我先拿一下，我要跟他较量。”

“臭小子，胆子不小啊？”俯视着云天河，巨汉王魁山倒是有些佩服他的勇气。

“胆子确实不小！”死鸡苦主宋大田在一旁奉承，“外乡人，你们难道没听说，这位王魁山王大哥是我们村的大力士？年年都在端午节扮钟馗，他的力气可不比真钟馗小，专门对付那些捣乱的家伙！”

韩菱纱闻言，看了看王魁山，又看看云天河，见少年虽然挺拔，但在这位罕见巨汉面前，却像山丘前一棵树一样，光从体量上看，怎么看怎么都是鸡蛋碰石头的事儿。

见得如此，她那张俏脸涨得通红，愤愤叫道：“你们别不讲理，我明明说了要给钱的。”

“哈哈！”听她这么说，围观村民中爆发出一阵讥笑声。只听有人七嘴八舌说道：

“小娘子怕了啊！早知如此，何必当初呀？”

“敢来太平村惹事吃白食！也不先打听打听。”

“在别处吃惯了白食，今天来我们这儿，一嘴崩掉你一口牙！”

“这小娘皮，一看就是抛头露面走四方的。这番一力帮衬这小厮，莫不是一起私奔出来的吧？哈哈，果然不是正经东西。”

一时间众说纷纭，说什么的都有，有少数人还说得特别难听。饶是韩菱纱走南闯北见多识广，毕竟只是妙龄少女，被这些夹枪带棒的话一说，她不仅脸面涨红，身子颤抖，那眼圈也红了起来。

这时候，云天河也察觉到少女的变化。饶是他再怎么不通世务，这时也知道是这些村民在欺负他俩。他顿时变得怒气冲冲，叫道：“菱纱，打就打！他们不讲理，我们听他们的话，却还要被揍！什么钟馗，就算他们的大王来了，我也不怕！”

说着话，他奋起一拳，中宫直进，便朝那王魁山当胸打去。

“来得好！”见少年这拳打得毫不拖泥带水，王魁山赞得一声，“好小子，就得这样！”仗着自己身大力沉，他见少年直拳打来，也不避不让，只顾攥起醋钵大的拳头，便朝少年拳头对轰而去。

“砰！”在一声惊天动地的对拳声中，王魁山和云天河各向后倒退几步。

“力气不错！”云天河叫了一声，毫不停留，立即揉身而上，紧接着又是一拳！这第二拳和先前毫无二致，又是中宫直进，瞄准王魁山的胸膛打去。

见云天河对拳之后立即攻击，王魁山竟是一惊，暗暗叫苦：“这臭小子，刚才难道他拳头不疼？”原来刚才对拳之后，别看在外人眼里王魁山势大力沉，将少年拳头挡回。可谁能知道，那少年拳头竟是极为犀利，一触之下，就跟个榔头似的，直撞得王魁山龇牙咧嘴。要不是顾忌旁边的观众都是乡里乡亲，他差点都要叫出来！

“哪来的野小子？”王魁山暗暗心惊，见少年再次当胸打来，拳势如风，便再也不敢硬撞。说起来早年间，他也跟一个外乡路过的摔跤好手学过几招。紧急之时，他摔跤功夫自动开启，身子往旁边一让，俨然就是个“大弯腰、斜插柳”的摔跤路数，要将少年这拳让过去。王魁山打的主意确实很美好，待这下闪过去，那少年必然控制不住步履，而后自己再一个横拳扫过去，就算不叫少年趴下，也得把少年腰打折。

“嘿嘿，跟大爷斗？”王魁山觉得自己此计必然得逞，便暗自得意，“大爷跟人打架斗狠时，你还在吃奶呢！”谁知道，正当他暗自冷笑得意时，冷不丁就觉得自己腰眼部位猛然一阵剧痛。

“怎么回事？”还没等他反应过来，一击得手的云天河已是双掌急摇，又是一记猛击，直打在王魁山腰上。

饶是王魁山皮糙肉厚、腰围粗大，也经不住云天河这连续猛击。再加上刚才他侧身闪避，本就是身形已经歪斜，再被云天河追加两掌，顿时失去平衡，竟是一跤跌在地上。

这结果，出乎所有人意料。就连韩菱纱都没料到这少年对上高大巨汉，获胜竟是如此之速。顿时围观人群中，响起长长短短的吸气惊呼声。

“起来吧！”打倒对方后，云天河却是大大方方地走过去，跟这个坐在地上也跟小山丘似的粗莽汉子说道，“没想到你这么不经打。就算‘铜头铁尾麻竿腰’的花豹，我跟它斗，还要周旋半天，你怎么两下就倒了呢？”

“……”这一下，连王魁山也吸起冷气来。

“还要不要再较量？”云天河一脸真诚，一副“你水平不止如此，只是今天发挥不好”的表情。

“不了不了！”听得少年之言，王魁山就跟一下子被锥子扎了一样，腾地一下子就跳了起来。他使劲地摇了摇手，满面羞惭道：“小哥，你厉害，俺不是你的对手。”

听他亲口认输，众人这才真正倒吸一口凉气：怎么向来好勇斗狠的王魁山，却这么快低头？照这么说，如果不是碰到真正强大的硬手，他是不会如此轻易认输的。顿时，所有人都对这个少年刮目相看，觉得他是深藏不露、游戏人间的真正高手。连带着，那个邻家少女般的红衣女孩儿，在他们心目中的形象，都高大起来。

这时再说那粽摊老板李慎。见事情竟然变成这样，他不禁如丧考妣，冲王魁山哭丧着脸道："王大哥！你……唉！怎么就输了呢？"

"呜哇！"这时却是人群里一个小女孩哭了出来，跟旁边大人叫道，"爹爹你骗人，还说钟馗是最厉害的！"

"钟馗是厉害，可这是假扮的嘛……"她的父亲尴尬辩解。

"不算！"这时却是那宋大田反应过来，冲云天河扯白脸叫道，"这次不算！一定是你这小子偷袭，不算英雄好汉！"

"说得好！"旁边另一位苦主李老板，看了看宋大田的身板也蛮壮实，赶忙鼓掌激励道，"宋大叔，你身板儿这么壮，就换你好好教训这小子！"

"啊？这个嘛……"宋大田被李慎热烈的目光看得浑身发毛，想了想，还是讪讪道，"我看魁山也是一时不小心……歇息歇息，肯定能把他打趴下！"

"俺……俺不打了！"王魁山一听此言，立即吓了一跳，急忙摇手，"其实刚才这姑娘好像说了要给钱，俺不能冤枉好人。"五大三粗、习惯好勇斗狠的王魁山心说道："笑话，还打？怎么打？力气比不过他，灵活程度也比不过他，再打下去，你们倒是没事，挨揍的是我！"粗中有细的王魁山，坚决表示明哲保身了。

正当这时，恰好有个白发苍苍的老婆婆从远处走过来。看到这边一圈人闹闹腾腾的，好不热闹，老婆婆不解地说道："瞧瞧，今天是端午节，大伙儿本该聚到戏台去看戏，怎么这儿比戏台还热闹？"

说着话，也爱看热闹的老婆婆就走近人群。

"是谷婆婆来了！"围观众人一看，是村中年纪最长的谷婆婆过来，顿时所有人都鸦雀无声，自动自觉地向两旁分开一条道路来。

受人尊敬的谷婆婆颤颤巍巍地来到人群中心，便看到云天河几人。

"谷婆婆？"云天河见忽然来了个老妪，顿时一惊，"你也要跟我较量吗？我不跟你打，小时候爹爹跟我说过，行走江湖，什么僧道、书生、老人家，常是高手，不要轻易跟他们打。"

"什么乱七八糟的？"谷婆婆眉毛一皱。不过她这时也被说话的云天河给吸引了注意力，便多看了少年两眼——谁知道，她这一看，却引起一桩出乎意料的祸事来！

# 第四章 乡语村言，共话剑仙当年

生性朴质的少年，对那些村民难听的话并没有多少感觉。

“咦？”谷婆婆努力睁大老花眼，盯着云天河不住地看，“这孩子看起来眼熟得很哪……”

“眼熟？我没见过你啊！”云天河很奇怪。

“……像，真是像！”谷婆婆开合着瘪瘪的嘴唇，口齿漏风地说道，“这眉毛，这眼睛，和云家那惹祸精十几岁时没两样……”

这会儿，因为太平村粽摊前这番骚动，围过来看热闹的村民越来越多。有些人听了谷婆婆的话，受了提醒，便也开始仔细打量起云天河来。

“他，他不是那个云天青？”忽然有人惊叫起来，不过很快又说道，“不对不对！年纪差太多了，但真的很像！”

云天河听了看向这村民，挠挠头道：“你认识我爹？”

韩菱纱也兴奋起来，搓着手道：“怎么？你们认识天河他爹？他可是——”想打听剑仙光辉事迹的少女话还没说完，就被村民愤怒地打断：

“好哇！原来你就是那混账的儿子！”最先认出来的村民叫道，“他回村了没？我可要找他算账！”

“谁？”人群另一处有人也叫道，“谁说云天青回来了？找他算我一个！”随着他这一声叫，人群中上了点年纪的村民此起彼伏地嚷嚷起来。

云天河见此情景，觉得十分奇怪：“怎么你们都认识我爹？”

“岂止认识？那小子的事我记得最清楚了！”有人嚷道，“他小子从小就不学好，三天两头骗我糖吃！”这位是失去食物的。

又有人叫：“隔壁阿香喜欢我，他偏要和我抢！幸好阿香有眼光，最后还是做了我老婆！”这位是差点失去老婆的。

“你们这算什么？”最开始认出来的那村民，气愤叫道，“有一回他趁我醉酒，把我扒光了衣服扔在路上，脸都丢光了！”这位是失去衣服和尊严的。

“你们都没我惨！”有个嗓门更大的村民忽然激动叫道，“有一回云天青和我打赌，输了的人要大冬天浸冰水，结果那家伙耍赖，害我……害我在床上躺了半个多月！”众人闻言，一起点头，都觉得此人虽胜出却遭遇最惨，差点失去性命。

“够了！吵些什么？”人群之外，一个虽然苍老但中气十足的声音说道。

“啊？村长来了！”听到这声音，众村民顿时像找到主心骨，纷纷将他们尊敬的村长让进了圈内。韩菱纱在圈内听到声音，抬头一看，见分开众人走进来的瘦高拄杖老者，不是先前商谈住宿的云靳村长吗？

“村长来得正好！”死鸡主人宋大田顿时来了精神，涨红了脸叫道，“云村长，刚才云天青的儿子又打死了我的鸡，您来替我们评评理！”

谷婆婆却摆了摆手：“大田，你死了只鸡，多大点事？倒是云天青的后人……”她看向村长，“云靳，你看这事怎么办？”

“端午节这等日子，喧哗胡闹，还有没有祖宗礼法了？”云村长丝毫没理这些吵吵嚷嚷的村民，手中的梨木拐杖重重地顿了顿地，威严地喝叫一声。

德高望重的老村长这一吼，刚才还热闹得跟牛马市似的粽摊前，顿时一片安静。

“韩姑娘，”云靳村长转过来，拐杖在地上顿了顿，不客气地道，“先前我念你一个女孩孤身在外不易，才答应让你留宿村中，可不是让你招惹是非！”

韩菱纱闻言，十分委屈，不过还是柔和了声音，想要辩解：“村长，不是我们——”恰在这时，却有一道人影突然挡在她和云靳之间。

“你干吗？”却是云天河挡在她面前，面对老村长，昂然道，“爹说过女孩子是要好好对待的，不是拿来凶的！”

“你是？”云靳这才看见云天河的样子。比那些村民反应还要快，云村长才看了两眼，便脱口叫道：“云……天青？！你刚才说……云天青是你爹？”本来镇定从容的老村长，已是急急叫了起来。

“对啊，原来你们都认识我爹。”云天河还有些高兴，“为什么你们都认识他？我是他儿子，能跟我多说说我爹当年的事情吗？”

少年一腔单纯心思，目光热切地看着这些他爹的熟人。谁知道，老村长忽然失态般挥舞拐杖，大叫道：“是谁让他进村的？还不快把他赶出去！”

“村长！”韩菱纱是又气愤又委屈。

“云天青早已不是云家子孙，和他有亲缘之人也不得留在太平村中！”云村长根本不看韩菱纱的神色，斩钉截铁地下命令。

“菱纱，他说的什么意思？”到现在云天河还没弄清形势，挠着头问少女。

韩菱纱一时不及回答，倒是老村长抢先冷笑两声，说道：“呵呵！看样子你爹也羞于向你提起旧事。也罢，不管你来此何意，今日我就当着大伙的面，再说一说这村里的大事和规矩！”

云靳村长一双老眼炯炯有神，扫视众人：“我云家先祖镇守边疆有功，得以被朝廷恩赐修建祠堂，并将原本的云家村赐名‘太平’。这个真是赫赫天威，皇恩浩荡！”云老村长朝天拱了拱手，脸色十分恭敬虔诚。谁知转眼后他便语气一转，痛心疾首道：“没想到，云家后代未再有人入仕，已是惭愧，谁知到了这代，本家竟出了一个浪荡子云天青！此子不遵礼法，行止违和，实是家门不幸！家中长辈痛心疾首，奈何此人屡教不改，已在多年前被逐出家门，永不得返！”

云靳老村长这一番话，勾出陈年往事，知情人自然频频点头，回顾那一段对他们来说不堪回首的往事，还有一些村民不知情，免不得议论纷纷，众说纷纭。那死鸡主人宋大田有些吃惊道：“竟……竟还有这事，我十年前才迁过来，都不知道。”离他最近的谷婆婆叹息道：“唉，云家人虽然读过圣贤书，对那孩子却一点儿办法也没有。”

他们这两人，话说得还算正常，更多村民就没什么好话了。有了德高望重的老村长陈述往事、定下结论，他们就没什么顾忌，说什么难听的都有。

见得如此，本来还想求情转圜的少女，也生起气来。“哼！”她叫道，“天河，我们走！”

“等等！我爹的事还没问完呢。”生性朴质的少年，对那些村民难听的话并没有多少感觉。或者就算他知道那些人在说他爹爹的坏话，但这么多年来，自己对爹爹的回忆，只有小时候那些已经有些模糊的记忆。这时候忽然碰到爹爹的祖族和故人，他心中想了解爹爹情况的心思，还是占了上风。

“还问什么问？”韩菱纱却是气呼呼道，“他们除了骂人什么都不会说的！”

“韩姑娘此言差矣，”云村长不以为然道，“今日就事论事，绝不像市井谩骂一般有失体统。”

“村长不知有时候人言快过刀子吗？”韩菱纱快言快语，毫不退让，“天河是天河，他爹是他爹，你们这么多人围着一个小辈，还真是客气啊！”

“岂有此理！放肆了！”听出韩菱纱话里讥讽之意，云靳老村长有些恼羞成怒了。

“竟敢对村长无礼？”这时候围观村民群情汹汹，纷纷叫道，“你们快走！不然别怪我们动粗！”

“走就走，姑娘我也不稀罕留下！”韩菱纱撇撇嘴，拉着云天河便要走。

“可是——”云天河还有些不甘心。

“还可是什么？走啦！”韩女侠毫不拖泥带水，脆生生说了一声，便拉着云天河说走就走了。

# 第五章 注迹休寻，英雄不问出处

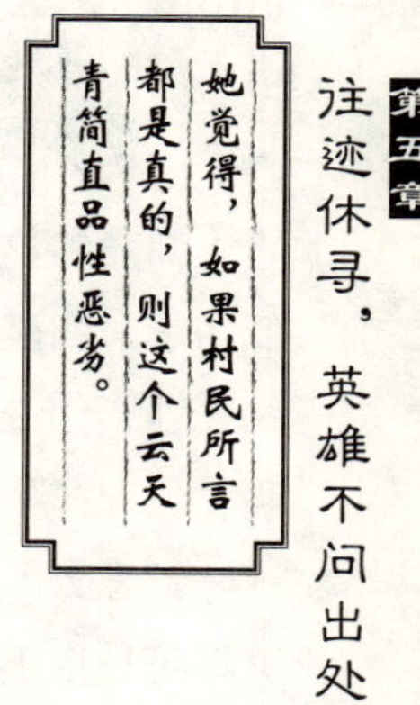


气呼呼的韩菱纱拉着云天河一路小跑，很快就跑出太平村。过了村口亭亭如盖的大樟树，踏上驿路，韩菱纱还不解气，放开少年，她一路小跑向前，头也不回一下。

先前当他们俩从山上下来，到达太平村时，已经是下午时分。经过刚才那一连串风波，不知不觉此时已是红日西斜，暮雾渐起。当韩菱纱奔跑向前时，云天河看着她渐渐没入暮色的灵动身影，在后面喊了几声也喊不住，只好挠了挠头，在后面一路追了上去。

他们两人，都有功法在身，这一前一后的发力奔跑，转眼便跑出去很远。等韩菱纱在前面跑到一处低矮而茂密的树林前，见脚下的驿路蜿蜒伸入前面这片黑漆漆的密林，便有些回过神，停了下来。先前她含愤而走，一路跑得飞快，并不觉得累，这时停了下来，便觉得有些疲惫了。云天河刚才在后面一路追着，这时陪着停下来，却还是一副神清气足精力充沛的样子。

“菱纱，”刚停下来，云天河便有些埋怨地看着少女，“喊你也不停，怎么叫人这么不省心。”

“不省心？”听到云天河这么说，韩菱纱简直欲哭无泪！她原地转了几个圈儿，嘟着嘴，想跟少年发火，却又觉得不妥；想要骂那些蛮横的村民，却觉得他们不在旁边，骂了也没什么意思。这一番踌躇之下，直让她万分憋屈！

“真讨厌！”花季的少女跺着脚，咬了咬嘴唇，生气地叫道，“昨天明明翻过皇历，怎么大吉也会变大凶？莫非……”韩菱纱忽然回头打量着云天河。

“你看着我干吗？”云天河莫名其妙。

“唔……瞧你五官端正、眉清目秀，看不出晦气这么重，真是人不可貌相。”

韩菱纱这句话中饱含嘲讽之意。不过她很显然高估了云天河的理解力，并低估了“胸襟”。云天河根本没听到她说什么似的，自顾自重新开了一个话题：“菱纱，你说，他们干吗要赶我们走？是因为我射死了那只胖鸟？那胖鸟的名字叫‘鸡’？”

“怎么可能只因为鸡？”韩菱纱叫了起来，“那只笨鸟和你爹一比，根本不够看嘛！也不知他老人家什么来头，搞得天怒人怨……尤其那个凶巴巴的村长，都过了好多年气还没消的样子。我还以为凭着你爹是剑仙——”

说到这里，少女心中忽然有些犹豫起来。当初她因为好奇，想要追寻剑仙和怪剑的真相，哄骗云天河下山，一起行走江湖。当时想得很美，但现在根据太平村中得到的信息，便觉得这个决定，也不知是对还是错了……

韩菱纱正在心中嘀咕，却听云天河说道：“菱纱，你说，村长说的那些我爹的事情，到底什么意思？”

“呃？”听了云天河这话，韩菱纱忽然一愣神。她看了看云天河的神情，在心中叫道：“不会吧！这小野人不会没听懂云村长的话吧？……不过这样也好。”

心中计议已定，韩菱纱脸上绽放笑容，摆手说道：“也没怎么样啦！他毕竟是老人家，唠唠叨叨说了那么一大堆，其实就是说你爹个性和别人不太一样，后来四处闯荡去了——也没什么啦！”

“哦……”云天河闻言，也不知有没有听懂。不过听了韩菱纱的话后，他转身看着太平村方向，凝视着暮色中远方村庄的轮廓，若有所思。

如此发呆了一会儿，少年忽然笑了起来。

“傻笑什么？怪人……”韩菱纱觉得莫名其妙。

“菱纱，你不觉得很棒吗？”云天河伸手指向远处村庄的阴影，兴奋地说道，“原来我爹以前待过这里，离青鸾峰还这么近！”

看着少年这副雀跃的表情，韩菱纱想起云村长说过的那些话，忽然心中有些不忍。少女虽然依然保持着对云天河他爹“剑仙”身份的好奇，但是内心已经对云天青的劣迹有些认同了。毕竟，太平村的村民众口一词，言之凿凿，不可能冤枉云天青的。而韩菱纱虽然年方十六七岁，但因为一些特殊的经历，导致她的心性和见识比云天河成熟了不止一点。她觉得，如果村民所言都是真的，则这个云天青简直品性恶劣。有句话叫“从小一看，到老一半”，如果云天青真是这种品性，那日后无论是否修成“剑仙”，成为恶人的可能性都极大。

心中做出如此推理，韩菱纱再看着满含兴奋和憧憬的少年，心情就变得有些沉重。几番犹豫之后，她忍不住开口：“喂，山顶野人，如果……”

“什么？”看着少女欲言又止，云天河有些奇怪。

“我是说假如……假如你爹他是个大恶人，你还会像现在这样喜欢他吗？”

“大恶人？”

“就是做了很多不好的事，大家都很讨厌他的那种人。”

“别人干吗讨厌我爹？”云天河不能理解，“我就很喜欢他啊！”

“……跟你真说不清！”韩菱纱跺跺脚，一种无力感浮上心头，“好啦好啦！不说是你爹，就说假如有个人是这样——”

“不会吧？有人这么可怜，我更要帮他了！”少年的语气斩钉截铁。

“傻瓜，你干吗突然热血起来？”韩菱纱有些吃惊，怔怔地看着少年，半晌才道，“那人说不定是自作自受，做了坏事才会受罚。”

“呵呵，这个我懂！”云天河笑了两声，用力地挥了挥手，“以前我做错事，也会被爹罚，但他对我还是很好。如果有个人，别人都对他不好，那他一个怎么可能打赢那么多个，我当然要帮忙，爹说过要保护弱小嘛！”

“你……”韩菱纱正想跟他辩论，不过又一想，撇去少年那一贯保持的令人无语的风格，竟对他话语中隐含的一些东西隐隐有些感动。

“算了！你只是山顶野人，只晓斗山猪，何必跟你计较那么多。”想通这一点，韩菱纱便不顾形象地哈哈笑了两声，说道，“不错不错，除强扶弱，没看出来你竟有当大侠的潜质！”口里这么说，慧黠的少女又在肚里加了两个字——才怪！

“大侠？是什么？”没想云天河竟较了真，诚心跟少女请教这个新词。

“哎？这个说来话长，先不说了。”少女心说，再跟他纠缠说话，很有可能被气死。她抬头看了看渐渐没入山峦的落日，聪明地转移话题：“带你行走江湖，第一站定在巢湖。我们要在天黑前赶到巢湖边，我可不要睡树林！”她看着挡在前路上这片黑乎乎的茂密森林，无意间流露出少女天生的害怕表情，不自禁地拍了拍胸口。

“呵呵，树林也没什么不好。”云天河却不以为意，“打猎多方便！”

“哼，以为别人都和你一样是野人啊？”韩菱纱头也不回，沿着脚下的小路，朝前面的密林中走去。

不过才走了几步，她被林中忽然涌出的一股冷风一吹，好像忽然想起了什么，便赶紧停下脚步，回身叫道：“喂，山顶野人！”

“啊？”

“你不是说树林好吗？这里野兽多，你在前面开路吧！”

“行呀，我开路，哈哈！”面对阴森森的叵测密林，云天河不仅毫不害怕，反而还摆出一副了不起的得意模样，二话不说，朝林中深处跑去。

“真，真受不了你……”在心中默念一句，韩菱纱看了看附近荒郊野外罕无人迹的样子，连忙也跟着少年的身影，追了上去。

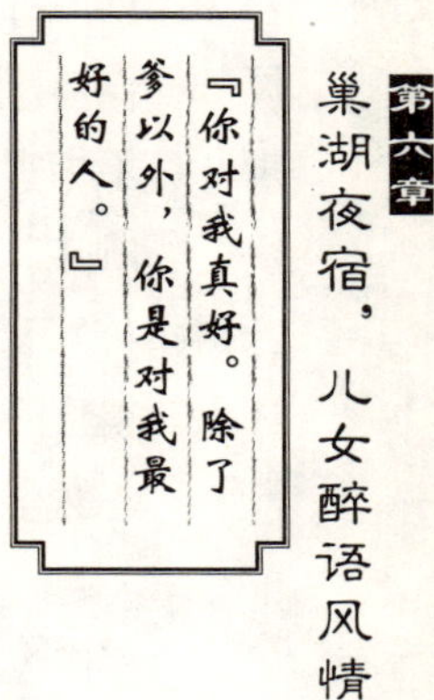

# 第六章 巢湖夜宿，儿女醉语风情

『你对我真好。除了爹以外，你是对我最好的人。』

进入小树林中，云天河闷头向前，一手舞弓，一手挥剑，自顾自地在前面开路。韩菱纱有心跟他说说话，排解一下周围的黑暗密林给她带来的压迫感。不过少年专心披荆斩棘，对她的问话有一搭没一搭地回答，最后韩菱纱也不愿意说话了。

这林子虽然并不高大，但占地面积却十分广。他们两人一路摸索，直走了半个时辰才走了出来。等走出密林，两人只觉视野豁然开朗。

“野旷天低树”，此时前路上那些零零散散的小树，已挡不住他们的视线。暮色黄昏中，云天河和韩菱纱看得分明，一片浩大无边的水泊正横亘在他们的面前。

“巢湖！”韩菱纱兴奋地叫了起来。

“哟嚯！好大的水潭！这就是‘海’吗？”头一次见到这么大的水面，云天河兴奋得跳了起来。

听着他的胡话，韩菱纱悄悄地捂上耳朵，心中直念“没听见，没听见，没听见，懒得理你！”

虽然不愿搭理跟个孩子似的少年，但韩菱纱经历刚才密林中的憋闷，这时见到浩阔无比的巢湖，也觉得比起以前几次见着格外地壮观和美丽。巢湖，位于皖地中部，是方圆上千里内罕见的大湖。从巢湖再往南数百里，便是浩浩荡荡的长江。此时天色已晚，巢湖水被夜晚的清风轻拂，泛起粼粼的细纹。天边仅余一抹霞光将波纹染成暗红的颜色，呈现在眼前，显得无比地内敛和安宁。

这时，韩菱纱抬头朝东边望望，正见一抹新月如钩，光华灿烂，镶在苍蓝夜幕上，如同蓝丝绒上一抹银色的掐痕。月光与霞光交织，投射到湖上时，让某些局部的湖水产生出梦幻的颜色。在黄昏与夜晚交错的边缘，不仅波纹如梦，湖边那些芦苇和水草，也在浩大的背景下摇曳出纤秀的光影，安静而迷离。

和刚才太平村中那一连串的喧嚷相比，看到这样的风景，韩菱纱也觉得内心获得某种安宁。正在心中体会那份难言的感动，韩菱纱偶尔回头一看，却见刚才还兴奋得直跳的少年，正奇怪地张着嘴巴，一动不动地盯着自己。

“怎么了？我脸上粘了树叶吗？”韩菱纱连忙拿手朝脸上抹去。

“不是。”云天河有点不好意思，“我饿了……”

“是吗？”韩菱纱苦笑一声。被少年这么一提醒，她忽然也觉得腹中饥饿，于是刚才面对湖水美景产生的那种感动情绪，消失得无影无踪。

“那等我一下。”韩菱纱说罢，便到旁边草地上，找了一阵，寻到两根断树枝，就开始蹲下去，拿其中一根使劲地钻另外一根。

“咦？菱纱你做什么？”云天河有点摸不着头脑。

“生火。”韩菱纱倦倦地道，“也不知怎么了，今天觉得自己不仅饿，还特别累。钻木取点火，吃点东西，早点歇息吧。”

“可是，这样能生火吗？”看着少女的举动，云天河很是怀疑。

“啰唆！”少女有点恼羞成怒，“不然怎么办？打火石被我弄丢了……”

说到这个，韩菱纱有点不好意思，语气便缓和下来：“应该也不会很难吧？不是有成语叫‘钻木取火’吗？我一定能弄出火来，没听说还有大侠在野外生不起火的！”

说到这里，韩菱纱豪气满怀，不仅手下加了劲儿，口中还鼓劲儿般叫道：“我钻！我钻！这烂木头！”

此时的少女情态，正是娇憨无比，十分动人。不过刚从山上下来的少年可不解风情，他有些煞风景地道：“菱纱，你搞错了！”

“什么？”满头大汗的少女抬起头来。

“你跟我来！”云天河不由分说地拉起少女，跑到旁边一片空地上。

“你在这儿等我。”云天河跑到刚才来路上的树林边，捡了十几根干木柴捧回来，在空地上堆放成一个下宽上尖的木柴堆。堆好木柴，他又跑到巢湖边，在那些芦苇丛里，看见几朵去年遗落的干枯芦花，便如获至宝地捡回来。

“你这是干吗？”韩菱纱很是怀疑，“弄了半天，还是没有火种啊？”

“马上就有了！”云天河在旁边地上随便捡了两块石头，然后蹲在地上，背对着风，将那几朵干芦花拢在自己面前的干燥空地上。

“咔嚓，咔嚓……”云天河相互撞击石头，也没多少下，便忽然见到苍茫的暮色里，随着几点火花的溅落，那干枯的芦苇花“砰”的一声燃烧起来！一旦燃起，云天河便小心翼翼地捡起它们，塞到了错落摆放的干柴堆底下。很快，一团欢快燃烧的篝火便此成型。

“你……”韩菱纱有心习惯性地贬损几句，可是看着那明亮燃烧的大篝火，话到嘴边，又咽了回去。

点着篝火的少年，站起身来，双臂抱在身前，看着韩菱纱，认真地说道：“想睡觉的话，一定要在下风处，不然野兽的鼻子那么灵，等你一觉醒来说不定已经在它肚子里了！”

“有这么恐怖吗？”韩菱纱吸吸鼻子，不服气道。

但云天河显然习惯性地不接她的茬儿，自顾自说道：“靠近水边的木头也不好，不容易点着，就算点起来，烟都熏得够呛了。你看，我这堆火烧得多旺！”

在事实面前，韩菱纱也不跟他辩论了。当明亮的篝火将她发白的脸庞映得红彤彤时，她忽然想到，少年有这些本事，恐怕和他的剑仙爹爹不无干系。少女心直口快，想到什么，就开口问了出来：“这些本事都是你爹教的吗？”

“啊？”云天河挠了挠头，“爹教过一些吧，还有一些是我自己发现的。”

“好厉害！”韩菱纱拍掌赞叹道，“难怪你能做山顶野人这么多年！”

“呃？”有些话云天河现在也能听懂了，于是听少女这么说，便有些不高兴。

韩菱纱见了他的反应，忙摇了摇手，赶紧澄清：“啊，不，不是你想的那样，我这绝对是夸你！”

“夸我？”云天河感觉很奇怪，“干吗要夸我？这些都很平常啊，没什么！没什么！”正谦虚着，他忽然想到这可能是少女头一回真心夸赞自己呢，便也忍不住开心地大笑起来。

“咦？什么声音？”韩菱纱在少年的哈哈大笑声中，忽然听到了一种奇怪的声音。

“你听到没？好怪的声音，像只很大的虫子。”作为女孩子，韩菱纱听到怪虫叫声，有些紧张。

“不是虫子……是我肚子叫，我饿了。”云天河挠了挠头，有些忸怩。

“嘻嘻，不早说！那我们吃干粮吧。”知道不是虫，心情放松下来，韩菱纱的语气竟有几分温柔。

“干粮？是什么？”云天河还是那副好学的样子。

“干粮你也不知道？”韩菱纱翻了个白眼，“真不知道你！刚才捡柴生火那么有本事，却连干粮也不知。”

“真的不知道啊……干粮是什么？”

“好了好了，这个给你！”说着话，韩菱纱从行囊中掏出用一张油纸包裹着的几块面饼，分了块大的给云天河。

“喏，这就是我带的干粮。就是干炸面饼啦，可以放好多天，适合路上吃。我们分着吃吧。”

“太好啦！”一听有吃的，云天河比谁都兴奋，“不用饿肚子啦！原来这就叫作干粮呀！”

于是，日后名动四方的云天河、韩菱纱两位大侠，此时就在巢湖之畔的荒郊野外，吃上了自结伴行走江湖后的第一餐。

“唔，这个‘干粮’怎么比那个粽子还难吃？”云天河很快发现了问题，“又干又硬，吃得好噎……”

“出门在外能填饱肚子就行了，哪来这么多挑剔？”见少年抱怨，韩菱纱有些没好气。

“好吧……但我还没饱！”云天河消灭了好几块面饼后，依然发出这样的感慨。

“还说呢！”这下韩菱纱更恼了，“要不是你爹把太平村的人都得罪了，你又这么活宝，我们哪会沦落至此啊！”

“是山下的人太古怪！一下要那个什么‘钱’，一下又乱说话，杀不杀鸟自己都没想清楚，爹肯定也是受不了他们，才住到山里去的！”说到自己的爹爹，云天河毫不犹豫地站在他那一边。

“笨笨笨！”听少年说这些瘾话，韩菱纱气恼道，“人家凭什么白给你东西？吃的用的，都要拿钱去换。哼，这回算是运气好，万一在城里遇上官差，把你抓到衙门关起来，看你怎么办！”

“关豺是啥？牙门又是什么东西？”

“你你你……还真是什么都不懂啊！”韩菱纱心中涌起一种强烈的无力感。她有心置之不理，但是转念一想，要探寻剑仙秘密，寻找可能的仙人宝贝，以后说不定有挺长日子要跟这个野人搭伙行走江湖呢。

想通这一点，她决定原谅少年的白痴，对他知无不言：“小野人，你听好了，本姑娘不说第二遍！是这样，如果有人不守法令，就会被抓去关起来，严重一点儿说不定还要被杀头，负责抓人的就是官差，关人的地方就是衙门。”

“至于法令嘛，是皇帝定的，他说什么大家都得听。”

云天河听了韩菱纱的耐心解说，却是不以为然：“呵呵，那个关豺又不一定打得赢我，遇上他我也不怕！”

“哎呀，要怎么说你呢？别总比谁的拳头硬啊。”韩菱纱这回是发自肺腑地提醒少年，“要是跟官府对上，就凭你一个人，有几条命都不够啊！”

“一个人？”云天河不解，“不是还有你吗？加一起两条命。”

“你！”韩菱纱也是大姑娘，忽然听少年这么说，本能地就有些慌乱，“你少乱说！我……我又和你没什么关系，干吗帮你……”

“咦？菱纱，你怎么脸红了？”

“多话！是火光，才不是我脸红！……总之有人告诉你那东西是拿来卖的，你想要就得拿钱去换！没钱问我要好了，不过太多我可不帮你出。”

“哦。”云天河一副似懂非懂的样子。沉默了片刻，他忽然说道：“菱纱——”

“嗯？”

“你对我真好。除了爹以外，你是对我最好的人。”

“胡说什么？！”韩菱纱一下子跳起来，“你这辈子才认识几个人？又哪里知道谁是真正对你好？”

“我当然知道。”山上下来的少年，执拗说道，“爹说过，对你好的人，不一定看得出来，要用心去体会，这和学剑术是一个道理，不能只看外表。”

“……”韩菱纱本来想讽刺几句，不过细细咀嚼了少年这几句话，刚才激动的心情却平静下来。

“唉，你爹虽然过世得早，可教了你很多东西。”一向欢快而坚强的少女，忽然有些神色黯然，“你挺幸福的，不像我，连话都没和爹说上几句……”

“咦？”云天河又觉得自己的脑子不够用了，“菱纱你说得可真奇怪。你和你爹应该天天在一起，怎么可能不说话？”

“不是的，我和你不一样。”韩菱纱的语调有些悲伤，“就算爹娘在世的时候，我们也不住一起……只有伯父对我好……”

“好复杂啊……”韩菱纱短短两句话，其中蕴含的新知，又超出了云天河的理解范畴，不由得一时发起呆来。

“哎，”看他出神，韩菱纱喊了他一下，“瞧你那副呆呆的样子，天底下什么事都有，只是你没见过罢了。”

说到这里，韩菱纱纤秀的蛾眉微微一蹙，微感不适道：“小野人，不说了。今天不知为什么，就是觉得比平时累，早点睡吧。”

韩菱纱从行囊中取出两块宽大的蓝印花粗布，给了云天河一块，自己那块铺在地上，便要躺下休息。

“这就睡了吗？”云天河问道。

“对啊，养足精神，明天一早赶去附近的寿阳城。”

“寿阳城？”

“是啊，寿阳城，很大的，比你山下的太平村大几十倍呢。”

“为什么要去那里？”

“不管要办什么事，都还是城里方便些。不早了，睡吧。”说到这里，韩菱纱忽然想到，这孤男寡女的，露宿荒郊野外，要不要警告少年一下，让他不要乱来？不过，她自己很快就笑了：“恐怕这山顶野人，根本不知轻薄为何物；若是跟他警告了，说不定又被扯着普及半天知识——那样反而更危险！”想到这里，她娇嫩的脸蛋儿情不自禁地红了。

“韩菱纱啊韩菱纱，你在想什么呢？”暗自责怪自己一句，韩菱纱便在刚铺下的粗布上睡倒。这时节，正值初夏，又是晴天，纵使夜晚也是十分暖和，不怕冻着。

见她躺倒，背对着自己不说话，云天河挠了挠头，也只好到旁边铺好粗布，躺了下来。安静了片刻，他却还是有些不甘心地开口道：“可是我还没怎么吃饱……”

“没吃饱就再吃啊，这种事还要问我？”没好气的话语，从背对着的少女那边飘来。

“但是干粮没了。”

“你烦不烦哪？我要睡觉，安静点好吗？”少女语气变得有些不善。

“哦。”

少女一声斥责后，云天河终于安静下来。此后只听得四周夏夜虫鸣啾啾，巢湖轻波拍岸，窸窸潺潺，衬托得四野无比宁静安详。

和谐宁静的气氛，如流水般漫延。就这样过了片刻，已经睡倒在地都开始发出细微鼾声的少女，突然间从地上一下子坐了起来！

“等等！”少女朝少年睡倒的方向叫道，“你说什么？干粮没了？”刚反应过来的少女暴跳如雷：“你！简直是饭桶！饭桶猪！我们两个人三天的干粮被你一顿就吃完了，还没吃饱？”

暴风骤雨般的指责下，少年的语调倒是保持平静：“也不是一点儿没饱，就是怕夜里会饿……”

“哼！干粮我都没吃几口，全被你吃光，要喊饿也该我先喊。”韩菱纱十分生气。

“懒得理你了！本姑娘继续睡觉！”韩菱纱觉得再和少年纠结，恐怕自己会气死，便赶紧躺倒在地，努力睡着。

此后这片篝火映照的空地上，恢复了平静。天地间这小小的一隅，不会再打扰任何人，也不会被任何人注意。随着天边星月的迁移，渐渐地便到了深夜。

深夜之时，本来闭眼躺着的少年，却忽然间睁开了眼。

“唉，饿醒了，睡不着。”少年哀叹。他抬头看了看韩菱纱，见她依然毫无动静，睡得香甜。

“真无聊啊。饿得睡不着，干什么好呢？”少年枯坐了一会儿，越发觉得无聊。而且，这一醒，本就没吃饱的肚子，显得更饿了。

“干脆去树林里猎熊吧！”饥饿的肚子激发了云天河的灵感，“呵呵，烤熊掌！”

一念及此，口水直流，云天河再也坐不住了。他悄悄地站起身来，摸到自己放在旁边的弓剑，便蹑手蹑脚地准备离开——他却不知道，自己这个心血来潮的举动，竟引出一场大祸来！

## 第七章 妖魔夜啸，林暗草惊风邪

伴随着一声战栗入骨的可怕号叫，那边深草丛中，猛然窜出两只妖怪来！

深夜的巢湖畔，格外宁静。云天河想独自一人去林中打猎，谁知才走了没几步，只是脚步踩到枯叶，轻轻发出一声“沙沙”响动，便把少女惊醒。

“咦？你要去哪里？”韩菱纱站起来，揉了揉惺忪的睡眼，问道。

“我去猎熊，那个干粮吃得不过瘾，又饿了。”云天河答道。

“就知道吃……”韩菱纱有些无奈。她举目望望四野，这时天上一弯银月已被夜云掩住，不多的几颗星星在天空暧昧地闪烁，让整个巢湖畔的野外显得黑蒙蒙的，平生几分恐怖叵测。

“荒郊野外，又是大半夜的，太危险了吧！”韩菱纱很是担心。

“不会不会！”云天河连连摇手，信心满满，“熊就是夜里才出来比较多。你在这里等我就行了。”

“可是，这里又不是青鸾峰，你对附近不熟……你还是别去了，我……”看着四处黑乎乎的，韩菱纱有些害怕。

“什么？”云天河依旧懵懵懂懂。

“我……”韩菱纱看着云天河茫然的样子，实在不好意思明说。

“呵呵，我懂了！”云天河忽似恍然大悟，“爹说女孩子胆子都很小，你一个人待在这里会害怕吧？”也不等韩菱纱回答，他自己点头说道：“放心，我不去了。肚子饿最多再想别的办法，我先保护好你。”

“你懂什么懂！”虽然被说中，但韩菱纱听到那句“保护好你”，顿时又羞又恼，没好气道，“自作聪明的傻瓜！我……我自己才没那么娇气呢！”

“又猜错了啊？”云天河挠了挠头，郁闷道，“按爹的说法，应该没错啊。除非你不像女孩子。”

“说你不懂就是不懂！”想发火的少女，转念一想，却自己笑了，“唉，我跟一个山顶野人生什么气呢？”

“你说饿了吗？嘻，你看！”如同变戏法一般，韩菱纱两手一摊，赫然便是油纸包的三只粽子。

“粽子！哪儿来的？”云天河惊道。

“哼哼，吓一跳吧？”韩菱纱得意道，“姑娘我顺手牵羊——不不不，是神机妙算，早就准备好了。”

“是在那个粽子摊拿的吗？”云天河好像有些明白怎么回事了。

“对啊！那个摊主好讨厌，明明说了要给钱，他还纠缠不休，摆明欺负人！”

“可是，你拿了粽子，我没见你给他‘钱’。”云天河好奇问道。

“都说顺手拿的了，还给什么钱？”韩菱纱不耐烦道。她看了看少年迷茫的样子，想了想，又加了一句：“对了，先说好，你可不能学我！这次是那些村民错在先，他们不仁，我们也就不义！”

“哦……蛮公平的嘛，先不仁后不义，我知道了。”云天河一副深刻领悟了的样子。不过他瞅瞅粽子，却皱起了眉头：“菱纱，这个粽子不好吃，里面还好，外面的壳嚼不烂。”

“你……原来……”直到这时，韩菱纱才恍然大悟，不由哈哈笑道，“怎么会有人连粽叶也吃下去！哈哈哈，来来来，看本姑娘大发善心，帮你把粽叶剥了，你再尝尝！”

韩菱纱没有一次剥粽子像这回饶有趣味：她将油纸铺在地上，剥完一只，便放在上面，继续剥其他的。云天河则在旁边拿起剥好的粽子吃：“唔……真香！”这回云天河真正吃了粽子肉，便发自内心地赞道：“好香！不错不错，和烤的肉不太一样。是我错怪那位摊主了啊！”

“嘻！饥时百味香，有三只粽子也是好的——啊？”韩菱纱一不留神，低头一看，却见地上油纸上刚剥完的三只粽子，竟是踪迹全无，“你……你又全部吃完了？”

“是……是吗？”云天河这时也很不好意思，装傻充愣，“刚才倒没注意……实在很好吃，我一不小心就……呵呵呵！”

“傻笑什么？！想蒙混过去？”韩菱纱气恼道，“我可是一口还没吃，肚子咕咕叫呢！”

“没……没蒙混啊……”看着气呼呼的少女，云天河也自觉犯了错。他沉默了片刻，忽然眼睛一亮，叫道：“有了！菱纱别生气了，我让好吃的自己送上门来！”

“你？”韩菱纱完全不信，“就你那木鱼脑袋，除了气我，还能想出什么妙计？”

“看我的！”对少女的态度，云天河毫不介意。他转过身，朝来路上的那片密林走去。在少女莫名其妙的目光中，他走了十几步，便停下来，两手圈在嘴边，突然发出一阵极难听的猪叫声：“亢亢——哦嚯嚯！”

“真是胡闹！”韩菱纱被少年学猪叫的难听程度激怒了。她跑过去，来到天河背后，挥拳打了天河一下。

“哎哟，痛！”挨了一拳，云天河只得终止了学猪叫。

“三更半夜的，杀猪啊！”韩菱纱没好气道。

“不是不是！”云天河赶忙摇手辩解，“刚才我学的是母山猪叫。公山猪听到这个声音，就会被引过来。我这招春天特别管用，但就不知道夏天灵不灵了。”

“什么？”韩菱纱猛地瞪大眼睛，“母……公……引过来……春天……”少女忽然羞红了脸，跺脚道，“你！好粗俗！”

“慢——”

“怎么？还不许我说你了？”俏丽的少女更生气了。

“不是！”云天河摇了摇手，侧耳聆听道，“菱纱你听，有动静了！”

韩菱纱闻言，不再闹了，赶紧和少年一样也静下来侧耳倾听——这一听，还真被他们听到，就在不远处的树林边缘深草丛中，正传来一阵“沙沙沙”的声响。

“不……不是吧……”少女目瞪口呆，“这也行？”

云天河却是一脸得意，手舞足蹈道：“来了来了，烤山猪！哈哈！”

云天河看着韩菱纱，得意扬扬，不过他很快就发现不对劲：那少女开始只是吃惊，但此时脸上却是充满了恐惧。多年山野生涯养就的惊人感知力，让他立即反应过来。他浑身的肌肉在一瞬间紧绷，猛地就转过身来！

"嗥——"伴随着一声战栗入骨的可怕号叫，那边深草丛中，猛然窜出两只妖怪来！

"风邪兽！"韩菱纱一声惊呼。

"风邪兽？"云天河死死盯着那两只妖怪，沉着观察。这少年，饶是曾与猛虎恶豹搏杀，这时借着星月之光看清风邪兽的模样，也禁不住惊惶无比！

原来那两只妖怪，外形高大诡异，呈半虎半人之形。它们虎头虎脑、虎爪虎皮，却四肢长大，跟人一样直立行走，腰间还缠着烂草席，勉强充作短裙。风邪兽的皮色青白相间，比之一般猛虎之形不同的是，它的耳朵较长，如同兔耳，肩胛背后更是双生两翼，如不是覆毛如针、相对较短，实在让人疑心它们能飞起来。就在云天河和韩菱纱观察风邪兽时，这两只风邪兽也在目光凶狠地打量这两人。

这时候，韩菱纱听出云天河对风邪兽一无所知，便叫道："小野人，是风邪兽，能使用低阶风系灵术的妖怪！"

"妖怪？！啊呀！"云天河闻言惊道，"怎么会这样？为什么不是山猪，春天夏天真的不一样啊！"

"早说你笨了！"韩菱纱气不打一处来，"再这样下去，迟早被你害死！"

"为啥被我害死？"云天河一指对面，"我们明明要被妖怪害死。"

"可恶！"韩菱纱嘴角一阵牵动，"从山上一路下来，我受了多少气，你可不可以别再气我了呀？"

"话是这么说没错，但我真的不是故意的……"云天河刚说到这儿，对面那两只风邪兽，已经结束了观察，猛地扑了过来！

"哈，不怕你！"云天河摆出和寻常猛兽搏斗的姿势。谁知道，那风邪兽扑来之时，圆睁的虎睛中闪过一丝狡诈。

"快躲开！"云天河耳中响起少女一声惊呼。还没等他反应过来，自己已被她一把扯开。

"咻！"往旁边踉跄几步的少年，耳中只听得一个既沉闷又犀利的声音。他一时不明白，有什么声音能让他产生这种几近矛盾的感觉。当他稳住身形，急回身一看，却见刚才立身处的草木，已当中截断。

见得如此，云天河暗吸一口冷气！要知道，多年猎捕经验，已锻炼出他惊人的目力。纵使星月朦胧，他也看清，这些草木的断口极为光滑平整，就跟被一口锋利刀剑奋力斩断一般。可是他也知道，这些暮春初夏的草木饱含汁液，极为柔韧，就算上好的钢刀，也难以形成这样特征的断口。

"到底怎么回事？"云天河心中又惊又怒。

"邪风术！"韩菱纱一声喝叫，解答了少年的疑问。她大叫道："快躲！小心它们爪子扬起的恶风！这是风邪兽特有的妖术，中之不死也麻痹啊！"

一边提醒，少女一边不停地跳跃闪避，显然想不让那些风邪兽施展邪风术瞄准。云天河虽然不谙世情，但于这类搏击战斗之时，却似有天赋。他从韩菱纱的言行中，立即也总结出窍门，开始极力甩开修长强劲的双腿，在巢湖畔的荒野中奔跑起来。虽然两人各自奔跑躲避，但不知是有意还是无意，两人都相距不远。因此，当这两头风邪兽判明形势，想围攻一个时，另外一个便迅速支援。

"菱纱，我来缠住它！"云天河的战斗直觉极为惊人。他很快从这种奔逃中发现，如果一直这样持续下去，他俩下场都好不了。他立即决定挺身而出，右手挥弓，左手舞剑，毫不畏惧地朝那两只风邪兽近身逼去。

见云天河如此，韩菱纱只是稍微一愣，暗叫一声"逞什么能"，便立即开始捏诀念咒施展起雷咒来。

他俩这一分工合作，还真给风邪兽带来麻烦。这俩妖兽刚开始竟没发现，这位看似清秀的少年，一旦近身搏击起来，简直就和山间虎豹相似！本来以为只是吃人，没想到却要面对一头不要命的人形猛虎！如果只是猛虎也就罢了，寻常的猛虎猎豹它们还不放在眼里。但此刻这头"猛虎"，却带着人的智慧。无论辗转腾挪，角度都非常巧妙。比如，每当风邪兽有心释放邪风术时，少年的身形便如豹子般灵活闪避，下一刻的站位极为刁钻，总让其中一只风邪兽投鼠忌器——因为它发现，只要它施放邪风术，必然会伤及少年身后它的同伴！

本来，对上一般人类武人，以风邪兽的凶猛程度，就算不用法术，只用本身迅如狂风的速度，势大力沉的利爪，也足以对付。但当它们打起这主意时，发现自己又错了。那少年不仅身法灵活，手下力道也不小。最开始一头风邪兽轻敌，当少年手上硬弓砸来时，它不以为意地拿爪子去挡——谁知道一挡之下，从那把铁质硬弓上传来的巨大力量，差点把它这只爪子打折！值得庆幸的是，当时它用一声凄凉的惨叫，及时提醒了同伴不要再轻撄其锋。

如果说只是硬弓还罢了，少年左手中那柄细剑，却给它们带来了更大的心理威胁。虽然云天河本身对那把剑比较轻视，只将它拿在左手中挥舞，当成辅助武器，但那隐隐约约的湛碧青光，却让风邪兽不寒而栗。虽然不知道这把剑来历是什么，但妖兽那种过人的生存本能，已经明白无误地告诉它们：这把利器，自己一下都不要挨！

尽管如此，那风邪兽何等凶猛？纵然云天河将自己多年在山野追猎中锻炼的战斗本能发挥到极致，却还是挨了妖兽几爪。朦胧月光下，虽看不分明，远处的韩菱纱已能感觉到少年鲜血滴落的样子。

越是到此紧要关头，韩菱纱越发冷静。随着她手指的结印、口中的念咒，空气中看不见的能量，开始在身边汇聚。渐渐地，夜空清冷的星月光辉之外，忽然出现了一种本不该在此时此地出现的金黄光色。五灵之“鼎革”雷电力量，在夜空中紧张地蓄积。当达到一定程度，随着少女一声娇叱，强大的雷电便从空明中显形，张牙舞爪地朝风邪兽飞劈！

“咔嚓嚓！”闪耀的雷电不仅瞬间照亮了荒野，还加热了空气，形成巨大的轰鸣。韩菱纱的雷咒非同小可，瞬间显形的几道雷电虽然没能都劈中，但这两头风邪兽，身上无巧不巧各挨了一道。顿时，被直直打中的那头，一个跟头，生生地摔出去一两丈远；另外一只被劈中一条腿，顿时身形一滞，刚才灵活追杀少年的动作，立即迟缓了下来。

当然，只是两道雷电而已。对这两头凶恶的妖怪来说，就算劈个正着，也难形成绝对致命的伤害。但韩菱纱这一击得手，顿时为云天河赢得了机会。和那些世俗事儿不同，这时他不用任何人提醒，便朝韩菱纱相反的方向奔跑，瞬间和那两头还在重整旗鼓的妖怪拉开了距离。一旦跑远，他也开始施展起在石沉溪洞中跟韩菱纱学到的雷咒来。

仙术这种东西，最难的是形成第一击。一旦完成首击，杀伤了敌人，便可赢得时间再接连施展。刚才韩菱纱一击得手，接下来就形成她和云天河一起念咒施展雷咒的局面。对于这样的局势，两个已开了灵智的风邪兽，如何看不出来？见云天河和韩菱纱同时施展雷咒，它们对视一眼，目光中尽皆闪现凶厉之色。很快，这两头风邪兽背后肩胛上翅膀一样的皮毛，开始飞速扇动起来，并且在残月光辉里发出一种诡异的紫光。

“风邪空落！”刚开始施展第二个雷咒的韩菱纱，一直在观察风邪兽的动静，见它们这样举动，顿时惊叫一声，“快躲开！”

在她的提醒声里，他们二人迅疾往旁边奔跑躲闪。几乎就在下一刻，那紫色旋风从天而降，砸在他们原本站立的地方。眨眼的工夫，那出奇迅猛的旋风就将草地旋出一个大坑！

“这……这……”看到地上的大坑，云天河目瞪口呆！对于他来说，还是第一回看到无形无迹的风，能造成如此实质而醒目的破坏！

躲过了“风邪空落”，他们二人算是幸运，不过从整个战局上来说，又可以说不幸。本来他们已经赢得了继续施展仙术的时间，谁知道这些妖兽施放先天妖术根本不需要时间，顿时就将他们好不容易赢得的有利局面破坏了。

不仅如此，这俩妖兽吃一堑长一智，不再同时被一人纠缠住。一旦打出“风邪空落”，它们便迅速分头扑出，扑击的方向，赫然分别是云天河和韩菱纱！风邪兽的意图很明显：这两人的雷电法术显然很有威力，那就让他们没机会施放出！

“可恶！”见风邪兽学聪明了，韩菱纱无奈之下，只好握着自己那对望月天心剑，正面迎敌。

在韩菱纱与风邪兽战作一团之时，云天河也对上另外一头。幸运的是，不知是不是妖兽根据那几道雷电判断韩菱纱更强，这时扑击云天河的风邪兽，正是之前被劈出几丈远，受伤相对较重的那头。

见它扑来，云天河瞅出它不甚灵便的动作，便叫道：“妖怪，受了伤，哪是我对手？还不快逃？”少年发自内心地不想与这俩妖怪对战，因为本来就无冤无仇。特别是在他心目中，这些妖怪的价值要比山猪差远了——青鸾峰上下来的少年，截至目前的主流价值观，还是“食用价值”！

有心将这妖怪吓退，但生性凶残的风邪兽如何能配合？虽然受了伤，但它还是不会把这雏儿放在眼里。带着凄厉的吼啸，它便扑了上来！

这一番大战，双方都摒弃了法术。或者说，生死搏斗之际，根本无暇施展法术。不管怎么说，风邪兽再是邪恶凶猛，毕竟只是低阶妖兽。因此经过一番力战，最后还是韩菱纱和云天河取得了胜利，两只风邪兽最终倒在了地上。

“呼——”见风邪兽最终倒地断气，云天河长出了一口气，“这两只妖怪挺厉害的嘛，差一点儿就打不过——哎呀！”说话间，云天河突然发现菱纱小腿上竟是一片鲜红，显然是刚才剧斗中受伤。等到他现在发现时，那血迹已经晕染开一大片，在昏暗的月光下看起来甚是惊心。

“菱纱，你受伤了？”云天河大叫起来，“这么多血，有没有伤到骨头？”

“好晕……”韩菱纱有气无力地说道，“别大呼小叫，扶我到火堆边上……”

“幸好，妖怪没了，我可以专心给你治伤。”云天河一边说着，一边扶着韩菱纱往火堆那边走。受伤的少女明显感觉出，少年扶她走时，步履也有蹒跚。很显然，刚才这番生死剧斗中，少年也是精疲力竭，很可能身上也还带伤。

“唉……”韩菱纱暗自叹了一口气，“如果这时再有什么意外，可能真不能活着离开这里了。”

正这么想着，她忽然又听到身后密林的方向，传来一阵不寻常的声响。云天河和她几乎在同一时间听到这阵异响，不约而同地回头，顿时便惊呆了：

那边的丛林边缘，赫然立着三头风邪兽！它们的个头比刚才那两只还大，正圆睁虎睛，在冷月的光辉中目光阴冷地看向这里！

# 第八章 紫英初现，飞剑明河如雪

瞳凝秋水剑流星，
裁诗为骨玉为神。
翩翩白衣云端客，
生死为谁一掷轻。

“糟了！”一看到那三头风邪兽，云天河就知道完蛋了。刚才只是两只风邪兽，就几乎让他们精疲力竭，最后才勉强杀掉；现在又来了三头，韩菱纱还受了伤，这仗也不用打，也知道悲惨结局了。

“天河，你快跑吧！”韩菱纱毫不犹豫地大叫，“往西边跑，快！”

她叫了一句，却见如此危急时刻，那少年竟发起呆，好像对她的话毫无反应。见此情景，韩菱纱又气又急：“小野人！这时候发什么呆？快跑！别管我了！”

“我不走！”谁想到云天河竟是一摆手，“你没有不仁，我不可以对你不义！”

“你……你这笨蛋，学得倒快！”听云天河这么说，韩菱纱自然知道这少年，是把之前自己对村民纠纷的评价，活学活用到这里了。“也真是个聪明的人呢……”心中想到这个，韩菱纱忽然有点心酸。

刚一沉静，她却忽然像惊醒了一般，朝少年大叫：“浑蛋！笨蛋！你真要把我们两条命都搁这里吗？”

少女叱骂，少年却恍若不闻。他没有再搭理她，转过身去，虽明知不敌，却横剑胸前，沉默地看着那三头凶猛无比的妖兽。

看着他沉默冷静的背影，本来大呼小叫的韩菱纱，忽然间停止了鄙视和叱骂，只觉得鼻子一酸，眼眶中差点流下泪来。

凶狠邪恶的风邪兽，才不管人世间这些美好动人的情感。它们忽然蹿上半空，在巢湖上方捶胸咆哮，很快便挟着一股狂风，朝云天河两人这边扑来。

妖兽一开始发狂，云天河迅速将细剑搭在铁胎弓弦上。面对着漫天而来的咆哮怪兽，云天河即使心知毫无幸免可能，也沉着冷静地向它们射出细剑——筋疲力尽之时，这已是他所能做出的最强反击了。

若换在往日，他这细剑飞射而出，至少能对一头风邪兽造成杀伤。可是到了这当儿，云天河纵使聚集起身体里最后残存的所有力量，也只能让那细剑堪堪成一条直线射出而已。而且，那三头风邪兽仗着速度极快，因此跳起半空发动攻击的位置，离二人其实还很远。所以，当细剑飞到一半距离，便力道衰竭，在空中摇摇晃晃，显是快要落下。

见此情景，韩菱纱神色惨然。她深深地看了少年最后一眼，便闭上了双眼，瞑目等死。那三头风邪兽见此，凶狠的眼神里，都流露出得意而残忍的狞笑。

谁知道，就在这危急时刻，这昏暗夜空中不知来了何物，忽然间白光大盛！云天河和韩菱纱都察觉到异常，不约而同睁眼观看，却见黑暗天空下，有六把光剑漫空飞舞。它们一分为二，二分为四，瞬间化作数十道雪白光剑，从四周包围，将三只风邪兽围在了当中！

黑空之中，雪色光剑灿烂明耀。它们排列整齐，圆转如轮，形成一种奇异的美感。它们不仅美，还凝聚了可怕的杀机。光剑很快从四面八方急速飞翔，迅速洞穿那三头风邪兽——每一头妖兽那一声凄厉的哀嚎还没叫完，那前胸后背便已被雪白光剑洞穿了五六次！

而当妖兽惨嚎声变弱，那刚才纵横杀伐的剑光忽然飞上半空，在夜空形成一个疾速旋转的大圆。很快它们向中央汇聚，聚合凝结成一个六芒剑轮，并且变得极其明亮耀眼，如同黑夜忽然盛开一朵灿烂的花。这朵光剑之花，带着无边的杀气，朝已经重伤濒死的风邪兽猛烈撞击……

霎时间，天地间仿佛日月同辉，黑夜变成了白昼，一声剑啸从灵魂中震响，浩大的冲击波在巢湖上空瞬间爆发荡涤！

凶狠无比的硕大妖兽，随着这一声剑啸爆裂，转眼间便是支离破碎。但云天河和韩菱纱的眼前，并没有出现血肉横飞的场景，而是那些碎肉飞血，仿佛被灿白无比的剑光冰封净化，变成一朵朵洁白的流光和细屑，如仙鹤的白羽，或是燕山的大雪，在夜空中纷纷扬扬。在少男少女目眩神迷的注视下，那些最灿烂的白色光华重新凝结，过程好似白鲸遨海、萤虫照夜，转瞬重又凝成六把长白光剑。

在光剑的飞舞照耀下，忽有一位英朗威严的道装少年，御剑浮空，仿佛刚从天外飞来，还带着仙神的气息，威仪无比地看向云天河他们这里。那数把灿烂的光剑绕身飞翔，带出翩翩的残影，将他映照得如同神明显灵一般。方才在那片铺天盖地剑光中失去身影的天河冰蓝细剑，这时却浮在了他的面前。这时候，那些绕身飞翔的光剑，很快凝虚变实，混元为一，以长剑之形飞入御剑道客背后的长大剑匣里。

不用说，年轻道子极其华丽的出手，已经将云天河和韩菱纱惊呆了！

“好强大！”韩菱纱在心中想，“这是哪个门派的高人？才一出手，就让三只战力不俗的妖兽尸骨无存！”连见多识广的韩菱纱都心生敬佩，更别说云天河了。看着神人一样的御剑道客，云天河心里无比艳羡：“看他年纪，比我也大不了多少，却有这么大本事。如果我也习得这样的本领，一剑出去，该打倒多少山猪啊！够吃半年呢！”

不提二人羡慕，再说年轻道人。他看了看坐在地上表情痛苦的韩菱纱，忽伸出手来，在掌心凝结出一团金色的光华，形成一个形状奇特的徽纹，转而带出无数更细微的金色光点，一齐朝韩菱纱轻轻地飞去。当暗含徽纹的金色光团靠近少女，便化作一阵带着暖意的光辉，将少女笼罩在里面。

这时候，韩菱纱惊讶地发现，随着光辉聚身，不仅自己刚受伤的腿上伤口迅速止血凝结，就连刚才耗尽的体力灵力，也仿佛在一瞬间恢复聚满。

被年轻道客治愈，韩菱纱满含感激地看向他，想表达下感激之情。谁知道那道子却已然收回了目光，正全神贯注地凝注那把浮动面前的天河细剑。看了片刻，他忽然伸手，轻轻地将细剑握住，一瞬间，那细剑发出冰蓝入骨的幽幽光芒。

看着这剑形与剑光，眼神锐利的年轻道人，面色微微一动。他方才疗伤之后对韩菱纱置之不顾，这时却朝云天河深深看了一眼，冰冷的表情微微变化。转而他抬起手，袍袖一拂，那细剑便无翼而飞，重又飞到云天河面前，落入到他手里。

云天河握剑在手，正要道谢，却见那道人又恢复了冰冷面容，一言不发，袍袖一挥，便有无数剑光凌乱而起。在这阵缤纷剑光中，年轻道子竟是不辞而别，转眼御剑而去，倏然消失在巢湖的夜空。

“这……”望着夜空中那一缕残存的灿烂剑光，云天河和韩菱纱面面相觑，不约而同地无比震撼。可以说，如果不是地上那两只风邪兽的尸体，和空中那些还有些微光的零落尸块，对他俩而言刚才发生的种种惊险，就好像一场幻梦一样……这正是：

瞳凝秋水剑流星，
裁诗为骨玉为神。
翩翩白衣云端客，
生死为谁一掷轻。

经历了这场如梦如幻的惊险，云天河和韩菱纱都有很多话要说。可是还没等他们来得及说，却听得身后密林中，又传来“咚咚咚”的脚步声。二人不约而同一惊，回身看树林方向时，却听得树林中传来一个稚气未脱的少女说话声：

“紫英师叔，等一下，等等我嘛！”

伴随着呼喊，一个十四五岁的明丽女孩儿，从林中跑出来。她肌肤如雪，眉目如画，梳着双环髻，表情极为灵动。可能对那位“紫英师叔”追得很急切，她对云天河和韩菱纱这两个大活人竟好像视而不见，自顾自蹦蹦跳跳地跑到湖边，明澈的眸光四处查看。

“这女孩儿难道是……”云天河和韩菱纱看到这少女身上，穿一身清爽的道袍，那布光赛雪，蓝边镶嵌，衣带飘风，形制倒和刚才那位出手相救的年轻道人所穿一样。

正当云天河二人若有所思，那林中又跑出一个穿着同样道装的少年，看年纪比女孩儿大一些。他眉清目秀，表情和气，正一边跑一边抱怨：“真是的，又没追上！”

他同样对云天河和韩菱纱二人视而不见。从二人身边跑过去时，他开始大叫：“璇玑，你慢点——”

“怀——朔——师——兄——”那名叫“璇玑”的湖边少女拉长了声音，带着埋怨说道，“要不是你慢慢吞吞，我们怎么可能把紫英师叔追丢了！”

听她这么说，这位怀朔师兄十分委屈：“璇玑师妹，别忘了，你我之前收妖时不慎中了禁咒，四十八个时辰内无法施展御剑之术。光凭咱们这两条腿，如何追得上紫英师叔啊？”

说到这里，他看了看仍不死心还在湖边到处寻找的少女，有些不高兴地道：“更何况，师叔他本次下山，也是有正事要办。你这样一味跟着，又算什么？”

“我不管！”璇玑听了师兄这话，却发起少女脾气，“我就喜欢跟着他！怎么样？”看了一眼表情郁闷的师兄，少女心里一动，立即叫道：“你陪我去陈州，现在就去！”

“陈州？”怀朔一时没反应过来。

“怎么你忘了？”小师妹不满道，“你不记得师叔说过了，他要去陈州查看那里的先天八卦阵有无乱象。我们去了，就能遇到他！”

“你……”怀朔一时不知道说什么好。这时候，不用说韩菱纱，就连云天河在旁边看着，也看得出，这位叫“怀朔”的师兄，对小师妹想一出是一出的风格，十分头疼。

“去嘛去嘛！”那刁蛮的小师妹撒起娇来，“你会陪我去的是不是？我的好师兄！”

听得此语，云天河觉得，这位师兄定然要拒绝了。谁知道，却听那师兄任何反抗都没有，直接道：“好好好！都依你！”他不仅一口答应，还立即制订起计划，“我们先找个地方歇歇脚，待御剑术恢复之后，就算关山万里也不过瞬息而至，又何必急在一时呢？”

“嗯！”小师妹顿时眉开眼笑，一边叫着“师兄说话要算数”，一边蹦蹦跳跳跑到湖畔一丛芦苇旁，将灵力汇聚双眼，想看看夜晚水底有没有鱼。

“咳咳！”怀朔显然有些哭笑不得，“这小师妹，唉，真是……咦？”直到这时候，他才留意起旁边的云天河、韩菱纱二人。他忙上来跟二人行礼道：“抱歉，惊扰二位了。”

“哪里，是我们该道谢才对。”韩菱纱也还了一个礼，说道，“要不是你们刚才那位剑……剑仙前辈出手相助，我们怕是已经进了妖怪的肚子里。”

“哈哈！”怀朔闻言笑道，“紫英师叔的年纪其实与你们相仿，我还虚长他几岁，不过剑术却是望尘莫及的。师叔最是疾恶如仇，适才想必也是举手之劳，两位不必放在心上。”

怀朔虽说得轻描淡写，但云天河却满怀景仰地说道：“他那一招，用几把剑同时砍中妖怪，真是厉害！”

“那是不假。”怀朔也是怀着敬意说道，“紫英师叔于剑术一道，已臻

‘以气成剑’的境界。他的剑气收发，有形而无质，区区几只小妖，自然应付自如。”他环顾了一下四周，说了句“附近妖气已除，二位安心即可”，便要转身离去。

见他要走，韩菱纱忙道：“对了，还没请教尊姓大名。”

“在下怀朔。”年轻道人温润如玉，丝毫不以自己来自高深道门而有什么倨傲之情。他朝二人又是施了一礼，温声说道：“相逢便是有缘。我观二位，气质也是不凡，便不知不觉与你们多说了几句。不过，现在我也该去追我那小师妹了，告辞！”

一言说罢，怀朔一拂道袍，便转过身，朝夜幕中传来师妹欢笑声音的方向，飘然而去。

看着气质俨然的道子，转眼消失在夜色中，云天河和韩菱纱相视一眼，虽然心思各不相同，但有一个想法却是不约而同：有一种虽然陌生但却让自己极度心动的事物，正向自己展开了冰山一角……

# 第九章 古玉仙纹，暗坚求仙之志

云天河不明所以，但还是依言拿出在石沉溪洞墓室中得到的那块古玉。

两人之间，毕竟还是韩菱纱比较爱说话。她最先打破了那种因震撼而导致的沉默："哎，害我紧张得要命！"

"你紧张什么？"云天河不解，"妖怪不是被杀死了吗？"

"不是说妖怪啦——真不敢相信，我刚才是在和剑仙说话耶！"

"剑仙？"云天河摸了摸头。

"当然！"韩菱纱加强语气，"你也看清楚了吧？尤其那个'紫英师叔'，不但一下子就打倒了难缠的妖怪，还治好了我的腿伤。照这样看，他修仙的时日肯定不短！"

韩菱纱兴奋得难以自抑："让我想想——对了！他们说要去陈州，不如我们也赶去那里碰碰运气，那个怀朔看起来很好讲话，要是肯收你我入剑仙门下，就再好不过了！"

她说得高兴无比。谁知道说了这么多，她偶尔眼光一瞥，却见夜色中，唯一的听众却在发愣。

"喂，你有没有在听我说话？倒是回一句啊！"生性活泼的少女，最不喜欢唱独角戏了。

"……菱纱？"被少女一叫，云天河如梦初醒。他挠了挠头，面带困惑地说道，"为什么只有一开始那人是用飞的，其他两个都用走的？还有，要怎么样才能站在剑上飞？”

“嘻嘻，你也觉得那个御剑的‘紫英师叔’很帅吧？”韩菱纱嘻嘻笑道，“那个呀，就是我跟你提过的御剑术，修仙之人几乎都会噢！”

“真的吗？”云天河一脸激动，握拳叫道，“如果修仙能那样，那我也要修仙！”

“是吧，连你这小野人也知道修仙的好处了？”

“对啊！”云天河兴奋道，“学会御剑术之后，如果想去山里打猎吃烤肉，‘嗖’地一下就到了，多快！唉，这么好玩的事，爹以前怎么都不告诉我！”

“……”韩菱纱手抚额头，口中无语，心中想道，“真是大傻瓜一个！”

“爹？”无意提起自己的爹，云天河却是一愣，“咦？不对呀……菱纱，那几个人衣服上的花纹我觉得很眼熟。”

“嘻，别说笑了，你又没什么见识，虽说那个图案是挺特别的——咦？”本来不以为意的少女，忽然也是一惊，“等等！快把那块古玉拿出来，墓室里的那个！”

“怎么了？”云天河不明所以，但还是依言拿出在石沉溪洞墓室中得到的那块古玉。

这时候，韩菱纱靠近跟前，稍一打量古玉上的花纹，便对还有些迷糊的少年说道：“笨，你看上面的图案，一模一样呀！”

“咦？真的啊！”云天河有点吃惊，“这是不是说，他们以前认识我爹和我娘？”

“看你还有点脑子。”韩菱纱赞许地看了少年一眼，“不过也不一定吧，要是你爹娘在山上隐居好多年，以年纪来算，不太可能和这几个人认识。”

“那是怎么回事呢？”

“依我看，说不定你爹娘和这个修仙门派有什么关系呢！”一边和云天河说着话，韩菱纱心中可活动开了，“哈哈，看来本姑娘估计得没错，这野人的爹爹，一定是剑仙了，真是太好了！”想到这里，韩菱纱觉得，这一路上跟不谙世事的“小野人”同行的种种郁闷和憋屈，也都值得了！

不过少年却依旧懵懂：“门牌？菱纱，门牌是啥东西？”

“受不了你了……”刚刚释然的少女，又忍不住皱起眉头，“是门‘派’啦！简单说就是很多人聚在一起练功，那他们都算这一派的人，你爹也许就是哦。”

“好，我们马上去那个门派，问清楚！”一听和自己爹的事情有关，云天河说走就走。

“唉，你刚才果然没听我讲话。”俏丽的少女无奈地说道，“都已经说了要去陈州找怀朔，运气好点说不定就拜入他们的门派修仙。这一来就两全其美，一边修仙，一边还能顺便查你爹娘的事呢！”

“那能来得及吗？”云天河也有些热切起来。

“说不准。”韩菱纱沉思片刻说道，“我知道寿阳城外有条近路可以去陈州，只好拼一拼啰！”

“菱纱，你好像什么都懂，真厉害！”云天河盯着少女，一脸的佩服。

“哼哼，那当然！”韩菱纱得意扬扬，“在山里你是山大王，下山后还是多听我的为好……”

正当韩菱纱扬扬得意之时，寂静的夜色里，却又忽然传来“咕——”的一声轻响。

“什么声音？莫非风邪兽？”云天河十分警觉，立即目光烁烁，一脸紧张，朝声音来源之处看去——却见正是韩菱纱站立之处。

“没……没有啊，你听错了吧？”韩菱纱目光闪烁，一副不想再提的样子。

“哦，原来是肚子叫的声音啊。咦？我肚子没叫，那……”云天河忽然一脸吃惊地看着韩菱纱。

“别这样看着我好不好？”见少年这样子，韩菱纱没好气地道，“就算我肚子饿了行不行？全都怪你，哼哼，干粮和粽子都被吃光了，我肚子饿也不行吗？”

“呵，这样啊！”云天河挠了挠头，不好意思地笑了起来。“差点忘了，有东西吃的，你等一下！”他转身就朝地上躺着的那两只风邪兽走去，“我马上把这两只死妖怪烤了，保证香喷喷！”

“你你你！”韩菱纱吃惊地叫了起来，“你到底有没有常识啊？妖怪怎么能吃？”

“怎么不能吃？”云天河却是理所当然，“和山猪一样，有皮有肉，没差多少。”

“差很多好不好？你这山顶野人……算了，我睡了。”韩菱纱觉得自己再跟云天河说下去，恐怕会被气死，还是早点去睡为妙。

“可是，饿着肚子很难受吧？”云天河一片热心。

“对，难受！可是要我吃那些东西，我宁可饿死算了！”韩菱纱看向少年，一脸“放过我吧”的样子，“你让我睡，睡着就不会觉得饿了。”

“唉。”虽然不认同，但云天河见自己劝不动菱纱，而自个儿又没什么睡意，只得在先前生起的火堆边坐下，准备仔细想一想今后如何去寻找爹爹曾经的足迹。

只是谁知道，他不说话了，那刚刚嚷着要睡的韩菱纱，却好像忽然想到什么，又有话要说。

“喂！”只听她叫道，“如果下次再遇到危险，我让你先逃，你动作要快点哦，少婆婆妈妈的。”

“不行，我不能丢下女孩子！”云天河断然拒绝。

“可笑！打不过，你留下来一样打不过，又没什么江湖经验，乖乖听我的才对。”顿了顿，韩菱纱看着少年认真的面庞，语气不由自主地放轻，目光也变得温柔，“小野人，听我的，这样，至少以后还有报仇的机会……”

“但是……”云天河还是很犹豫，“就算报了仇，已经死的人也不会再活过来了吧？”

“当然哪，又不是僵尸。”韩菱纱白了白眼，“所以才说人命宝贵，何必多拖累一个人呢？”

“话是这么说没错！”云天河稍一犹豫，就在韩菱纱以为他听从了自己的话时，他却忽然腾地一下子站起来，看着少女，朗声说道，“但是丢下你，我做不到，就是做不到！”

“你？”韩菱纱忽然愣住了，“简直太傻了，世上怎么会有你这样的傻瓜……”本来准备和少年辩论到底的少女，这时候却扭过头去。

“菱纱！”不解的少年，叫了一声，却见少女坐在火堆旁，面向着远处波光渺渺的巢湖，虽然闻声微微点了点头，却就是不转过头面对他。

“菱纱这是怎么了？”

云天河摸不着头脑之时，却不知少女此时的眸子中，已蒙上一层水雾，正如对面的巢湖，水光渺渺……

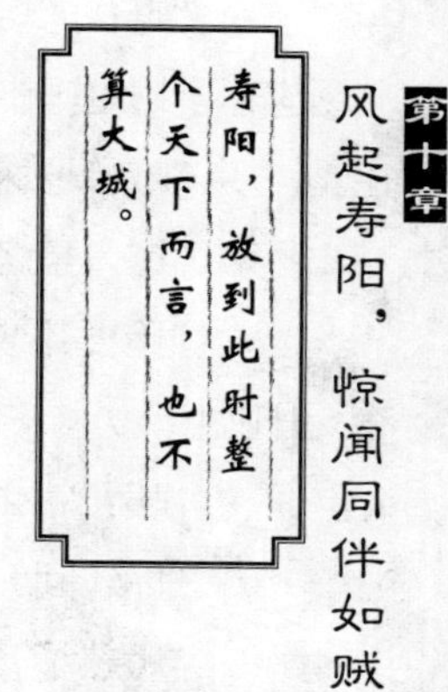


第二天清晨，在熹微的晨光里，韩菱纱从睡梦中幽幽醒转。

“奇怪……又累又饿，以前不会这样的。”轻薄的淡白晨雾里，韩菱纱伸了个懒腰，却觉得浑身乏力，“咦？以前不是这样啊。我是不是生病了？”

心中思忖时，她却忽然闻到身边传来一股焦味：“什么味道？烟？”

韩菱纱一个激灵，赶紧从地上站起，扭头一看，却被眼前的景象吓了一跳：原来，那小野人云天河，早已起来，现在正跪坐在熄灭的火堆旁，面前放着一个香炉和牌位。那牌位显然是他爹爹灵牌，小香炉中点着几根佛香，此刻正青烟袅袅。

“我说大清早的，你在干吗？”韩菱纱有时候还是挺迷信的，现在一大早看见有人焚香跪拜灵位，心中只觉得十分晦气。

和韩菱纱的激动相比，少年倒是很沉着。他并不转头，一边继续跪拜，一边平静解答：“爹说过的，给他老人家早晚三炷香，我可不能忘了。”

少年的冷静并没能持续多久。他的语调很快变得快活起来：“呵呵！老爹看到我这么听他的话，说不定就晚几天来找我算账了……你瞧，他昨晚就没来！”

“是啊，是啊！”当初韩菱纱以类似的理由恐吓少年下山，这时候也不好拆穿。她心里说了声“憨货”，口中却道：“他老人家大概有别的事在忙呢！哈哈。”

说话间，云天河已经跪拜完毕。等他站起身，便转过脸来，伸手递给少女一样东西："菱纱，我有好东西给你，看——"

"呀！"韩菱纱一看他掌中之物，顿时被吓了一跳，"这，这……黑黑的，这不是蜻蜓吗？怎么变成这颜色！"

"哦，原来这东西叫'青亭'。"云天河一脸若有所思，"我以前都不知道名字。这青亭烤过以后，味道还不错，你尝尝！"

"不要不要不要！"韩菱纱就像受惊的小鹿，一下子跳开，"拿开！快拿开啦！"

"咦？怎么了？"云天河一脸困惑。

"你还问？看起来好恶心，怎么能吃？"韩菱纱连连摆手。

"烤熟了，怎么不能吃？"云天河还很较真。

"跟你这野人说不清，反正一般人不可能吃那种东西的！"韩菱纱看着少年，忍不住一手抚额，浑身涌起一阵无力感。

"明明你自己说过的，出门在外，能填饱肚子就行了，别挑三拣四……"云天河一脸的不满，心说女孩子好奇怪，前后说话不一，真让人头疼，"你不吃，我自己吃啰，不能浪费。"

"少废话，被你气都气饱了！"韩菱纱只觉得大清早的好心情，算是彻底被这小野人给毁了。"快点收拾东西，我们去寿阳城，立刻！马上！"气恼之下，韩菱纱一转身，头也不回，便朝寿阳的方向走去。

"哎，你等一等！"云天河着了忙，在后招手叫道，"我不能把我爹丢在——不，是不能把爹的牌位丢在这里啊！"他赶紧蹲下来，手忙脚乱地收拾香炉、灵牌、香袋——这可是他祭奠老爹的随身"三件套"！

"哼，谁管你啊！"韩菱纱嘴上虽然这么说，但眼角的余光察看到少年的慌乱，便也稍稍停下脚步等他。

接下来的行程，让云天河感觉，这位叫韩菱纱的容易肚饿的少女，一定走惯江湖。他久居深山，连寿阳在东西南北什么方向都不知道，这少女却笃定地在前面领路，沿着巢湖闷头往前走。以往居于高山，再高绝的悬崖，再凶险的深沟，云天河都不怕。但第一次来到这广阔的天地里，看着身边浩渺无垠的湖水，望望远方一望无际的地平线，云天河却没来由地产生一种畏惧的感觉。

这种畏惧，来自于对不熟悉事物的未知。说到底云天河还是半大的少年，身居僻处深山，不谙世事。当最开始那股天生的冲劲儿过去后，一种对未知的茫然感，从他心底油然而生。

这种茫然感、恐惧感，在云天河的心底徘徊。不过他很快就将此排解。毕竟，他很想探寻自己那个可能是“剑仙”的神秘爹爹的足迹，想看看这广阔得没有尽头的世界，究竟还有多少像太平村的粽子、巢湖的风邪兽、御剑飞空的紫英剑仙等等这些神奇而有趣的东西。又或者，哪怕不因为上面的这一切，那位正在前面轻盈奔走的少女，似乎已值得云天河花很多的时间去了解。

天地无垠，人行其中，宛如细丸。两个少男少女，就这样沿着草木葱茏的巢湖湖畔小路，花了小半天工夫，来到了寿阳城外。

“好……好大的门！”

“好……好多的人！”

“好……好高的屋！”

对于第一次来到城市的云天河来说，寿阳城的繁华远远超过他过往所有的认知！就连聪颖的韩菱纱，也很难理解寿阳城此刻给云天河造成的震撼。

寿阳，放到此时整个天下而言，也不算大城。它只是人流熙熙攘攘，店铺排列如林，车马往来如潮而已。可是在常人眼中的普通城池、寻常街景，放到云天河的心目里，已全都成了惊世骇俗的东西！来到寿阳城后，他一路走，一路看，目瞪口呆，偶尔惊叹之时，结结巴巴，一度让韩菱纱怀疑他患了口吃。

“嘻嘻，见识到了吧？”

见先前拿虫子吓她的可恶少年，这时候被震得愣愣呆呆，韩菱纱也十分开心。不过虽然心情大好，但那种饥饿感又浮现在身体里。

“咦？怎么回事啊？”

虽然赶了这半天路，但韩菱纱一身艺业在身，再加上女孩子那个永恒的追求——减肥，本来这样的赶路丝毫不至于造成现在这样的饥饿感。

“怎么回事呀？”

聪敏的少女，手指儿抵着香腮，歪着头想了半天，却什么都想不出来。

“也许是这两天特别吧。”最后她做了个不是结论的结论，便扭头对还在痴看街景的少年说道：“走，先去客栈找点吃的吧……看我干吗？你不饿吗？我都饿得前胸贴后背了！快找客栈吧！”

“克占？”

“对！客栈！”一看少年清俊的脸上，又浮现出那种招牌式的茫然表情，韩菱纱见怪不怪，解释道，“喏，那边——看到没？阳——春——客——栈——几个大字！那就是客栈了。听好了，所谓‘客栈’呢，就是供人休息睡觉的地方啦！”

韩菱纱正说得认真，偶尔一瞥少年，却见他一副心不在焉的样子。韩菱纱还是没忍住，有些不高兴了：“喂喂！人家好心和你解释，你怎么不听？真没礼貌！”

“啊？没有啊！”云天河一副如梦初醒的样子，“我……我在想，你饿得真快，一下又要吃饭了。”

“说什么呢！”韩菱纱有些脸红，“我可是从昨晚一直饿到现在……”虽然说的是事实，但她也觉得自己饿得这么快、这么厉害，有些不正常，便没来由地有些心虚。当然，若说出来，她“从昨晚一直饿到现在”的理由，还是很充分的。

但很不幸，云天河并不这么看：“咦？菱纱，你不是讲过，被我气都气饱了，怎么还饿啊？”也不等少女回答，他一副恍然大悟的样子，“呀！看来，这气饱的，果然比不上吃东西填肚子顶事啊！看，也没多长时间，就撑不住了。”

“你！”韩菱纱被少年的憨话气得直跺脚，“傻瓜！气话也当真！还这么说出来，人家毕竟是女孩子！”

“哦。”见少女急了，云天河不敢多搭腔，口中应答一声。但他脸上分明好似写着：“我才不信，你骗人！”

“好吧……”韩菱纱见此情形，不禁以手抚额，“遇上你算我倒霉……”看了少年一眼，她心里不住安抚自己：“韩菱纱啊韩菱纱，别生气，别生气！圣人说过，‘不教而杀谓之过’，我忍！”

他们这两人，一边闲扯，一边前行，很快就来到那座“阳春客栈”门前。一到这里，云天河很快就被墙边的几个酒坛吸引了注意力。

“什么味儿？好香！”他探头探脑，伸着鼻子使劲嗅。

“香？”韩菱纱瞅了墙角那几个酒坛子，说道，“我说，你该不会是个酒鬼吧？”

“九柜？什么东西？”

“又来了……”韩菱纱看着少年，有气无力地道，“不懂算了。总之这些坛子先前装过‘酒’，就是和水差不多的一种东西。”说到这里，韩菱纱看了面露好奇的少年一眼，提醒道：“这酒可不是个好东西。喝下去不仅头晕眼花，还乱说话，说不定会做出不可挽回的祸事呢！”

“真的？”云天河有些奇怪，心说：“这酒难道会仙术？”

“难道骗你不成？所以酒是少碰——不，别碰最好！”

“原来酒是个坏东西，可这味道，实在很香……”云天河一脸的恋恋不舍。

看到他这副模样，韩菱纱忽然觉得有些不妙：“这家伙，不会有做酒鬼的潜质吧？闻到酒味这么兴奋，要是让他知道客栈里卖酒……”一想到这个，她暗地打了个冷战，连忙说道：“啊，我看既然要赶路去陈州，也不用住店了，买点吃的即可。你在这儿等着，我去去就回。”

“好！”

“别乱跑，也别多管闲事哦！”韩菱纱身子前倾，一脸认真地叮嘱。

“知道。”

见云天河答应，韩菱纱便一个人跑进客栈大厅询问吃食，只留云天河一人在客栈外等着。只有自己一个人在外面，云天河便东张西望，看看周围的市井风情，倒也自得其乐。

“咦？”正在张望间，他忽然被街边墙壁上的一张告示牌所吸引。“那……不是菱纱吗？”他目力不错，看着告示牌上画着的那个半身人像，竟突然觉得，画得非常像韩菱纱。

“嗯，那眼睛、鼻子、下巴都差不多。”他一边看，一边品评道，“就是眉毛、嘴什么的还有些看不清，整个画得也没菱纱真人好看。”既然觉得看不清，云天河便走过去，想也不想，就一把揭下告示牌上那张配着些文字的画像。

“等我好好看看——嗯，不错，放到眼前，果然看清楚很多啦！”云天河把画像举在眼前，只觉得光线明亮，细节清楚，不免摇头晃脑，有些得意。

正在他从容看画的时候，不承想旁边忽然冒出一个皂衣官差来。

“小兄弟！你既然揭了告示，可是见过画上之人？”长着络腮胡子的粗豪官差，按着腰间佩刀大喝道。

听他喝叫，云天河挠头回答道：“难道这画是你的？不能拿？还是……要‘钱’？”看着凶神恶煞的官差，他又想起前日太平村中吃粽的经历。

“莫要说笑！”官差大叔一脸严肃，察言观色一番便叫道，“你可知画上此人现在何处？”

“哦，她啊，刚进客栈了。”云天河一指那家阳春客栈，“就在那里。没想到啊，她跟我爹一样有名……”

官差大叔可没心思听少年接下来的絮絮叨叨。一听画像中人行踪有了消息，便转过头，朝那边还在街角候着的一名官差叫道：“快！你马上禀报裴捕头！多带些人手来！”

“好！”那差役赶紧答应一声，扭头飞快地跑开。看他慌慌张张的样子，粗豪官差在后面叫道：“浑球，怕啥？那贼人虽然狡猾，也挡不住人多势众！”

给同僚打完气，他又扭过脸，跟云天河一抱拳，带着客气说道：“小兄弟，没想到你看样子有些呆，却是举报有功。放心，官府必有重谢！”

“什么？重谢？好，好。”云天河根本不知道发生了什么，只得含糊应答。

这时候，那韩菱纱却从客栈中走出，手上提着几个装在油纸包中的吃食，还有两只注满清水的水囊。

“天河，我们走吧！”韩菱纱还不知道刚才发生的这场风波。

“大胆贼人，果然是你！还不乖乖束手就擒！”一直在旁边警惕观察的官差大叔，一看果然是画像上女贼，顿时便跳了过来，挡住去路！

“贼？你居然说我是‘贼’？”韩菱纱突然被官差挡住去路，顿时勃然大怒，“可恶！你这大叔，赶紧睁大你的眼睛！看看我这如花似玉的大姑娘，从头到脚哪一点像‘贼’？”

“还敢狡辩！”官差大喝一声，转头指了指云天河，“旁边这位小兄弟已揭了通缉告示，我在此守着，果然等到你来！”说了这句，他觉得还不足以表达对少年的感谢，便又诚恳地加了句：“小兄弟果然不说假话，这画像女贼就在客栈里。好样的！”

“云——天——河！”听了官差的话，韩菱纱有些明白发生了什么事，顿时双手叉腰，气呼呼朝云天河大叫。

“我……我也不知道怎么回事……”看这架势，云天河也觉得有些不对。

他急中生智，连忙抖了抖手中的画像，带着讨好的笑容，怀着戴罪立功的心情跟少女说道：“你看，这纸上有你的脸，我想撕下来让你看看。画得挺不错哦，不信你看！”

# 第十一章 按图索骥，巧闻缘起昨日

她呆呆地望着离去的那人背影，沉默了片刻，忽然那如玉的容颜上绽出一缕春花般的笑容。

“笨笨笨！笨死啦！”韩菱纱气得直跳脚。

“我是不是又做错什么了啊？”云天河一脸的无辜表情。

“还用问？”韩菱纱叫道，“自从遇到你以后，我的火气比以前大了好多！拜托别老是做让我没气质的事好不好？换谁都受不了啦！”

正纠缠间，忽见之前报信的官差跑过来，威风凛凛地高叫一声：“裴捕头到！”

喝叫声中，便见从街角转出几位官差。韩菱纱看得分明，那为首之人身形瘦高，面容清秀，颇为年轻。再看他身穿枣红官衣，腰系绸布皂带，腰间佩刀刀鞘上鎏着金纹，以韩菱纱此中丰富经验，自知他定是本地捕头了。

“快将犯人拿下！”带路的那官差有了上官和同僚撑腰，顿时胆壮，喝叫声中气十足。

听得他的话，那几位官差发一声喊，正要扑过来，却见那为首捕头一摆手，喝道：“且慢——”却见他从怀中拿出一张画像，一边看，一边朝云天河这边看来，不住地打量。

见此情景，韩菱纱倒愣住了：咦？我的画像不是他们都确认过了吗？怎么又看……不对，他在看小野人！

看到这情形，韩菱纱顿时陷入迷惑。说起来，她自家事自家清楚，自己的头像上了通缉榜文，并不稀奇。只是天河这野人向来居住深山，能犯什么事儿？难不成山猪下山告状，并且还特地跑到百里之外的寿阳申告？

正稀里糊涂时，韩菱纱却见那年轻捕头竟朝这边抱拳施了一礼，十分客气地问道：“这位小兄弟，在下姓裴名剑，忝为寿阳县衙捕头。请问小兄弟姓甚名谁，是哪里人氏？”

“我？你问我？”云天河和韩菱纱一样迷糊。不过见这个叫裴剑的捕头举止有礼、神情和善，他也学着还施一礼，和气答道：“我叫云天河，刚从山上下来，怎么了？”

“山上下来？山？哪座山？”本来旁听的那些官差嗤之以鼻，心说这算什么回答？没想到他们的顶头上司却突然一脸激动：“果然是云公子！裴剑代我家大人请你去府上一叙，请一定赏脸！”

“啊？什么意思？”对于裴剑的客气说法，山野之人云天河一时反应不过来。见得如此，韩菱纱忙在旁边友情解释：“嗯……说好懂一点，就是他的老大想让你去自己家玩。”

“不错，我家老大——呃，我家大人姓柳，正是寿阳县令。”差点被少女带着说错话的捕头，幽怨地看了少女一眼，忙又对着云天河殷切说道：“我家大人与云家颇有渊源，曾叮嘱我留意云家人的行踪。既然已被在下寻得仙踪，若是公子不肯前去，裴剑受罚事小，大人多年的夙愿却难以了却。”

“哦，这回我懂了。”云天河一脸恍然大悟的样子，“大人就是老大，我不去你就要挨骂。那我去总行了吧？不能害你。”

“果然不愧为云公子，深明大义。裴剑这厢多谢！多谢！”

“嘻嘻，这不就结了？”韩菱纱在旁边转动眼珠，嘻嘻笑道，“喊打喊杀干吗呀？一场误会而已！”

“呃！”没想到裴剑再次看向韩菱纱，却是脸色一变，肃然说道，“对不住，姑娘你还是请和我诸位兄弟回衙门一趟。放心，我家老爷最是清明严正，最后查清事实，若是冤枉了你，自会还你公道。”

“喂！有没搞错？”韩菱纱见这捕头跟小野人说话时，一副谄媚讨好的表情，换了跟自己说话，就满嘴官腔，实在气人！她一指旁边云天河，叫道：“喂！裴捕头，我和他是一起的，哪有他吃大鱼大肉、我吃牢饭的道理？”

对她这样指责，裴捕头却岿然不动，坚定说道：“姑娘，你和那通缉要犯实在相像。我等官府办案宁枉勿纵，还请见谅。”

见他这副油盐不进的模样，韩菱纱暗道不妙："麻烦了……好像遇上个难缠的家伙。"

正当她思索脱身之计时，冷不防那云天河却忽然大叫道："不行！菱纱不想跟你们去，谁也不许强迫她！"

喝叫声中，刚才还显得迷迷糊糊的少年，"唰"的一声拔剑在手，跳在少女身前，横眉冷对面前的官差！

"天河，你……"韩菱纱见少年如此，想要阻止，嘴角动了动，却不知道说什么才好。

"大胆！拔剑对着裴捕头，你待如何？"最开始那粗豪官差，见这少年人动了刀剑，忙大吼威吓。

"我呆如何？"如此紧张局面下，云天河再一次听错，"呆又怎样？我天生如此。你们管我是不是天生呆，你们先不仁，我也可以不义！"

"哈哈！"在这种场合下，韩菱纱本不应该笑的，但她还是忍不住笑了出来。

"菱纱你干吗笑？"云天河不明所以，着急地叫道，"快走！不然你我两条命就搁这儿了！"

听他这么说，韩菱纱看看眼前严阵以待的官差，再望望四周已经围上的一圈看热闹的老百姓，不禁以手抚额："哎！这家伙真是傻得可爱，现在又不是碰上风邪兽，怎么能一副打怪物的阵势。不过呢，"虽然埋怨少年无知，不过当她看了一眼焦急万分的横剑少年，不由目光转柔，"虽然觉得他傻，但怎么突然看他顺眼多了呢？"

"咳咳！"这时候裴剑打破僵局，清咳两声，朝身后手下摆手叫道，"退下！都退下。不得对云公子无礼！"

"好了好了，我看都别争了。"韩菱纱不耐烦地摇了摇手，"捕头大人啊，你简直是块又臭又硬的石头，一点儿情理都不通，真没办法。天河你就去吧，不要忘了和县令大人说个明白，就说我近年来都和你一直在一起，让他还我清白！"说着话，她便从少年身边离开，走向那群官差。

"咦？你要跟他们走？去干吗？"云天河仍端着剑，一脸惊奇。

"放心，他们不会把我怎么样的，别多问了。"韩菱纱朝这边扮了个鬼脸，又眨了眨眼睛，"你只要按我说的话去做就行了。倒是你，趁这机会看看那个县令到底怎么回事，说不定他认识你爹呢！”韩菱纱念念不忘的却还是小野人那“剑仙之爹”。

“爹？”云天河想要再问明白点，却见韩菱纱竖起葱葱玉指，挡在嘴唇之前，“嘘，小声点，你爹来历非凡，不要跟这些凡人多说。”她故意看了身边官差一眼，又大大咧咧叮嘱道：“你走吧，见机行事，我自然会去找你的。”

“既如此，那云公子，我们这就走吧，请！”看样子，裴剑对抓住韩菱纱毫不在意，反倒对云天河这个县令故人之子十分上心。

“那我就走了。”云天河看了看菱纱，见她朝自己点了点头，他便放心地跟着裴剑离开了。

就在他和裴剑快要走过街角，那个已被官差环绕的少女，不知想起什么，便抿了抿嘴，微带一丝笑颜，朝云天河那边挥手道：“喂！野人！”

“嗯？”云天河停步回头，看着少女。

“谢谢你。”

“谢我？为什么？”

“没事，走啦走啦，别问这么多！”韩菱纱朝少年摆了摆手，扭过头去不再看他。

“好。”见再没什么事，云天河便跟随裴剑离去。

这时候，困在官差和围观人群中的少女，依旧站在原地。有那么一瞬间，精灵古怪的少女，仿佛觉得周围那些人都不再存在。她呆呆地望着离去的那人背影，沉默了片刻，忽然那如玉的容颜上绽出一缕春花般的笑容，自言自语地说道：

“他真是好呆。天然的。”

## 第十二章 县令相召，夜话旧雨新知

看着少年豪饮的姿态，柳世封眼前仿佛浮现出当年那个洒脱不羁的故友。

寿阳城的县衙位于北城门的附近。可能是靠近县衙的缘故，被官威所慑，这里的街道相比云天河之前看到的要行人稀少一些。县令大人的府邸就在县衙后院。当即裴剑在前面带路，云天河跟在他后面，两人从侧门走进县衙中，大约拐了几个弯，就来到县令居住的内院中。

到了内院里，裴剑回身一拱手，说道："请云公子在此稍候。裴剑这就去禀报大人，速速便回。"

"好啊！"云天河点头道，"你快点去，我也有事想问你的老大。"

"哈哈，云公子还真是言语诙谐。"裴剑笑着说了一声，便转身去找县令大人禀报。

"这里的房子真多啊！"没见过世面的少年，在这一县之首的住所里东张西望。也难怪，他待惯了山野，之前所见最繁华的地方不过就是太平小山村，难免震惊于这里气派非凡的亭台楼阁了。

看了一会儿县令府中的楼台和花草，云天河便在心中想道："那个捕头的老大，真的认识我爹吗？"

想到这个，他心中有些忐忑："以前常听爹说如何打坏人，说那些人的老大和猴子的老大不一样，很多都是大大的坏蛋。裴捕头的老大是坏蛋吗？"

云天河生长山野，心思纯净。现在想着这事情，便心无旁骛，难免从旁人看来，很像在发呆。这时远处有两个恰好路过的小丫鬟，见云天河一个人傻傻地站在那里，便不由得议论起来。

“禄蓉姐姐，你快看！”其中一个丫鬟指着少年，“哪来的傻小子啊？”

“嘘！禄珠妹妹，你小点儿声。”叫禄蓉的丫鬟低声说道，“他能进到内院，肯定是老爷的客人。咱们不可太无礼了。”

“嘻，知道了！”丫鬟禄珠吐了下舌头，不好意思地笑了笑。她又朝云天河仔细瞧了瞧，不由得有些惊奇地感慨：“姐姐，你看，那个小哥儿虽然看着呆，又穿得破，可是仔细看看，可长得很俊呢！”

“是啊是啊！”禄蓉闻言，睁大眼睛朝云天河看了两眼，也大加赞同，“你看，他不仅模样儿英俊，还有种特别纯净的气质，就好像一直待在深山高峰，不食人间烟火一样——哎呀！他过来了，我们快跑！”

见少年被自己的言论惊动，朝这边走来，两个小丫鬟慌忙嘻嘻哈哈地跑掉了。

“奇怪，她们又不是山猪，为什么这么怕我？”云天河看着两个女孩儿的背影，正是一头雾水。就在这时，他忽然听到背后传来一声热情无比的招呼：

“贤侄啊！”

这一声大叫突如其来，云天河一惊，霍然转身，却见一个胖乎乎的老头儿，穿着褐绸家居长袍，胡须灰白，正神情激动地看着自己。

“咦？这胖老头是谁？”云天河正摸不着头脑，却见那胖老头激动无比，连声叫道：“啊！这——长得太像了！裴剑说的时候，我还不敢相信，这天底下哪有这等巧事！”啧啧惊叹着，胖老头目光热切地盯着云天河，“你叫云天河？你爹可是云天青？”

“对啊，你真认识我爹？”云天河口中答话，心里想道：“看来裴捕头这老大，肯定不当老大好多年，都胖成这样了。”

“当然认识！”却听这胖老头叫道，“老夫柳世封，乃是受过你爹恩惠之人！来来来，贤侄进屋再说，我已经吩咐下去准备饭菜，一定要好好招待你。”

“咸枝？是叫我吗？”云天河有些不确定。

“哈哈，自然。你若不嫌弃，可以喊我一声‘柳伯伯’！”

“柳波波？”云天河学舌一遍，只觉得这名字好怪。

“嗯，好！好！”听云天河这么叫他，寿阳县令柳世封柳老爷，却是乐得眉开眼笑，连声招呼，“来！来来！快随我进屋，怎好叫客人一直在院子站着。”

见柳世封热情招呼，云天河也不拘束，便随他进了客厅。才一进屋，便有一位端庄慈祥的妇人迎了上来，微笑着打量云天河，有些不确定地问道："这位便是云家的公子？"

"哈哈，没错！"柳世封指着云天河，开怀笑道，"你看他样貌就知道了。刚才一看，我还以为又见着了多年前的云贤弟呢！来来来，贤侄，这是我夫人阮慈，你喊她'柳伯母'就好。"

"柳波母……"云天河口中念叨一遍，又想起自己那个"咸枝"，便想道："好像山下的人很喜欢帮别人乱取名字，自己的名字也都奇奇怪怪的。"这也是少年没怎么读过书，否则要联想这"波母"是不是《淮南子》里的"波母之山"了。

"乖孩子！"听云天河叫了一声，柳夫人也是眉开眼笑，忙招呼道，"你们一老一小，别光顾着说，还不快入座，饭菜都要凉了。"

"夫人说得甚是！贤侄，这边来！"柳老爷招招手，示意云天河坐到他身边的位置。

见他招呼，云天河却没着急坐过去，而是探手从怀里掏起东西来。

"给！柳波波，"云天河把手一摊，跟柳老爷展示着那几个铜板，"我身上的钱就这么多，都给你了！"

"贤侄这是为何？"柳世封夫妇见到少年这举动，都十分惊讶，不明所以。

"给钱啊！"云天河一副理所当然的样子，"我刚从山上下来没多久，菱纱说山下吃饭吃菜都要给钱的，不能白吃。"

"傻孩子！"柳夫人闻言，又是好笑，又是怜爱，忙温声说道，"那些卖东西给你的都是商人，自然要你的铜钱。可我们不一样，我们是你爹的朋友，难道请你吃顿饭还收钱？"

"对对对，夫人说得甚是！"柳县令点头赞同，"莫说是几顿饭，就算你今后都在府上吃住，我们也是理应照顾的，何况说不准还会变一家人！"

"老爷！"听老爷说得这么直白，柳夫人忙打了个岔，嗔怪地瞥了自家相公一眼。云天河却是没反应过来，还在茫然道："什么？怎么不要钱就变一家人？那我跟菱纱也变一家人？"

"没……没什么！"这时候柳老爷也觉得自己说漏了嘴，忙打着哈哈道，"我们吃饭，哈哈，先吃饭！"

这天下午，就在这客厅之中，柳世封拉着云天河问长问短。当他听说恩公早已过世，留下这孩子一直在山中贫苦生活，便不胜感慨。虽然云天河过往的生活比较简单，但因为柳老爷心存感激，有心了解他的全部情况，问得便很细。再加上云天河刚刚下山两天，说话的能力还在不断学习校正中。因此他们爷儿俩这一番问对，不知不觉便持续到傍晚。

见已入夜，柳县令又吩咐下人做满一桌子的好吃饭菜，招待故人之子好好用餐。其实中午时的饭菜已然不错，但当时云天河因为客栈前那个风波，从昨晚起一直没吃饭，因此狼吞虎咽一番，哪晓得饭菜的美味。到了现在，他肚中没那么饿了，因此慢条斯理吃起来，顿时发现“柳波波”家中这些饭菜，不仅样式前所未见，其美味程度也是前所未见。于是，云天河一边吃饭，一边赞不绝口：

“这个好吃，那个也不错！”

“哇，原来肉还有这种味道的，比烤的还香！”

“啊？这碗里一粒粒白白的东西，就是爹说过的‘饭’啊，真好吃！”

就在他坐在桌边一边动筷，一边惊叹时，那寿阳县令柳世封却站在一旁的客厅正中俯首沉思。思虑良久，柳世封忍不住自言自语，说出声来：“唉！想不到云贤弟已经过世了，还是得了如此重病，连弟妹也一起……怎么会这样？”

“对了，柳波波，”听到柳县令的自言自语，云天河暂时从美食中摆脱出来，抬头问他，“你认识我爹，那能不能告诉我一些关于我爹的事情？”

“当然！”柳老爷闻言，坐到桌前说道，“多年前幸亏云贤弟救我性命，不然我早成了路边枯骨了。”

“啊？”云天河闻言，吃了一惊。

“是真的。那时候我刚接任寿阳县令一职，走马上任，不想途中被人打劫，你爹路见不平，出手相救，还将那些强盗戏弄惩戒了一番！”

“噢，原来是打跑强盗而已。”云天河听了之后不以为然，“听菱纱说过这样的事情，侠客们不是经常做吗？”云天河忽然觉得，只凭爹爹做了这件小事，还抵不上自己刚吃的这两顿饭呢。

谁知那柳老爷却摆摆手，连连说道：“不然，不然。云公子，你还小，听着这事情在嘴上说出来似乎也没多大事，可是要是真正经历就知道可怕了。你知道吗？我年轻时还自诩仗剑书生，胆气豪壮，谁知道那次遇上盗贼，被他们拿明晃晃的刀往脖子上一架，当时就……”

“就怎么了？”

“就是底裤略湿而已。”柳县令老脸一红，连忙略过此节，继续说道，“这还罢了。那些盗贼凶狠无比，人命在他们眼里轻贱如草。如果不是你爹当时出现打跑他们，你柳伯伯我就会血溅当场，死得很难看。”

“那确实。”云天河看了看他的身形，稍微想象了一下，很诚恳地点头认同。

“是吧？从此我就和你爹爹结识，还兄弟相称。本来我想要他留在寿阳助我治理此地，但人各有志，你爹那时一心想要修炼成剑仙，盘桓几日后便离开了。”

“那后来呢？我爹成了剑仙吗？”

“惭愧！这我也不太清楚，你爹如此一去，数年没有音讯，直到有一天……”柳大人略一沉吟，陷入对当年的回忆，“那天他突然出现在我府中，怀抱一名女婴，托我把那孩子抚养长大，让她做个心地善良之人。正巧我和夫人成亲后一直未有生养，自然十分乐意。你爹见我们答应下来，转眼便纵身去了——那动作倒是非常迅捷的。你爹的行踪，向来飘忽，自此一别，不知何年何月能再相见。于是我命裴剑带了他的画像，一有机会便四处寻访，这才有今日的相聚哪。”

说完前后这种种缘由，柳大人捋着自己的灰白胡须，也颇为感慨。

“哦……”特殊的成长经历，却让云天河对父亲故人这番话，反应相对淡然。他想了想又问道：“那你知道我娘是什么样的人吗？”

“这……”柳世封犯了难，“别说我没见过，云贤弟连提都没提起过啊！”

正当二人说话间，那柳夫人阮慈却从门外走进来，手里提着东西，朝着一老一少笑道：“看你们，我才离开一会儿，就只顾着说话了。”

“这味道……是酒！”云天河的鼻子努力吸着，“好香啊！”

“是酒啊！”柳夫人和蔼笑道，“老爷说你爹最喜欢这‘蜜酒’，我才想到地窖里藏了几坛，也该拿出来喝了。”说着话，她走到桌边，将手中拎着的小酒坛在桌上放下。

“不！”云天河看着酒坛咽了咽唾沫，坚决说道，“我不喝，菱纱说酒不是好东西！”

“哈哈哈，男子汉大丈夫，哪能不识酒味！”柳大人却是豁达笑道，“贤侄不用担心，酒喝多了当然糟糕，但偶尔喝一点儿却没什么！”说着话，他便帮少年倒了一杯酒。

“怎么办？”云天河犯了难，“一边菱纱说不能喝，一边柳波波又说能喝。

我到底该听谁的？”

想着想着，他闻着酒香，不由低头看看眼前那白瓷酒杯中微呈褐色的香醇米酒，口中喃喃说道：“柳波波你说……我爹喜欢这蜜酒？”

“不错！这酒乃是用了上好的糯米，佐以酒药酿制而成，还加了蜂蜜，所以喝到嘴里香味醇厚，贤侄定要尝尝呀！”

“真香啊……不管了！”云天河下定决心，“爹爱喝就代表我能喝！”主意已定，他叫了一声“那我喝啰”，便举杯一饮而尽！

“好喝！好喝！比白水好喝多了！”美酒下肚，云天河觉出好喝，忍不住大声赞叹。

“哈哈！”看着少年豪饮的姿态，柳世封眼前仿佛浮现出当年那个洒脱不羁的故友。一念及此，他便不由问道：“贤侄今后有何打算？”

“我？我要和菱纱一起去做剑仙，可以在天上飞来飞去！”云天河说着话，好像眼前又看到昨晚那个年轻剑仙御剑凌空的潇洒英姿，让他激动不已。

这时候，那柳夫人却插话进来：“天河，你和那位姑娘，认识很久了？”

“对啊！”云天河点点头，“挺久的了，都快两天了。”

“嗯，是挺久的……啊？！才两天？”柳大人睁大眼睛惊讶地看着少年。

这时候云天河却没注意到别人的惊讶。他只觉得现在自己身体的感觉很奇怪，轻飘飘的，头也晕乎乎的。

“难道这就成了剑仙？”就在他开始有点迷糊时，那柳世封却有些忧心地说道：

“唉！贤侄，不是老夫想搬弄口舌，而是那姑娘的来历恐怕不单纯。数月前，我听得呈报，有樵夫看到一人在寿阳东北的淮南王陵墓附近鬼祟行事，十有八九是盗墓的贼人。我让那樵夫到堂口述，再由小女画像，与你那朋友确实极为貌似。”

“菱纱……”迷迷糊糊的少年，闻言猛然一惊，“贼？”

## 第十三章 暗夜如冥，凄迷妖光幻雾

突然，府中一股薄薄的紫雾氤氲弥漫，气氛与白天大不相同。

听柳世封说起韩菱纱有可能是贼，云天河却没多大反应。他酒力着实有限，刚才乍一接触蜜酒，贪杯之下，吃得很急，现在已经晕晕乎乎。见他反应不及想象的大，那柳夫人阮慈察言观色，问道：“那姑娘，莫非是你的心上人？”

“心上人？”云天河摇了摇头，“不懂……她对我好，我当然对她好。她是我的朋友。”

“原来只是朋友！”柳大人一听，表情顿时轻松，“如此甚好！如此甚好！哈哈哈。”灯光下，柳县令红光满面，捋须乐呵呵对云天河道，“实不相瞒，这几年我一直很头疼。”

“头疼？酒喝多了？”云天河醉眼蒙眬问道。

“不是。老夫头疼之事，却是小女待字闺中，难觅佳婿，如今见到贤侄相貌人品出众，不妨和小女见上一面。若是你们彼此有意，倒是美事一桩，美事一桩啊！”

“……咦？”这时候云天河却是酒意上头，只顾盯着柳大人，十分纳闷，“柳波波怎么变……变两个了？”

“贤侄觉得如何？”柳县令看着少年，一脸殷切。

“……什么？”云天河努力摇着脑袋，想把脑袋里的晕沉之意给甩掉。

“我与云贤弟，与贤侄，都是一见如故，若是你能成为柳家的女婿，那真是再好不过了！”柳世封看着少年一表人才，越看越喜欢。

“好……好……”云天河嗫嚅了几声，最后声音低下去，“好晕啊……”

最后几个字，柳大人却没听清。他以为少年答应，顿时鼓掌大笑：“哈哈，好！太好了！贤侄既然说好，我真是太高兴了！哈哈哈！”

“呃……”就在柳县令的大笑声中，头一回喝酒的少年，终于不敌酒力，脑袋猛然一垂，颓然醉倒在桌子边沿。

“贤侄？”柳县令一愣。

“你啊！”一直旁观的柳夫人，忍不住埋怨道，“我看天河早醉了，就你还一个劲唠唠叨叨。”

“哈哈，他的酒量可比他爹差远了。”柳县令捋着胡须，看着酣然醉倒的少年，眼中满是慈爱之意。

“唉，老爷别高兴得太早。”柳夫人却是给他泼冷水道，“你这样给璃儿指配夫婿，依她的性子肯定不悦。何况天河对那位菱纱姑娘颇有情意，怕不会随随便便转了心思。”

“夫人此话怎讲？”柳世封一脸愕然，“他们不只是朋友吗？”

“这种事情，你们男人粗枝大叶当然看不出来。可小儿女的心思，哪有这么简单？”柳夫人不满道。

“这……”柳县令顿时愁容满面，“若如此，你我百年之后，璃儿她无人照顾，又该怎么办？”

“儿孙自有儿孙福，老爷又何必太过担心？”柳夫人安慰着丈夫。

“呀，对了，还有一事！”柳县令一拍额头，“白日间，裴剑和我形容当时的情形，我这贤侄老实木讷，那韩姑娘却是古灵精怪。若真像夫人所说，二人怎么看也并非良配啊！”

“依我之见，老爷又多虑了。”柳夫人从容说道，“天河这孩子外表朴实，实则心如明镜，识人处事自有他的原则。”

“唉，但愿如此。”柳县令叹息一声。正在这时，忽听那醉倒的少年，脑袋动了一动，口中喃喃叫了一声：“爹……”

柳氏夫妇听到天河灯下呓语，一齐转头看去，只见他趴在桌上，脑袋左右微动，口中含糊念叨，似有所梦：“爹……娘……”

“可怜的孩子！”柳夫人见状大怜，“他从未与爹娘聚在一起，吃过一顿饭，必定是想他爹娘了。”

“唉，是啊。”柳县令也叹道，“小小年纪，一个人孤苦无依地住在山上，真是难为他了。”

感慨几句，柳大人挥手招来丫鬟，将醉倒如泥的少年扶入客房中安睡。

时至半夜，县令府的客房中，正是烛影摇曳。沉醉的云天河在被服华美的床榻上，发出均匀的鼾声，正是睡得香甜。就在万籁俱寂，只闻少年鼾声时，却有一个人影，轻轻推开房门，又轻轻地走到床边。

“真气人！”摇曳的烛火映照下，这潜入房中之人，赫然便是韩菱纱！此刻女孩儿正双手叉腰，看着床上死睡的少年，气呼呼道：“我在牢里吃干烧饼，找这地方又累得半死才找到，你却吃饱睡好，快活着呢！”

“嗯……”也许是被少女的声音惊动，云天河在锦被中翻了个身，含含糊糊叫道，“死猪妖，哪里跑……”

“还猪妖？”纵然知道少年是在梦中，但再一次被他当成猪妖，韩菱纱怒不可遏，没好气地冲床上少年叫道，“我看你这睡相，才像猪头！快起来！”

听到这大声呼叫，云天河心有所感，迷迷糊糊地睁开眼睛。

“……猪妖？不对，是菱纱！”一见是少女，天河顿时清醒，从床上坐了起来，“那些人让你走了？”忆起先前的事情，云天河觉得有些奇怪。

“哼，小小一间破牢房哪困得住我？不过是想等夜里再行动，懒得和官府起冲突。”韩菱纱双手抱在胸前，显得毫不在意，“你呢？有没有打听到你爹的事情？”

“有啊！”云天河道，“那个柳波波说他以前被我爹救过，他想和我爹一起玩。但是我爹想当剑仙，就离开了，后来还送了个女儿给他。柳波波也没见过我娘。”

“什么乱七八糟的！等等，那个‘女儿’是怎么回事？你们见过面了？”

云天河摇了摇头道：“柳波波说我爹把一个女孩送给他，人就不见了。”

“晕！听上去都是不太管用的消息。”想了想，韩菱纱当机立断，“既然这样，我们还不如快点赶去陈州呢……”正说到这里，韩菱纱闻到房中一股味道，顿时吃惊说道：“这味儿……你，你喝酒了？”

“呵呵，一点点而已，柳波波说没关系的。对了，我当时晕乎乎的，柳波波好像还让我做他们家的‘女须’，什么意思？”

“大傻瓜，喝酒误事，说你不听，哪天？什么？你最后说什么？”韩菱纱惊得差点跳起来，“等等！女婿？……女婿！你答应他了？”

“答应？”云天河挠了挠头，茫然道，“答应了吗？我不记得了……”

“可恶！”韩菱纱叫道，“我们必须尽快离开这里！这柳家真是莫名其妙，连你这种山顶野人都要收作女婿！说不定他女儿比你大上十岁八岁，早已经徐娘半老了。不行，为了你好，我们必须马上走！”韩菱纱一边说着，一边急急拉着少年往屋外走。

“对了，菱纱，什么叫‘贼’啊？”往外走时，云天河想起一事，忽然问道。

正要出屋的少女，听得少年这么一问，身形顿时一滞：“贼……你哪里听来的？是那个柳大人说的对不对？他说我是偷东西的小贼？”

“是啊，他讲的时候还一副不高兴的样子。”云天河如实回答。

“胡说！”韩菱纱怒不可遏，叫道，“我韩家子孙习风水堪舆，通机关巧槛，世世代代都是独行千里的陵墓大盗，又哪里是白痴小毛贼可以相提并论的？”韩菱纱双手叉腰，柳眉倒竖，杏眼圆睁，瞪着少年，警告道：“以后不许说我是贼，不然我翻脸了！”

“哦。”云天河却是非常淡定。沉默了片刻，他忽然想起了一事，便问道：“那你前天去我爹娘的墓，是做什么？”

韩菱纱闻言一愣：“我……我……我上山是为了找剑仙的宝物，绝对没有冒犯他们的意思。墓室毁了，我也很抱歉，所以现在要将功补过，帮忙找你爹娘的消息。”晃动的烛光中，少女一脸的歉意。

“呵呵，还是你对我好。”云天河完全相信了少女的话。

“什……什么啊！”看着少年笑嘻嘻地看着自己，韩菱纱竟是没来由地一阵心慌。她赶忙一跺脚，装着生气的样子叱道：“一个大男生，讲这种话也不害臊……你还笑！傻笑什么，走了啦！”

等二人走出屋外，却突然发觉府中一股薄薄的紫雾氤氲弥漫，气氛与白天大不相同。不仅如此，那天上本来皎洁的月轮，也好像被这府中的紫色薄雾浸染，变得朦朦胧胧，只发出一种妖异的紫色微光，让这黑夜的县令府后院显得更加诡秘莫测。

“阿——阿嚏！”鼻中嗅入了一缕紫雾，向来身体壮实如牛的云天河，却还是忍不住打了个喷嚏，忽地浑身有些发寒。

“小心！”韩菱纱低低叫了一声。她看了看弥漫在花树亭台间的紫色薄雾，轻轻嗅了嗅，顿时心中一惊！

“尽量少吸气！”韩菱纱拔出那对望月天心剑，戒备说道，“我来的时候就觉得这柳府有古怪。果然……呀！你做什么？都说了少吸气，你还深呼吸！”

“呵呵，”云天河却是一副不以为意的样子，“香香的，好闻，还有清凉，就是鼻子痒——阿嚏！阿嚏！”

“自作自受。”韩菱纱白了少年一眼，“又不是出门踏青，野人还闻什么花香！听好了，就算紫雾没毒，这地方也不太对劲，和之前的山野树林不一样，别大意！”

听得此言，云天河也变得小心起来。他呼吸时尽量避开那些迷雾，同时四处张望，想借着暗淡的月光，看清“柳波波”府中到底发生了什么。正当他张望时，忽然发现不远处的迷雾里，竟有个门一样的东西，发出荧荧的幽蓝色光芒！

“咦？菱纱，那边有个发光的东西，我过去看看！”也不等菱纱回答，云天河便自顾自地朝荧光之门的方向跑去。

“啊？……可恶！”韩菱纱一个没拉住，云天河已经没入迷雾之中。暗夜之时，怪雾弥漫，在微弱的月光映衬下，那柳府中无边的黑夜仿佛变成了一头阴险而凶猛的怪兽，蹲踞在黑暗中，随时择人而噬。

见得如此，韩菱纱知道不是生气的时候。已经不是第一次被少年气着的少女，只得在心中恨恨想道：“可恨啊，我的提醒他根本没在听……要不是现在时机不对，我……我……”

虽然心中埋怨发狠，韩菱纱看着少年被迷雾吞噬的残影，只得按下心头之火，义无反顾地跟了上去，走入那凄迷的怪雾之中……

# 第十四章 琴弹绮梦，谁立寒月清宵

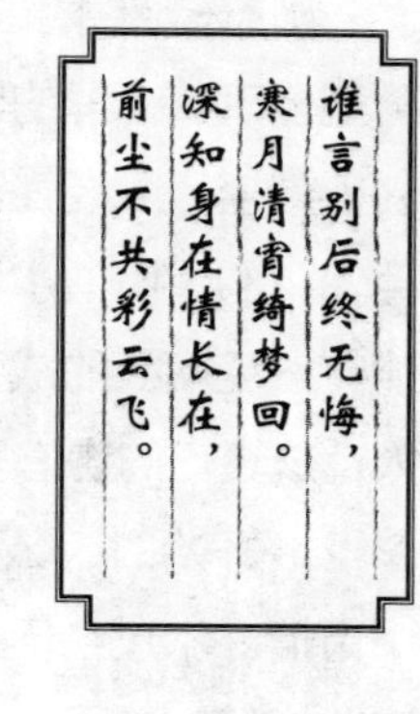


韩菱纱跟上云天河的步伐，一起探寻紫雾之中蓝光之门的秘密。

本来只是很简单的事情，谁知道白天里十分寻常的县令府邸，这时候却多了不少不速之客。云天河和韩菱纱看得分明，就在前面路上，那依稀的紫雾中，竟有不少妖物的身形若隐若现。吃惊之下，本来他们想绕过去，谁知道那些妖物竟然主动冲上来向他俩攻击！而这些怪物还长得十分奇怪，引得二人在攻防之时大呼小叫：

“哇！会发雷电的竹节……什么？你叫‘节节高’？名字真喜庆！”

“啊呀！会刮旋风的旧灯笼……哦，你叫‘赝月’啊。我看名字很合适，果然只是冒牌的赝品妖光。”

以上是韩菱纱和妖怪们的对话。云天河话比较少，但是当他看到一个身姿飘逸容貌妖艳的女妖时，也忍不住惊叫：

“哇塞，你这女妖怪真好看！裙子飘飘的，脑袋周围还有花儿飞舞，排成圆圈。请问妖怪妹妹你叫什么名字？……哦，‘醉月’，很好听啊。那为什么长得这么好看又有这么好听的名字，还要出来做妖怪？哎呀，干吗朝我扔石头！砸得我好疼！”

“笨蛋……”韩菱纱见少年跟这妖艳女妖搭话，便气不打一处来。不过当那女妖神色凶狠地向少年施出土灵法术，她也赶忙跳上前去，手中一对望月天心剑挥舞如风，将那些迎面打来的土石击成碎屑。

柳府暗夜中突然出现的这些妖怪，虽然并不强大，但奈何它们神出鬼没，再配合气味诡异的紫色薄雾，还是将云天河和韩菱纱弄得手忙脚乱。不过他们二人，韩菱纱久经江湖，身具家传仙术；云天河则在山中锻炼得筋强骨壮，对刚学会不久的雷电仙术又似有超强的理解天赋。像先前他们二人就算对上风邪兽，也能有杀死两头的战力。因此，这些柳府中的虚幻怪物虽然诡秘，但并不能对他二人造成真正的伤害。

最开始时，云天河因为善良的本性，对自称“醉月”的美貌女妖还有些手下留情。不过经历几次打斗，再加上韩菱纱气急败坏的提醒，云天河终于领教了这些妖怪的凶残本性。一待他毫不留手，他那强壮的体力和对雷电仙术的精微操控，就显现出强大的杀伤力。渐渐地，那些妖怪不断出现，又不断地死去。云天河和韩菱纱在柳府迷阵中纵横捭阖，清剿着所有挡路的妖物。当他们终于抵达了刚开始发现的蓝光之门时，还没等他们仔细查看，却被一股强大无比的吸力牵引，转眼被吸入门内。

还没等他俩来得及害怕，却发现自己转眼又立在了柳府之中，只是眼前的景物稍有不同。不仅如此，先前被清理掉的怪物，现在又出现在前路之上。

“有古怪。”韩菱纱回头看看身后这座荧光之门，又看看远方迷雾中若隐若现的更多光门，心中若有所思。

“我们被困在这怪阵之中了吗？”云天河有些发愁地问。

“你这次真聪明。”韩菱纱答道，“这果然就是一座法阵。”望了望远近的荧光阵门，韩菱纱忽然神色一振，挺胸说道：“不管是什么怪阵，对本姑娘来说，都不在话下。你不要乱跑，跟在我后面就行。如果我没猜错，只要走对这些光门的顺序，就能走出迷阵。”

自信地说完，韩菱纱看看远近那些战力并不强大的妖怪，忽然觉得有些奇怪：“这法阵究竟何人所设？看着不太简单，显然想困住我们。但能设出如此精妙法阵之人，怎么才派出这些弱小的幻妖？此人究竟意欲何为？”

又想了一阵，实在没有头绪，韩菱纱便决定，不管如何，先一路打出去再说！

有了韩菱纱对阵门的揣摩和指引，再加上他俩对拦路幻妖的特点越来越熟悉，接下来的战斗可谓畅快淋漓。特别是云天河对雷灵仙术的掌握，竟是突飞猛进！本来他只能打出韩菱纱所教的简单雷咒，每次打出一两道闪电。没想到在和赝月、醉月、节节高的战斗过程中，竟偶尔能一次性打出七八道闪电，几乎类似雷系更高阶的仙术“惊雷闪”！不仅如此，他打出的电光颜色还由淡转浓，隐隐呈浓烈的金黄之色。

见少年对仙术的领悟竟是如此超出常人，韩菱纱看在眼中，心里也暗暗称奇：“果然不愧是剑仙之子啊！”现在她对寻找云天河之父剑仙的兴趣，愈发地强烈了。

快意淋漓地杀幻妖，精心计算地走阵门，大概花了半个多时辰，他们二人终于杀灭了大部分妖怪，走过了大部分阵门。正当韩菱纱准备再接再厉，彻底走出迷阵时，她却和云天河听到一缕悠扬的琴声，从薄雾依稀的夜色中传来。

“你听到了吗？”韩菱纱现在疑神疑鬼，生怕是自己幻听。

“听到了。真好听啊！”云天河真诚评价。

“我们去看看，说不定弹琴的人就是搞鬼的家伙。”韩菱纱迅疾朝乐声传来的方向跑去。

随着二人奔近，那玲珑的音符，在迷雾之夜如流水般淙淙流泻，传到云天河二人耳中时，宛如仙乐一样。云天河和韩菱纱都不由自主地加快了脚步，转眼走进了一处繁花盛开的院落。

离乐声越近，云天河便觉得越舒服：“菱纱，这音乐真好听。我听了之后，心里好像很舒坦，很平静……”

“嘘！”韩菱纱回身做了个噤声的手势，“不要说话，前面有人，别打草惊蛇。”

到了这里，那紫雾仿佛更加浓厚。透过雾气，他二人极目观瞧，看见前方隐约有个人影。云天河见状，一步跨出，朝那人影边挥手边喊道：“喂！前面的人，这么大的雾，我们好像迷路了。你知不知道出口在哪里？”

“笨蛋！”韩菱纱见状，差点气绝，马上从背后给了天河一拳，“你白痴啊！我不是说要谨慎行事？哪有这样直接冲上去的，还问路，万一是陷阱怎么办？”

“呵呵，不会，她不是坏人。”云天河却是一脸的自信笃笃。

“哼，你又知道了？”韩菱纱讽刺一句。

“真的啊！你没感觉出来吗？”云天河有些吃惊地看着少女，“因为她没有任何杀气啊！”

正在两人说话间，前面裹着那人的浓厚紫雾，却以一种出奇的速度迅速转淡，仿佛冰雪消融。随着紫雾的淡化，一个曼妙婀娜的身影也渐渐显露，衬着迷离的幻雾，宛若出水的芙蓉……正是：

谁言别后终无悔，
寒月清宵绮梦回。
深知身在情长在，
前尘不共彩云飞。

# 第十五章 梦影雾花，相思织梦亍云

第一眼看清这少女的面容，云天河仿佛觉得有一股冰凉的风息，正跨越万年而来。

迷雾渐散，优美的身影在退潮的雾气中亭亭玉立。

虽然月色依然依稀，薄雾仍未散尽，但云天河已可看清，一位抱着凤首箜篌的宫装少女，正在夜色中亭亭而立。她身形颀长，年纪看起来比云天河和韩菱纱都略大一些。她的两鬓青丝垂髫，飘如柳丝，好像缀满星光的夜色，在两腮边柔美无限地垂落。青丝掩映的容颜，娇美无俦，就好像世间最空灵幽美的兰花，在夜色里静静地绽放。雪白的额头，点一朵鲜红额黄，呈奇异的火焰纹样，似有种异域风情。那双眼眸明如秋水，初见灵动有情，再看幽远深邃，与一身华贵蓝裙、霞红飘带相配，正显出一种冰与火交织的罕见气质。这种气质，凝静幽沉，所立之处，若有万道光华，照亮了一方天地。

而这种交织了冰冷和梦幻、幽静与绚丽的气质容颜，让韩菱纱有一种感觉：这女子，就像一块最上等的冰丽琉璃啊！习惯使然，甚至让她在一瞬间，有将这个少女收藏的冲动……

这女子的美貌也实在惊人，不用说云天河，就连识人无数的韩菱纱，也觉得眼前之人是自己所见过的最美之人。

不知道为什么，第一眼看清这少女的面容，云天河仿佛觉得有一股冰凉的风息，正跨越万年而来，将深藏心中的隐秘前尘，轻轻地掀开一角。当然他现在懵然无知，只觉得这女孩儿生得多美妙啊，让自己的心里既快活又浮躁，自己的那颗心啊，就好像夏日荷叶上的露珠，晶莹澄澈，滴溜溜转个不停……

面对惊艳的二人，那绝美女子却好像视而不见。她樱唇轻动，念起难懂的咒文。随着念诵，她的周身出现紫色的咒文光符，如一幅明亮华美的紫色绸缎，将她团团萦绕。念咒片刻，她抬起皓白如雪的玉腕，对着天空做了一个复杂而优美的动作，口中叱道：

“梦影雾花，尽是虚空；因心想杂乱，方随逐诸尘，不如万——般——皆——散！”

随着这声轻叱，她身周的紫色符文光带瞬间破碎，在散入夜空的同时，也将柳府中残留的迷雾彻底驱散。迷雾散尽，少女轻抚发丝，朝这边轻启朱唇，说道：“这‘千华灵幻之阵’对人无害的，没想到你们用了这么久才出阵。”

和云天河不同，韩菱纱毕竟是女孩儿，最先从惊艳中清醒过来。一旦清醒，她想起刚才的迷阵和少女这句不太客气的话，便忍不住气恼起来：“哼！你谁啊？凭什么把人当猴耍？还说无害，那些臭女人、臭灯笼打在我身上还不是一样痛！喂——”她转向云天河，想得到他的支持，却发现他还对着那女子发呆。

“喂，我说的对不对啊？”韩菱纱加重了语气，却没想到少年依旧只顾呆看，保持沉默。

“喂！”这下韩菱纱真的生气了，冲少年叫道，“看得眼珠都快掉出来了！有这么好看吗？”

“啊？”被她这声大叫惊醒，云天河挠着头讪讪道，“没，没……好看！”本来为了平息菱纱怒气，他想说不好看，但实在觉得不能昧良心，结果话出口时，还是变成了“好看”。

“你这呆子，知道啥女人好不好看？”韩菱纱气呼呼地小声抱怨了一句。不过她看看云天河这样子，知道对这山顶野人发火也没用，便又把矛头转向那个少女：“哼，你少瞧不起人，我旁边这家伙吧，虽然看起来傻乎乎的，但内功却深不可测，一拳能打死三头熊呢！”

“呃，菱纱……”云天河闻言有些不好意思。韩菱纱却不管他，依旧朝那少女愤愤说道：“至于我嘛，更是纵横江湖多年的女侠，手下败将无数，刚才只不过疏忽大意了，要不然……哼哼！”正说得起劲，冷不防旁边少年跟她摆手道：“菱纱，我不可能只用拳头就打死熊吧……山猪还可以试试。”

“笨蛋！你也太实在了吧！”韩菱纱嘟起嘴，真生气了。不过那少女却没有理韩菱纱。她认真打量了两下少年，便微微侧身，飘飘下拜，行了一个无比优雅的万福之礼，而后轻启朱唇，柔声说道：“云公子，你爹……他还好吗？”

“你也认识我爹？”云天河有些奇怪。他想了想，有些忧伤地答道：“我不知道他现在好不好，他病死很久了。”

“啊？云叔过世了？”少女掩口惊呼，“怎么会这样……当年他在祸乱中救我一命，我一直想再找到他，报答他。”

听她此言，云天河好像忽然想起什么：“你是柳波波的女儿？”

少女点点头，答道：“是的。我叫柳梦璃。”

“啊，我明白了！”韩菱纱恍然大悟，脱口叫道，“原来你就是那个半老徐娘？”话才一出口，韩菱纱忽觉不妥，俏脸一红，连连摆手更正，“不不不，我是说柳大小姐，既然也算故人，你又何必设下迷障为难我们呢？”

“对不起。”柳梦璃柔声说道，“我听说他是云叔的儿子，就想试试他的功力。而且我想问他云叔现在过得好不好，因为爹什么也不肯告诉我，说是等到明天再谈……”

“那个……”韩菱纱有些奇怪，“你被救的时候年纪应该很小，居然记得是谁救你？”

柳梦璃微微点头：“嗯。万物生而具备五灵，就算是幼儿，也有他们自己的方法感知外界。只是凡人懵懂，成年后反而自闭视听，变得无感无知。”

云天河闻言，挠了挠头：“不太明白，好难懂。菱纱，你听懂了吗？”

韩菱纱正要回答，正在这时却听一阵脚步声，便见那柳世封柳大人，正从别院跑来。

“贤侄哪！”胖乎乎的柳县令人未至声先到，“我去找你，本想秉烛夜谈，你怎么跑到璃儿这边来了？莫非……莫非……你和小女，你们已经私订终身啦？”

“爹！”柳梦璃脸一红，嗔道，“你胡思乱想些什么哪！女儿是觉得，云家公子和这位姑娘都无意在府上久留，不如打点打点，让他们随意离去吧。”

“那……那怎么行！”柳大人急道，“天河是爹千挑万选才帮你看中的夫婿，他可是你云叔叔的儿子！”

“爹，既然您知道云叔是我心中的大英雄、大恩人，那又怎么可能有人比得上他？”柳梦璃轻抚发丝，有些惆怅，但语气十分坚决，“更何况仰慕之意不同儿女之情，终身大事，女儿想要自己做主。”

柳梦璃这样说法，放在当时，可谓惊世骇俗。不过很奇怪，她的义父柳大人只是微一迟疑，当看到女儿坚定的神色，便语气一转，连连说道：“好好好！爹都依你，哈哈，璃儿高兴就好。”

韩菱纱见了两人这情状，忍不住笑道：“嘻嘻，见过怕老婆的，还没见过怕女儿的呢！”

韩菱纱一开口，柳世封柳大人这才注意到她。原先他的全副心思，都放在了女儿和云天河身上。月色朦胧，柳大人一时没看清韩菱纱的面容，便开口问道：“这位姑娘是？三更半夜怎会出现在柳府？是璃儿的闺中好友吗？”

云天河却没注意到他在打量韩菱纱，开口跟他说道：“柳波波，我和菱纱要走了，以后再来找你玩！”

“啊？”这时柳世封却想起来，蓦地惊道，“她……她便是那个女贼？”

一想起韩菱纱是谁，柳大人便捻着三绺胡须，慢条斯理说道：“如此说来，戴罪之身岂能四处乱跑！这位姑娘理应回到衙门，听候发落！”

“什么‘贼’！”韩菱纱却急了，觉得自己受到了侮辱，“我可是堂堂正正的‘大盗’，听清楚哦，是‘大——盗’！再说了，我不偷不抢活人的东西，死人都已经入土了，那些陪葬的瓶瓶罐罐根本用不上，把它们拿来帮助更需要的人，又有什么错？”

柳大人乃是儒生出身，见她说出这样惊世骇俗的话，还一副理直气壮的样子，顿时被气得脸色发白，语调颤抖地叫道：“这……这……全是歪理……全是歪理呀！”

“柳波波，到底为什么？”云天河一副不解的样子，“你不让菱纱走，我们就不能一起去修仙了。”

“贤侄，你不明白……”柳大人看了少年一眼，不由得叹息道，“唉！这叫我如何是好！”

“唔……爹，女儿倒有一个办法。”柳梦璃忽然柔声插话。

“哦？快说来听听！”

“女儿今早刚听说，近来寿阳附近的女萝岩时有妖怪出没，您十分伤神。既然如此，不如让韩姑娘他们和我一同去探查此事。若是解决了，韩姑娘就算为地方上做了件大好事，您放了她倒也说得过去。”

韩菱纱一听，这主意很对胃口，便高兴地拍手叫道：“好主意，成交！就这么说定了！”

“不行！万万不可！”这一回柳大人却是一口否定，“根据百姓报告，那女萝岩之妖十分凶残，你们若去，着实太过凶险！你们几个啊，年纪还小，怎能担此重任？”

刚才还对韩菱纱喊打喊杀的柳大人，这时却把她也说在里面，一起担心，可见这位原则性很强的县令大人，恐怕内心并没真正把可爱的少女当成贼呢。

## 第十六章 女萝岩乱，剑指八公妖邪

八公草木晚离离，
仿佛成人似设奇。
老气逼云含雾雨，
空青拔地镇淮夷。

见爹爹反对，柳梦璃却是柔声说道："爹，您不用担心，女儿自有分寸。何况云公子和韩姑娘也都是身怀绝技之人，大家小心一点儿，不至于有什么闪失。"

"但是……"柳世封还有些迟疑。

"爹，您不相信女儿吗？"

"这……唉，就按璃儿所说吧。"柳世封叹息一声答应，又提醒道，"你们务必要谨慎行事。璃儿你虽然天生具有灵力，但也不可疏忽大意呀！"

"太好了！"见他答应，云天河顿时兴奋起来，"要去打妖怪？好啊好啊！上回输给那些家伙，这次可不会再输了！"

"笨蛋！你高兴个什么劲？"韩菱纱给他泼起了冷水，"天底下的妖怪又不是只有一种。"

见云天河如此雀跃，柳世封忧愁略减，抚须笑道："哈！贤侄有此斗志，实在难得！我这就去吩咐下人把别间客房收拾收拾，让韩姑娘歇息。"说罢，他一拂袖子，便离开了小院。

见爹爹离去，柳梦璃也优雅地行了一礼，柔柔说道："我也回房了，两位请自便。"说罢便欲转身离去。

"哎！等等。"韩菱纱却出声叫住她。

柳梦璃闻言，停步回头，却没说话，只是静静地看着少女。

“不管怎么说，谢谢你替我解围，我可不想再回那个破烂牢房。”韩菱纱诚恳说道。

柳梦璃闻言摇了摇头：“你太客气了。以你的身手就算要逃，我爹又有什么办法呢？倒是你顺水推舟，愿意帮忙，是我要感谢你这份善心。”

平静地说完这番话，柳梦璃也不待面前的少女回答，便转身姗姗离去，没入小院外的夜色中。

看着她离去的背影，韩菱纱沉默了一阵子，然后忽然笑出声来：“哈哈，这柳府果然有意思！一个呆呆的老爹，加上一个神神秘秘的女儿，倒是和山顶野人挺相称的——咦？天河？”韩菱纱扭头一看，却见云天河朝着院门的方向发呆，一脸呆呆愣愣的样子。

“回——神——啦！”韩菱纱拿手使劲在他眼前摇晃，“别看啦，人都走掉了！”

“啊？”云天河如梦初醒。

“哼，在想什么呢？”韩菱纱的脸色不是很好。

“我……”云天河挠了挠头，想了一下才道，“我跟你说，这里的饭菜好吃得不得了。如果我们多住几天，又能多吃几天呢！”

“啊？你刚才一直不说话，难道都在想这些？”少女一脸不相信的样子。

“对啊，所以你说要离开柳家的时候，我真有点难过。”云天河一脸的哀愁，跟哀悼逃跑的山猪一样，“那么好吃的饭菜，以后要是吃不到了可怎么办？唉……”

“我……我一定是哪里不小心得罪了老天爷，才会遇到这家伙！这都是报应……”韩菱纱看着一脸忧郁的少年，心情也变得忧郁起来。

“咦？菱纱，你怎么了？干吗自己和自己说话？”云天河听到了她的自怨自艾，十分关心。

“你走开啦！”韩菱纱挥舞着手，好像在赶苍蝇，“我不要认识脑袋里只装食物的人！我要跟你拆伙！”她气呼呼说完，便飞快跑掉了。

“喂——你不是要我走开吗？为什么变成你走开啊？”云天河望着她的背影大叫。

听到身后的呼喊，飞跑中的少女默默地对自己说道：“我应该更早跑开的！”

见大家都散去，云天河也回到自己的客房。当他躺在床上，看着屋顶天花板上微微泛黄的花纹，心中忍不住想起今天发生的事情。

“呵呵，柳波波的女儿，夸我爹是大英雄呢。这么看，她是好人……”

“菱纱老爱生气。爹常说我让他生气，容易伤肝。伤肝啊，这样不好，我得和她说说……”

“今天的饭菜真香，真是好吃，后悔没多吃点……”

他的脑海里，想着这些杂七杂八的东西，眼皮渐渐沉重，不知不觉便睡着了。

到了第二天清晨，当云天河醒来，梳洗已毕，便有一位穿着水绿裙子的丫鬟候在门口，对他禀道：“云公子，老爷请你睡醒后去前厅，我家小姐和韩姑娘都已经等在那里了。”

“好啊！”云天河回头看看没什么东西落下，便跟着绿衣小丫鬟来到了县令府的前厅。

等他走进大厅，便见到柳氏一家三人、韩菱纱都已等在那里了。

“哈哈，贤侄！”柳世封见云天河到来，顿时容光焕发，“你来得正好，我们正要向韩姑娘说女萝岩之事，你也听听。”

“好啊！”云天河找了张凳子，在他们旁边坐下。

提起女萝岩的话头，柳大人脸上有些惭色：“说来惭愧，我初来寿阳时，治理无方，此地百姓虽不至困顿潦倒，却也绝非大有余钱，行商买卖之人更是少之又少……”

“老爷何必耿耿于怀？”柳夫人阮慈替他排解，“尽人事而后听天命，璃儿后来帮了寿阳百姓，不也是一种福缘吗？”

“夫人说得甚是！”柳世封看了一眼柳梦璃，骄傲说道，“多亏璃儿的巧手，把城外山上的‘离香草’做成熏香，从此各地商贩争相购买，连京城里的贵人都对这种香赞不绝口。正因为城里百姓有了这项获利颇丰的新生计，寿阳也才有了今日的富庶。”

“你女儿真厉害，不过这跟妖怪有什么相干？”云天河有些迷惑。

“云公子，是这样，”柳梦璃轻声说道，“爹爹所言离香草，盛产自寿阳西北面的女萝岩。女萝岩的离香草，不仅茂密，品质还好，相比其他地方的离香草，香气久凝不散，更适合做熏香。城里的人多半都去那里采摘，只是近半月来，那女萝岩忽然有妖物频频伤人，如今没有人再敢接近了。”

“啊？那真是大麻烦！”韩菱纱惊道，“财路断了，这可是大大不妙！”

“不仅如此，”柳大人忧心忡忡道，“老百姓心中慌恐，更是令人忧心。”

“是，不过爹爹不必忧心。”说到这里，柳梦璃看了一眼云天河，却见他不知何时满嘴塞了桂花糕，正在那儿大吃特吃，便忍不住轻轻一笑，说道，“请爹爹宽心，待云公子用完点心，我们就出发吧，这种事情总是越早解决越好。”

“那个傻瓜！”这时韩菱纱顺着柳梦璃目光的方向，也发现了那位专注美食的少年，顿时觉得自己作为同伴，也有些羞愧，“只顾着吃，根本不用理他嘛！事不宜迟，马上走就好了！”

“这就要走了？璃儿，爹真是不放心你……”见这几个年轻人就要出发，柳大人十分舍不得。他吩咐人取来一篮点心，亲手交给柳梦璃：“女儿你看，这是爹嘱咐王厨娘做的点心，都是你平时爱吃的，要记得带上！”

见他如此，韩菱纱在心里大叫：“喂喂！老伯，我们可不是去踏青玩乐的啊！”

“爹！”柳梦璃也是嗔道，“女儿心里记挂着事情，哪还有心情吃点心？不如等到一切解决之后，再慢慢品尝也不迟。”

“你……你不吃啊？”听柳梦璃这么说，云天河一脸的不可思议，“这么多香喷喷的点心，一看就好吃，不能浪费。既然你不吃，那我带着吃好了！”说着话，他便老实不客气地接过那篮子点心，珍而重之地塞进自己的行囊。

“哼！你就知道吃、吃、吃！”韩菱纱没好气地说了一句，便转身走出大厅。

“咦？又怎么了？”云天河不明所以，“菱纱以前只是爱生气，怎么现在说话还有些口吃了？”

“爹、娘，不用挂念，我们会早去早回的。”柳梦璃跟父母二人施礼告别。

柳世封点点头，再次叮嘱道：“璃儿、天河，你们和韩姑娘都要小心，万一情况不妙就跑，可不要逞强吃眼前亏。”

“柳波波，你放心！”云天河拍着胸脯叫道，“我其实不怕妖怪，只是怕打不过它们而已，呵呵！”

柳家三人闻言，尽皆无语。沉默半晌，还是柳梦璃说了声“走吧”，便领着少年一起出得厅去。

为探女萝岩妖事，云天河三人便由寿阳北门出城，一路逦逦，不久便来到八公山脚下。

八公山，地处寿阳之北，乃江淮名山。其山势雄峻绵延，号称“一脉四十峰”，敷青掩绿，处处风景如画。对这八公山美景，曾有寿阳城中的名士写诗赞叹：

八公草木晚离离，
仿佛成人似设奇。
老气逼云含雾雨，
空青拔地镇淮夷。

这诗虽然写得一般，却道尽八公山的空灵峻奇。

到得八公山脚下，袅娜文静的少女便指点山上说道：“上山之后，往西北便是女萝岩，东北面则是……”一语未完，却是另一灵动少女抢先说道：“嘻嘻，我知道，是先代淮南王的陵寝对不对？”

“韩姑娘说得没错。”柳梦璃点点头，“其实这八公山之名，便来自西汉汉武帝皇叔淮南王刘安手下的八位贤人。典故‘一人得道，鸡犬升天’，便是出自这里。”

“一人得道，鸡犬升天？”这话儿云天河还是第一回听到。

“是的。”柳梦璃柔声解释，“传说当年淮南王和手下八公修道，最后登临此山，不仅埋金于此，还炼成仙丹，吃了之后白日飞升。他们吃剩下的仙药残留在器皿上，那些鸡犬舔了，也都成了仙。”

“啊？这就能成仙？”云天河顿时精神一振，“果然嘴馋好吃是没错的，关键时候还能成仙！那现在山上还有仙药吗？有的话我们赶紧找到，一起成仙吧！”

柳梦璃闻言，微微低首，掩口一笑，然后抬头跟少年说道：“应是没有了。这本就是传说，而且千年以上，栉风沐雨，就算当年有什么仙迹，现在也该早就磨灭了吧！”

“唉，那太可惜了。”云天河一声慨叹，神色幽怨。

“不错不错！”旁边那韩菱纱，却突然叫起好来！

说起来，这姑娘对柳梦璃的讲解典故才没兴趣。她这一阵只顾举目张望，打量着八公山的雄峻山形。

看了一阵，她忽然拍手，大加赞叹：“淮南王那老头，还挺会挑呢！八公山山势不错，兼具‘四势’中的‘青龙’‘白虎’，两相拱抱，能让穴场不受外风吹袭。只是可惜啊可惜，山前却只有寿阳的护城河，要是能够聚水成沼，就真的再好不过了！”

“菱纱？”云天河一副好像不认识她的表情，“你讲的话怎么那么怪？好难懂啊！”

“哼！你就是吃得多，懂得少！”韩菱纱身体向他前倾，手臂夸张地挥舞，跟少年扮了个鬼脸。

二人这一番笑闹之时，柳梦璃只是微笑旁观，并不插话。等他们稍停下来，她才注目韩菱纱，脸上带着笑意道：“韩姑娘，我曾听爹爹说过，风水堪舆之术，晦涩难明，就算天生聪慧，也要一二十年才能略有小成。韩姑娘对八公山风水有如此见识，真不简单。”

“哈哈！”韩菱纱打着哈哈，毫不在乎地说道，“这也没什么啦，大盗入门知识而已，否则只能做小贼啦。在我老家要是不懂这个，会被人笑话一辈子的。对了，我说，我们现在也算一条船上的了，你别那么见外，叫我菱纱就好，不然我可要叫你‘柳大小姐’啰！”

柳梦璃点了点头：“我知道了，菱纱。”

“欸！”韩菱纱应了一声，开心笑道，“这才是嘛，都是年轻人，别这么拘谨。好了，不用多说，我们快点赶去女萝岩吧！”

# 第十七章 幽洞妖影，风云变少年行

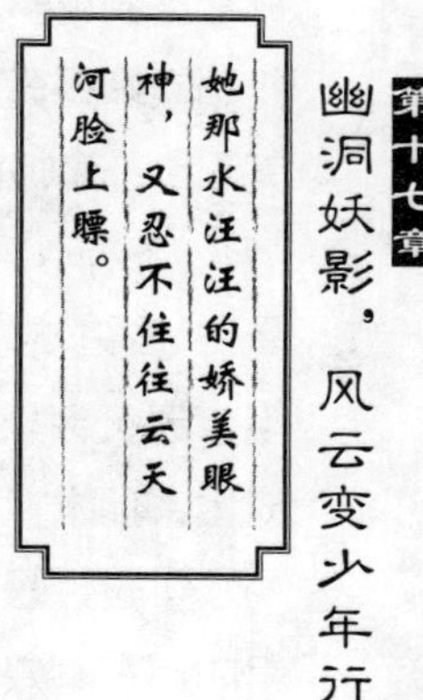

她那水汪汪的娇美眼神，又忍不住往云天河脸上瞟。

八公山在外面看着仿佛山清水秀，特别是在日光照耀之下，显得日丽山明，十分朗和。谁知道，等云天河在柳梦璃的带领下，走入女萝岩，才发现此地乱石纵横、枯树如鬼，气氛十分阴森。再往里面走走，便发现乱石丛中有许多洞窟。当走近洞口，只见阴风阵阵，寒凉刺骨，宛如鬼嚎。

见到这些洞穴，韩菱纱还一脸淡然的无所谓，云天河脸上却有些变色。山中洞窟他也不是没见识过，但是青鸾峰上上下下还没有一个像女萝岩的洞穴这样，一个个好似猛兽的血盆大口。

若是这些凶险的洞窟能避过也就罢了，谁知道云天河听柳梦璃说，女萝岩闹妖怪的地方，正在乱石丛中的地底腹地，要到达那里，还必须得穿过几处像迷宫一样的洞窟。听得这消息，云天河刚开始时脸色有些苍白，不过一看旁边两个娇娇柔柔的女孩子都是一副镇静的样子，便感到有些羞愧。他连忙也昂首挺胸，跟在柳梦璃的后面走入女萝岩的石林洞群中。

在裸露地表的乱石中行走倒还罢了，一路前行时最多只不过遇到些寻常的山间野兽。以云天河几人现在的实力，打跑这些孤狼野狗，完全不成问题。只是，当深入洞穴，走在曲曲折折的溶洞道路上时，无论云天河还是韩菱纱、柳梦璃，都不得不打起十足的精神来探路。为什么要这么小心翼翼？因为他们很快就遇到了真正的妖怪！

没错，他们遇到的就是妖怪。在深洞之中行走，当转过一座石壁，忽有几个褐红色的身影从半空扑来。它们肉翼翻转如轮，凶猛迅疾。如果以为它们只是寻常的洞穴蝙蝠，那就大错特错了！这些褐翼妖蝠的身躯比寻常的蝙蝠要大上两三倍，就跟个苍鹰似的，双眼赤红如火，向几人凶猛扑来。不用说，瞧它们这种邪恶的造型，云天河几人要是被它们的利爪给伤着，恐怕就不只是受点皮肉之伤而已。

好在这支队伍中，柳梦璃和韩菱纱各具奇术，不至于被这样的小小妖蝠所阻。云天河虽然懵懂，也是自幼被父亲训练技击之术，这几日又蒙韩菱纱指点，对雷系仙术粗有心得，对付这几只妖蝠自然不在话下。

不过，虽然如此，当云天河用电光灼落几只褐翼妖蝠，听着它们凶残不减的号叫声在洞穴中反复回荡，也仍然禁不住阵阵心惊。

女萝岩洞窟中的妖怪，绝不止褐翼妖蝠。当他们一路前行，明显变异了的妖怪赤链蛇、毒蜘蛛、钩镰蝎，总在不经意的地方突然冲出。只有遇上这些妖怪时，云天河才知道，原来褐翼妖蝠已经算是好对付的了。那浑身红斑如眼的赤链蛇，不仅毒牙凶猛、身形灵活，还能释放毒焰妖术，在黑暗的洞窟中犹如金蛇狂舞；那体形巨大、浑身灰白的毒蜘蛛，不仅能吐出毒丝缠人，还能轰轰释放紫色毒雷；身上遍布妖异粉红花纹的黯黑钩镰蝎最是可怕，毒牙口中能够吐射黑气蒸腾的毒沼，若是中了，不死也残。

在女萝岩洞窟中的这一番战斗，对云天河这个战场雏儿来说，有幸运也有不幸。幸运的是，他身边有两个颇有来历的战友，能够在激烈的战斗中进行高频率的提醒和高强度的救助，让他不至于中那些一看就恶毒恐怖的妖术；不幸的是，他毕竟实战经验还浅，饶是小心再小心，却还是受了不少皮肉之伤。

当云天河的手臂和腰间开始鲜血淋漓时，他和韩菱纱就见识到了身边那位新伙伴的实力。

“我来给你止血救治。”只见柳梦璃说着，便从腰囊中掏出两样药物来。

“没药、沉香？”韩菱纱自是识货，一看柳梦璃掏出的药材，便叫道，“莫非你要在这里配药？”

“不是。”柳梦璃轻轻答了一句，忽然间提高声音，叱了一声，“沉水润心！”就在她呵斥声中，眼前这昏暗的洞窟中忽然飞舞起无数幽蓝色的光点！

“是水灵！”韩菱纱很快感受到那些光点的凉意。在刚才的战斗中她已经看出来，这位古古怪怪的县令小姐，显然身具水灵仙术。可是，让韩菱纱不解的是，此刻只为救人，施展水灵仙术有何用处？还不如直接捣鼓药材来得实际呢！不过很快她便明白怎么回事：

就在柳梦璃纤纤玉指飞速变幻的手印之中，那漫天的水灵逐渐凝聚。与此同时，没药、沉香之中，有黄绿色的光华逐渐飞出，渐渐与水灵融为一体，将它们本来的幽蓝水光染成春柳的颜色。这之后，浸润了药力的水华，飞上云天河的创口。

很快，在韩菱纱和云天河眼睁睁的注视中，那些翻开的皮肉，以肉眼可见的速度飞快愈合；之前不断流淌的鲜血，也转瞬凝结，不再滴下。

“原来你还会这样的绝技！”虽然对柳梦璃的官家小姐身份有着天然的抵抗，但目睹如此回春绝技，也由不得韩菱纱不叹服。而那云天河感觉到丝丝凉意之下疼痛立止，更是满口的道谢，宛如之前赞叹那些好吃的柳府美食一样。

面对二人的夸奖，柳梦璃却只是平静回应。虽然言语间彬彬有礼，但让敏感的韩菱纱感觉到，这位官家大小姐，骨子里却是真正的淡然。

随着行进的深入，他们遇到更多妖物的阻拦。在前进更加困难的同时，这情景也让他们对女萝岩中闹的妖事更加感兴趣了。这一路斩妖除魔，往深处走，也碰上一两个略通人言的。比如一个丝萝成精的女妖，趁她正忙着向云天河抛媚眼之际，柳梦璃突然出手，擒住她一问，却对结果大吃一惊：

“什么？这些日伤人怪物，竟是槐妖？”

“当然！”丝萝女妖依旧只顾对清俊的云天河眉目传情，直到韩菱纱拿望月天心剑柄在她脑袋上敲了一记，才让她扭着依旧是藤蔓的下身，专心回答柳梦璃的审问。

“你说谎吧！”柳梦璃冷冷说道，“据我所知，槐妖向来性情温和，怎会出口伤人？还咬死几个。”

“真的啊！”丝萝女妖撞起了天屈，“我们女萝岩的精灵们，也不知那些槐妖吃错了什么药。我今天听前面乱纷纷的，还道是什么捉妖的道士垂涎我的美貌故来掳掠，没想到是你们这几个俊俏的小娃儿，来探查槐妖的事情。”说到此处，她那水汪汪的娇媚眼神，又忍不住往云天河脸上瞟。淳朴的少年，还道是自己脸上粘了什么脏东西，费神抹了好几次脸。

“哼！”见她如此，韩菱纱有些生气，喝道，“你的话是真是假，我们待会儿一验便知！”

“那我呢？”丝萝女妖看着怒目而视的少女，有些害怕。

“你嘛……”韩菱纱转着眼珠，正想主意要再教训这女妖一顿，却是柳梦璃轻抬罗袖，说道：“今日看在你有问必答的分儿上，饶你一命，这就去吧！记住，以后切莫作恶！”

“是！是！”听她放自己走，丝萝女妖满口感谢，“还是你好，你最漂亮了！”说着话，她无视旁边韩菱纱要吃人的表情，飞速地扭着藤萝腿逃走了。

“你竟放她走呀？”相比韩菱纱的怒气，云天河却是吃惊，“她不是妖吗？”

“妖也是此方天地间的生灵。”柳梦璃朝少年微微一笑道，“若他们没作恶，没伤害我们，也不必赶尽杀绝的。比如方才这丝萝女妖，听她口气，还先以为我们要伤害她，才会突然出来袭击我们的。”

“这样啊……”云天河挠了挠头，“真难懂啊。不过我记住了，就算是妖，也有好有坏，对不对？”

“正是！”柳梦璃含笑道，“云公子果然聪慧。”

“过奖！”云天河模仿着这几天学到的动作，拱手谦虚一下。瞧着女妖逃走的方向，他想了想女妖之前的话，便将手中弓与剑相互一击，豪气满怀道：“那我们就继续往前，要看看那槐妖到底吃错了什么药！”

“扑哧！”这一回，倒是二女不约而同地笑了。

# 第十八章 离香破家，槐妖悲意堪怜

呈现在他们面前的，却是五只幼年的槐妖，如同小猫一样，瑟瑟发抖地趴在地上。

只是，让这些准备大展拳脚的少男少女们想象不到的是，当他们赶到更深层的女萝岩洞窟时，却震惊地发现，那儿的空地上，竟然已经躺了许多妖怪的尸体！

这些妖怪尸体中，大部分是先前云天河他们遇到的妖物。不过还有少数云天河没见过的尸体，听柳梦璃说，这些就是“槐妖”。云天河看这些槐妖，身子像圆滚滚的小猪，毛皮呈灰蓝色，头顶上有几片碧绿的槐叶充当头发，眉目口鼻则像小狸猫，配上蓝汪汪的眼睛，显得十分可爱。不过再怎么可爱，当它们横七竖八躺倒在鲜血淋漓的妖怪中间时，就显得颇为凄惨和诡异了。

看见地上这些尸体，韩菱纱失惊叫道：“天哪，这是怎么回事？”

“看来有人先我们一步。”柳梦璃道。

看着一地的尸体，云天河很失望：“到底是谁？他把妖怪都打倒了，那我们不就没事做了？”

柳梦璃摇了摇头：“我们只是来探查为何妖会忽然伤人，不一定是除妖。更重要的是，这里的槐妖向来性情温和，应该是有什么缘由。”就在她注目沉思时，韩菱纱却忍不住了，叫道：“怎样都好啦，就是别停在这里，我快吐了！”

“吐？”云天河好奇道，“你早上吃太饱？”

“少废话！我是因为血腥味——咦？”正掩口低头欲吐的韩菱纱，却忽然一惊，一指说道，“慢着！天河！你的脚边有坑，小心别踩！”

云天河低头一看，却见脚边一片泥土，确实与其他地方颜色略有不同。

“你说这个啊！”云天河有些不以为然，“我刚才就看见了，手法不好，土都没盖整齐。”他以山野专业猎人的语气评点道：“倒是你站的地方，好像有个很大的坑哎，挖得比这好多了……”

“坑？”韩菱纱低头一看，却没有发现任何异样，“哪有什么坑？我在上面站这么久也没事……你看——”为了证明自己的话，韩菱纱还试着小跳两下，却见一切正常。

“嘻！”这下她得意了，一边跳，一边跟少年扮鬼脸，挤眉弄眼道，“看吧，你弄错了！真是笨蛋！”

见她不以为然的样子，柳梦璃好言提醒：“不管如何，还是小心为上吧。我们继续往深处走吧。”

就在她刚说完这一句，却突然传来一声巨响！那脚下地面猛然震动，在一片塌陷的破裂声中，还夹杂刚刚得意蹦跳的少女惊呼声！

“怎么了？”云天河和柳梦璃俱是一惊，转头一看，却见原先韩菱纱站立之处，现在只剩下一个大洞——韩菱纱整个人都不见了！

“菱纱！”云天河一声大呼，急忙跑过去查看。柳梦璃一看，也赶紧跟在后面跑过去。

“喂——菱——纱——”云天河蹲在洞口，将手掌放在嘴边聚拢成喇叭的形状，冲下面大喊，“你——听——得——见——吗？”

喊完这句，他和柳梦璃二人在坑边耐心等候。可是，等了良久，那洞下却没有任何回应。

“真是的！”云天河一拳砸在坑边的泥土上，又是生气又是懊悔，“早跟她说这是陷阱嘛……偏偏不信。”

“云公子，现在说这些也无益。”柳梦璃站起身来，说道，“为今之计，我们还是快点去下层找菱纱吧！”

“好啊！”云天河一弹起身，伸展一下筋骨叫道，“我要直接跳下去！”

“云公子不可！”柳梦璃急声阻止道，“下面是什么样，谁都不清楚。这女萝岩里太古怪，万一你也受伤，怎能救菱纱呢？”看着急得抓耳挠腮的少年，柳梦璃一脸认真地说道：“云公子，无论何时，越是心急，越是要冷静。”

“你这么说，也有道理。”在少女仿佛泛着沉静魔力的话语声中，云天河也冷静下来。

“那我们抓紧时间去下层吧！”柳梦璃道。

“好！”

可能柳梦璃的话真的很有道理。先前他们还时不时遇到妖怪挡路，之后这一路狂奔下行，竟很少碰到什么艰难险阻。

当来到女萝岩洞窟的下部，云天河稍一张望，便一眼看到躺倒在那边地上的少女：“啊！在那边！”

远远看去，只见韩菱纱倒在一个满是泥污的坑里，一动不动。云天河一下子急了，急忙跑近，蹲下身摇晃着韩菱纱的娇躯：“菱纱！你怎么样？怎么办怎么办怎么办？菱纱她摔死了！”

“云公子别慌。”柳梦璃走近一看，便放下心来，“菱纱她还有气息，应该只是昏过去了。”

“真的？”云天河半信半疑。

“嗯……好吵……”刚才一动不动的少女，这时候发出声音来。

“菱纱？”在云天河惊喜的注视中，韩菱纱慢慢地醒转。当她看到云天河，便不由自主想起先前的对话。

“你这山顶野人！”韩菱纱看着一脸关切的少年，埋怨道，“少动不动就咒我……”

嘴上这般说时，她心中却是大叫道：“可恶！想我韩菱纱通晓机关巧槛，竟然会中这种破破烂烂的陷阱，脸都丢光了！”

“没摔死就好，没摔死就好，呵呵。”云天河见少女神色不定，便乐呵呵地安慰。看见他的笑容，韩菱纱又是好气又是好笑，正想挣动身子捶他一拳，却听柳梦璃道：“菱纱，你受了伤，先别动，我给你疗伤。”

说着话，柳梦璃念咒施法，顿时星星点点的冰蓝色光华笼罩住泥淖中的少女。云天河在旁边看得分明，柳梦璃施展的正是那“沉水润心”。

施法已毕，柳梦璃收手垂袖，问韩菱纱道：“好了。你看现在能坐起来吗？”

韩菱纱试着转动转动手臂，顿时惊奇：“咦？怎么都不疼了？”她只觉得疼痛转眼消失，顿时便从地上坐起。

“怎么回事？骨头一点儿都不痛了，头也不晕了。先前看你给野人疗伤还不觉得，现在亲身试了，还真厉害！”韩菱纱此时对柳梦璃是真心佩服了。

“些许小术而已。你这回摔得不轻，我的‘沉水润心’也只能暂缓疼痛，你还是得把伤药敷上。”说着话，她递过一包金疮药给韩菱纱。

“嗯，谢啦！”韩菱纱从地上站起，接过柳梦璃递来的伤药，却没急着敷，而是第一时间整理起凌乱的衣服来。

“弄得这么狼狈……真讨厌！”见自己衣裳凌乱不堪，韩菱纱简直比受伤还生气，“可恶可恶可恶！到底是哪个家伙挖的陷阱？管他是人是妖，姑娘我非把他揪出来狠狠教训不可！”

正在她发狠之时，云天河关切问道：“菱纱，你的伤不要紧吗？要不要先回柳波波家休息？”

“一——点——都——不！”韩菱纱双手叉腰，嘟着嘴气呼呼道，“我要报仇雪耻！要让那家伙吃到苦头！”叫嚷之余，低头瞅瞅自己衣服还沾着的污泥，韩菱纱瞥了云天河一眼，连忙走远。一边走远时，她还愤愤叫道：“气死我了！衣服上弄得尽是泥巴！”

见她这模样，云天河觉得很不可思议：“菱纱她是气自己受伤呢，还是气泥巴的事？女孩子真怪，身上有泥巴也没什么嘛，猪都还在泥巴水里洗澡呢！”

“你……”柳梦璃闻言，觉得笑也不是，责也不是，一时表情十分古怪。

“怎么了？”云天河看着忽然面容古怪的少女，关切问道。

“没什么……”柳梦璃重新恢复了有些清冷的面容，“云公子，如今至少菱纱身体是无大碍了，我们也跟上她吧，免得再出什么事。”

“好啊！菱纱、菱纱，等等我啊！”在急切的叫嚷声中，朝少女黯淡身影追去的少年，已将刚才的疑问抛到九霄云外。

之后往洞窟深处行走，云天河和韩菱纱跟着柳梦璃，只觉得左左右右、上上下下曲曲折折，路径曲折幽深、变幻莫测。越往里面走，地形越发变化多端，甚至有时还走出洞窟，置身地表的乱石丛中。在这样复杂多变的地形中，云天河望着前面行云流水般从容行走的少女，心中十分佩服。

感觉中走出了很远，云天河忽然看见前面淡蓝色的窈窕身影，在一片开阔的洞穴石壁旁停了下来。

“等等……嗯，这附近，有离香草的味道。”高贵姣美的少女，轻轻地嗅了嗅鼻子。

“往这边，跟我来。”柳梦璃在前面带路，走进一处洞穴的宽阔广间。到了此地，柳梦璃往前又走了十来步，在一片陷入石壁的石坪前，忽然背对二人停了下来。

“怎么了？”见柳梦璃停下，似乎在观察什么，云天河也走上前去观望。等他上前一看，便忽然也不作声了。

“你们都怎么了？”毕竟刚刚陷落大坑，韩菱纱此刻每一步行走都小心翼翼，因此落在他们二人之后。见二人忽然都在前面停住不走，她觉得很奇怪。

正疑惑间，韩菱纱忽然听到前面传来“喵”的一声叫唤。

“奇怪，难道这里有猫？”韩菱纱赶紧上前，走到和云天河二人并肩的地方，往前一看，不由得被吓了一跳，“哇！他们是……槐妖？好小好可爱啊！”

原来，呈现在他们面前的，却是五只幼小的槐妖，如同小猫一样，瑟瑟发抖地趴在地上。其中有一只稍微大一点儿的，正壮着胆子挡在另外几只前面，好像保护弟弟妹妹的兄长一样。

相比之前看到的成年槐妖尸体，这五只幼小的槐妖跟可爱的小猫咪一样，让人兴不起任何仇恨和恐惧的心思。才吃了大亏的韩菱纱，这时候也把之前的不快抛到脑后，急忙蹲下身去，伸出手去想摸摸最前面的那只小槐妖：“嘻！你们真可爱，让我摸摸看。”

韩菱纱才一蹲下，最前面那只小槐妖顿时退后，举着小爪子，摆出一副抗拒的姿态。他那一对圆溜溜的大眼睛中，充满了警惕——若是仔细看，恐怕更多的还是恐惧。当他见韩菱纱伸出手来，这位槐妖小哥哥更是尖锐地连声叫起来：“喵！喵喵！”

见此情景，云天河忙好心地提醒：“菱纱，他好像不喜欢你呀！”

“多……多话！”韩菱纱一脸尴尬，恼羞成怒道，“有本事换你试试！”

“你们别闹啦……”这时柳梦璃插话道，“看样子，挖陷阱的人已经找到了。”

“谁？谁？在哪里？”韩菱纱顿时跳起来，攥起拳头一副找人算账的样子。当她站起来居高临下地朝四下一望，顿时就知道刚才柳梦璃说的是什么意思了：原来，就在这处往石壁里面凹陷的石坪地上，正散落着一些简单的挖掘工具，还有几堆半青半黄的离香草，正散发着独特的香气。

“梦璃，你的意思……是他们？”韩菱纱还有些不相信地问道。

“正是！”柳梦璃点了点头。

“还真是……”韩菱纱转过头，看看那几只小槐妖，见到他们忽然变得全是害怕的样子，便确定是他们所为。这一下，韩菱纱气急败坏：“好哇！我都还没发威，你们这些小猫竟敢害到我头上来了！哼！别看你们可爱，害到本姑娘，就是不行！”说着话，她便举起手中短剑，想要攻击。不过看到小槐妖那不断畏缩的小身子，特别是对上他们那充满惊惶的水汪汪大眼睛，韩菱纱迟疑了一下，便把双剑收回身后，换作举起两只小粉拳，作势要打。

不过就在此时，只听柳梦璃又道：“菱纱你别生气，我看他们很可怜。”

“可怜？”

“是的，我能感觉到他们的痛苦——”柳梦璃刚说到这里，面前那只护在其他几只小槐妖前面的稍大的槐妖，“喵喵”叫了两声之后，忽然口吐人言：“坏人！爹和娘都被你们杀了！”

“原来你会说话！”这下韩菱纱兴奋了。正当她想兴师问罪，问他为什么挖坑陷害，还倒打一耙，却被柳梦璃一摆手，阻挡了她的发言。

虽然只是面对几只小槐妖，仪态端庄的柳大小姐依然认真地侧身屈膝行了一个礼，然后蔼声说道：“你好，请你别害怕，我们没有恶意的。刚才你说爹娘被杀了，是怎么一回事？”

柳梦璃这么一客气，那只槐妖兄长却反而不知所措，一时说不出话来。

“能跟我们说说吗？”柳梦璃耐心地劝说，“我们真的没有恶意，你放心。”

面对少女如此平等的对待，那位槐妖哥哥一时不知道说什么好。愣了片刻，他才反应过来，大叫道：“喵喵！人都是坏蛋！我们要报仇！”

“所以你们才挖了陷阱？”柳梦璃道，“那些倒在地上的妖怪，其中就有你们的爹娘吗？”

听到柳梦璃这么说，那几只一直蜷缩在后面的小槐妖，又伤心起来，忍不住哭泣道：“呜呜呜……爹……娘……”

“喵！不许哭！”小槐妖大哥厉声道，“不要让‘人’看笑话！”

“呜……”被他一喝，那几个槐妖小弟弟虽然还在抽泣，但声音已经小多了。

制止住弟弟们的哭泣，槐妖哥哥又转过来，扬起爪子叫道：“喵喵！你们人实在太坏了！突然闯进来把大家都杀死！”这般说时，他的表情既凶狠，又悲伤。

见此情状，柳梦璃也觉有些难过，便问道：“你看到那个人长什么样了吗？”

“喵！当然！他拿了一把长长的剑。我知道，就是你们人所说的剑仙！喵！

我和其他几个兄弟年纪还小，妖气也弱，那个人没有察觉才离开的。”

“这……妖侵犯人，人自然也要除妖。”柳梦璃道，“近日妖伤人之事，恐怕已经惊动了那些入世剑仙。”

“喵喵！是人不对！”槐妖哥哥抗声怒道，“人把离香草都采光了，槐妖没东西吃，爹和娘才说要吓吓他们，就咬死了几个人……”

“啊？”听得此言，在一旁的韩菱纱掩口惊呼，“原来是这么回事！”

听得此言，柳梦璃也有黯然，一时不知道说什么好。听了小槐妖的话，在她的心目中，忽然觉得，这一场人死妖亡的悲剧，根源可能还在她自己身上。毕竟如果不是自己提升了离香草的价值，也不会惹得那些人大肆采摘离香草。可自己当初确实没想到这么一件惠民的好事，会变成现在这样。

带着自责，柳梦璃再看向小槐妖的目光中，便添了几分悲悯和温柔。想起一路上的所见所闻，她跟小槐妖们认真地说道：“你们现在有地方可以去吗？如果有，就快走吧，女萝岩里如今只剩下毒虫毒草，并非久留之地。”

听得梦璃这么一说，刚才伤心愤怒的小槐妖，忽然不约而同地吃了一惊。

“喵……你说什么？”槐妖哥哥一副震惊的样子，“你……你们不杀我们？”

“杀你们干吗？”一直旁听的云天河这时插话道，“反正你说的那些我也只听懂一半，挺乱。不过我想，妖杀了人，人要报仇；人杀了妖，妖也不罢休。这样打来打去，到哪一天也没结果。”

“云公子！”柳梦璃想不到天河会突然说出这样有道理的话来，顿时一脸吃惊地看着他。不仅是她，韩菱纱也一脸惊诧地盯着云天河：“天河？你真的是天河吗？竟然说出这么有道理的话！”

“呵呵，这都是我爹说的。”云天河挠了挠头，有点不好意思地说道，“我爹说，人和人是这样的因时果报，我想人和妖应该也差不多吧！”

“云叔说得没错。”柳梦璃点了点头。她又转脸看向小槐妖，说道：“你们听见了吗？我们不会杀你们的。你们走吧，回去以后我会告诉城里的人，让他们采摘适度，绝不让你们没有了食物。”

“你们……”本来已怀必死之心的小槐妖们，这时候眼中全都蕴含着感激的泪水。

那位领头的槐妖哥哥，最先从感动中恢复过来。“喵！我叫槐米。”他正式介绍他们几个，“他们是我弟弟槐花、槐实、槐角、槐枝。”

只见槐米举着小爪子，学着人的样子拱手为礼，郑重地说道：“喵！谢谢你们。长大以后，我们还是要找到那个人，替爹娘报仇！不过……人也不全都是坏的，我记下了！弟弟们，我们走吧。”

说完这番话，槐妖槐米，便带自己几个弱小的弟弟，从旁边角落里的一个石壁小洞鱼贯离开了。

“真可怜。”柳梦璃虽然依旧神色清冷，但语气却充满怜悯，“他们这么小，就没有了爹娘，以后会过得很辛苦吧……”

听她此言，一直注目槐妖离去的少年，忽然若有所思。

# 第十九章 神珠土灵，忽闻陈州仙影

渺渺世间，不独有人，人要活下去，妖也是一样，为何彼此之间不能多一些理解呢？

见云天河一时沉默，韩菱纱心中一动："这么说来，他自幼孤苦伶仃，是不是也……"想到这里，她忽然觉得有些莫名的心疼。看了看少年，再看看柳梦璃，她开口说道："梦璃，听你这么一说，我气早消了。他们……确实蛮可怜的。"

柳梦璃点了点头："是啊，不过放心，看得出来，那个大哥很护着弟弟，一定会保护他们周全的。"

"嗯。"

就在二人对答之时，忽然有一只小槐妖从他们刚才离去的洞里，又摇摇摆摆地钻了出来。

"喵！我是槐枝。"可爱的小槐妖先报明家门。他的小爪子里，这时候捧着一颗土黄色的珠子。这珠子大如鸡卵，在昏暗洞窟中散发着柔柔的金黄毫光。只见小槐枝对着三人中看起来最和蔼的柳梦璃说道："我们的老大自己不好意思来，他让我把这个送给你，这是我们唯一的宝贝。"

"送给我？"柳梦璃有点奇怪。

"喵，是啊！"小槐枝道，"老大说人有好坏，你是好人，对我们也很好，所以我们要感谢你。喵，喵喵——"叫了两声，弱小的小槐妖便将那只他捧起来还有点吃力的土黄珠子，放在了地上。此后他深深地望了这三人一眼，便转身钻进来时的洞里，转眼不见。

“宝贝？让我瞧瞧！”显然对小槐枝的话最感兴趣的人，是韩菱纱。她急忙向前，蹲身捡起地上的土黄珠子。

“咦？这个……”韩菱纱看着手中珠子，脸上神色不断转换。审视、思索、惊喜、犹疑，种种情绪在她脸上走马灯般闪现。最后她叫了起来：“真的假的？这个好像是土灵珠耶！”

“土林猪？”云天河一听也来劲了，“有猪？不过……这实在不像猪啊！”

“笨蛋！”韩菱纱白了他一眼，“就知道吃。我说的是珠子，‘珍珠’的‘珠’！这土灵珠来头可不小，据说天地间一共有水、火、雷、风、土五颗灵珠，都是由灵气聚集而成，是了不起的好宝贝。我们韩家先祖曾经得到过雷灵珠，所以本家祖上文献笔记里有记载。”

“那……”云天河热切道，“跟什么菜有关？”

“就知道吃！”韩菱纱心中恼道，“刚刚说一番道理，还以为这野人稍微有点学问了！谁知道……可气！”

不过想起刚才听到槐妖失去亲人之事后，看少年那伤感的样子，韩菱纱心中一软，耐心解释道：“我们祖上所记的，也是传说之一。据我近年探访所知，有关五灵珠的说法有很多，还有人说它们是女娲娘娘封印上古五魔神所形成的呢。不管传说怎么样，至少这五灵珠各有不同功效是不假的。若能集齐五颗，那一定又是大大的不同了！”

“这么厉害啊……那这颗土灵珠，有什么作用呢？”云天河充满了好奇。

“让我想想，土灵珠是……”韩菱纱用手指儿抵着腮，努力思索，正是一副典型的小女儿情态。努力想了一阵，她忽然欣喜说道：“我想起来了！我看到有篇韩家祖上文集中说，这土灵珠对地理有神奇的灵性，可以帮人瞬息回到一个行程的起始之地。嘻嘻，说不定用它就能让我们马上从女萝岩出去呢！”

“太神奇了！”云天河听了，再看向土灵珠的眼神顿时不同。韩菱纱口中的土灵珠效用如此神奇，连一贯冷静的柳梦璃也不能再保持淡然。她看着土灵珠光润柔和的模样，有些动容地说道：“若真是这样，确实会省掉不少脚程。”

“是真是假，一试不就知道了！”急性子的韩菱纱，按照祖先文献中一鳞半爪的记录，开始作起法来。她先将土灵珠小心翼翼地放在地上，并让其他两人和自己一起，环绕土灵珠站定。等大家都站好方位后，她半蹲下身子，将白若羊脂美玉的手掌，轻轻地覆上土灵珠的表面——就在手掌接触土灵珠的一刹那，一种奇特的感觉从手掌瞬间传递到心头！那感觉，似火烤、似电击、似冰冻、似风吹，到最后化成一股醇厚、沉稳、踏实的厚重感觉。

当韩菱纱到最后感觉到这种宛如大地的厚重感时，忽然有无数金黄色的光芒从土灵珠中迸出，瞬间在这片狭小的天地中交错编织成古老神秘的金色徽纹。转而那土灵珠飞起半空，撞破空中无数交织的金色光纹，那一瞬众人的心底仿佛滚过一声沉厚凝重的闷雷，又好似山丘崩塌，古老的哀嚎和咏唱在瞬间破碎，眼前的景物飞速旋转，转眼一起陷入混沌迷蒙中！

当眼前的景物重归清明，只听那韩菱纱欢呼一声："我们真的回到女萝岩入口啦！"欢呼之后，她又重新环顾四方，确认是女萝岩入口没错，便欢喜叫道，"太棒了，土灵珠果然不同凡响！"

"呵呵，这个好玩！"云天河也击了下掌，"'嗖'地一下子就到了，这真的是宝贝啊！"

"宝贝……"韩菱纱忽然有些迟疑，"小猫说，这是他们唯一的宝贝，送给我们，我们收下真的可以吗？"

"没关系。"柳梦璃说道，"我能感知出，他们报恩的心是一心一意的。要是我们不收，反而很失礼了。"

"梦璃，你的想法真是与众不同。"韩菱纱看着恬静的少女，注目凝视。

柳梦璃却摇了摇头，带着些惆怅说道："我其实常年待在柳府，足不出户，对世情知道得很少。只是我觉得，渺渺世间，不独有人，人要活下去，妖也是一样，为何彼此之间不能多一些理解呢？"

她的脸上，又流露出那种认真的表情："至少，我并不会认为妖都是狰狞可恨的，万物皆是生灵，又哪里有天注定的贵贱善恶之分？"

"话这么说没错！"云天河握紧拳头，在半空中挥了挥，"我爹就常常这样说！"

"你们说得都很对！"韩菱纱终于心安理得将土灵珠放入怀中，"古有'君子爱财，取之有道'，今有'菱纱爱宝，拿得安心'。"

"既然女萝岩妖事已明，我们这就回去吧！"柳梦璃道。

"好！"

谁知道，正在三人想回转寿阳城时，刚往来路走出几步，却忽见一片剑光闪动之中，有两人御剑从天而降！云天河看得分明，这来人一男一女，一身道袍白底蓝纹，正是先前巢湖边碰到过的修仙之人怀朔与璇玑。

怀朔看见眼前几人，便抱拳施礼，温声说道：“二位，我们又见面了。”

“咦？真是巧！”见自己追寻的修仙门派弟子又出现了，韩菱纱面露欣喜。

这时，那位眉目楚楚的少女璇玑却转向怀朔，一脸迷惑地问道：“师兄，他们是谁？”

“你不记得了？”怀朔耐心道，“这位公子和这位姑娘，都是我们那夜在巢湖边遇见的。”

璇玑闻言，又看了看云天河和韩菱纱，心中已然想起。不过她口头依然带着娇嗔说道：“师兄，我们下山以后天天见那么多人，每个都要记住的话，人家还不早早累死呀？不管这些了！”俏丽的少女跺了跺脚，挥舞几下小拳头，“既然寿阳附近有妖怪，我们就快把妖怪打跑，好去找紫英师叔！”

“哦？打妖怪？”云天河抱起双臂，看着这两位道人，慢条斯理说道，“原来你们也是慢一步的，有人早把妖怪砍光了。”

“骗人！我不信！”璇玑大恼，质问少年云天河道，“你说！哪有人这么厉害？”

“璇玑……”怀朔有心提醒师妹的语气不要这么冲，不过话到嘴边，嘴角动了动，终究还是没说出来。

这时柳梦璃出声道：“小妹妹，云公子没有骗你。我们三人也是来女萝岩探查妖怪伤人之事。不过进入洞中才发现，所有的槐妖都被一剑穿心而死。说不定，真是剑仙所为呢！”

“哈哈，璇玑，”怀朔闻言，开心笑道，“看样子紫英师叔总比我们快上半步，你这辈子是别想追上了！”

“真的？是师叔做的？”璇玑还有些怀疑。

“嗯，听这位姑娘所言，如此凌厉的手法，恐怕不作第二人想。”

“嗯！嗯！”璇玑很快接受了师兄的说法，“这就难怪了，紫英师叔就是厉害，他的剑法在同辈弟子中可是无人能及！”

“是的。”怀朔望了望女萝岩的乱石和洞窟，想了想说道，“谨慎起见，你我还是进入女萝岩，再看看有无妖类余孽。”

“哈哈，哈哈哈！”云天河忽然迸出一阵大笑。

“嗯？怎么了？”怀朔奇怪地问道。

“哈哈……我是说，你们不用再进去了吧。真的，我们才刚从里面出来，除了尸体，我保证啥都没有。”

“对啊，师兄，”眉目如画的小少女撅着嘴，“人家要生气啦！难道连紫英师叔你都信不过吗？”

“当然不是，只不过……”

“还‘不过’什么？”璇玑不满道，“师叔他都赶去陈州了，我们也要快点追上，你别总慢慢吞吞的啦！”

小少女话音未落，就在她站立之处一道灿烂的剑光冲天而起，转眼间刚才还在说话的少女，便已消失不见！

“小师妹！”见璇玑御剑而走，怀朔连招呼云天河等人也顾不上，急忙也御剑而去，隐身剑光之中，追赶璇玑去也！

“喂！等一下啊！”这下一直没怎么插得上话的韩菱纱可急了，“唉！这两个人还是风风火火的急性子，现在连拜入他们师门的事情都没来得及说。不过也好，”机灵的少女眼珠一转，“他们居然也还没去陈州，嘿！”正打着如意算盘，她忽然听少年的声音在耳边响起：“呵呵，菱纱，那个女孩和你有点像呢！”

“像什么？是仙术都高强吗？”

“是都喜欢生气呢！”

“啊？谁喜欢生气了！”韩菱纱悲愤大叫道，“云——天——河！你一定要分清楚爱生气和被人气是两回事！”

“呵呵，知道了。”云天河挠了挠头，憨憨地笑笑。

“哼！亏你还笑得出来……”韩菱纱还想再说，却听柳梦璃在旁边柔声说道：“你们……想要去修仙吗？”

“是我要去啦！”韩菱纱答道。她一指云天河，“这家伙只想学御剑术偷懒，不过探访他老爹来历的事也很重要就对了。”

“是云叔？”柳梦璃问道。

“对啊！”云天河道，“因为我爹活着的时候，都没有交代什么，可是菱纱又说他留下的这把剑怪怪的！”

“什么我说怪？本来就怪！”韩菱纱余怒未消。

“哦，话是这么说没错。”云天河道，“我很想知道爹以前是做什么的，好像和那个修仙门派有关，所以就……呵呵。”

“嗯……”容光柔美的少女一迟疑，然后说道，“我也跟你们一起去，行吗？”

“啊？真……真的吗？！”云天河叫道。

韩菱纱一看，心里恼道：“白痴，干吗一脸期待的样子！”口中却道：“这个嘛，你爹他答应吗？而且，”她转向柳梦璃，“如果我没猜错，要不是我厚着脸皮和你讲话，你应该也不怎么喜欢我和天河吧？”

“对不起！”柳梦璃脸上黯然的神色一闪而过，然后对韩菱纱真诚地道歉，“我从小到大，几乎没离开过柳府，所以对人都很有戒心……一开始确实像你说的，可是后来我知道你们都是心地很好的人，就觉得是自己不应该了。”

“原来如此。”韩菱纱听了，心里想道，“看来再怎么厉害稳重，她也还是个养在深闺的大小姐。她，连个朋友都没有啊……”

这时云天河却不以为然：“梦璃，你对我们很好啊，把菱纱画得那么像，还夸我爹是大英雄，爹要是知道，肯定开心死了！”

韩菱纱闻言，白了他一眼，不过看了看眼前神色有些怅然的少女，口中还是说道：“对！对啊！连我的亲人都画不到那么传神呢。再说你还帮了我一个大忙，虽然我长得也挺好看，但是我可不想一直被四处贴头像缉拿，俗话说‘民不与官斗’嘛！”

柳梦璃闻言，颇感欣慰，点了点头道：“嗯，谢谢！爹和娘那边我会跟他们好好说的。今后，就麻烦你们了。”说罢，她展颜真心一笑。

“笑，她笑了……”结识至今，韩菱纱还是第一次看到柳梦璃发自内心地展颜一笑，于是即使以她女儿之身，也觉得这样的笑颜极为惊艳……

“不得不说，她还是有点美的。”心中想着，韩菱纱不自觉地转脸看向天河，却发觉他看着柳梦璃，竟是呆住了。

“这猪头，看得发痴了……”韩菱纱心中很不爽地想道，“可恶！有种被比下去的感觉！我的眉毛、鼻子、眼睛应该也不差吧！”

胡思乱想中，只听柳梦璃又道：“我们回寿阳吧，得早一点让我爹和娘知道这里的情况。”说罢，她便一转身，姿态优雅地往远方走去。

韩菱纱看得分明，虽然那柳梦璃已然往山下走去，可云天河却依旧一脸呆然地站在旁边，一动不动。

“发什么呆！”韩菱纱见状气道，“哼，男人都是见色心起！”

云天河被她这声大叫惊醒，挠了挠头问道：“菱纱，你这话是什么意思？”

“这……不懂算了！”韩菱纱身子前倾，冲着少年没好气道，“说起来，连我都被你的外表给蒙住了。你这家伙竟然也会骗人，还跟怀朔他们说女萝岩里没妖怪了。”

“我没说错啊！”云天河少见地反驳，“那几只小妖怪都已经离开了，虽然走没走远我不知道。所以也不算骗人！”

“少来，你表情那么心虚干吗？分明就是怕他们再看见那几只小猫。你啊，真是大——傻——瓜！”说完这句，她一转身，也裙底飘风，往山下追着柳梦璃的身影而去。

看着两位或明媚、或恬静的身影，没入了远方离离的春草中，云天河也拔腿朝她们追去。一边追赶，一边大叫：“菱纱，菱纱，你干吗说我是傻瓜？梦璃，你也觉得我是傻瓜吗？”少年中气十足的声音，在山间回荡，震动着八公山这个古老而神秘的山场。

# 第二十章 桃花烂漫，迷醉少女春梦

不知是否错觉，温暖的阳光里，他竟似乎觉得有冰冷的寒气从少女的身上丝丝地散出，正朝自己裹来。

经历女萝岩中这一番冒险，云天河和两位女孩儿的感情，无形中更加亲密了。他们三人从八公山回来，回到寿阳县令府的柳家客厅时，那柳氏夫妇正是望眼欲穿。

一见宝贝女儿和她的伙伴们回来，身形肥胖的柳世封却是以和体形不相称的速度冲过来，问长问短："哎呀！爹的宝贝女儿，你可算回来了！有没有哪里受伤？是不是遇到了什么危险？"还没等柳梦璃回答，柳大人又自怨自艾，"唉，怪我这老糊涂。你们去后，我越想越后悔，总想着就不应该答应让你们去！"

"爹，您别这么担心。"柳梦璃柔柔笑着，曼妙的身形原地转了个圈，"爹爹你看，什么事也没有。我没事，大家也都好好的。"

"对啊，"韩菱纱接着道，"闹妖怪的事也解决了，我们虽无太大功劳，总也有些苦劳的。嘻嘻，县令大人你可要言而有信哦！别再让官差追着我跑了！"

"真的？这、这真是天大的好消息！" 这个消息，对柳世封来说是意外之喜了。本来他只希望女儿能平安归来，没想到妖怪之事还真让他们给解决了。想了想，他问道："妖怪到底是什么情形？你们怎么解决的？"

韩菱纱正要回答，却见柳梦璃一摆手，抢先说道："爹，当时情形容女儿慢慢说来，而且女儿也另有重要的事想告诉你和娘。"

"这倒难得。"柳夫人阮慈见这位平时性情安静的女儿，今日竟是出奇地落落大方，便十分欣慰。她冲自己的相公道："女儿说得有理。他们刚回来，不要拉着问东问西。不如我们就依璃儿之言，去她房里谈。"她又转向云天河和韩菱纱二人："天河、韩姑娘，你们俩也辛苦多时，想必累了，可以稍稍歇息一下。"

"累？不会啊。"云天河不以为意道，"今天可比在山上打猎轻松多了，我还有使不完的力气呢，你们看！"说着话他伸展四肢，作势要给柳氏夫妇展示，却被韩菱纱偷偷怒捶一拳。被她突然偷袭，云天河既不解，又吃惊，只拿眼睛瞪着少女。

这时韩菱纱已经走出一段距离，回首见少年还呆愣愣地只顾看着自己，便恼道："看什么看！你过来！"

"哦。"见她生气，云天河虽然疑惑，也跟了过去。

到了旁边，韩菱纱苦口婆心地说道："算我求求你，别那么活宝了。别人一家子要说说话，你杵在那儿当烛台啊？"

"哦。"云天河似懂非懂，不过也没再言语了。只见韩菱纱又转向柳家之人，合手一礼说道："各位，我和天河先四处逛逛，你们慢慢聊。"

暂别了柳家人，云天河和韩菱纱来到县令府的客厅之外。

"菱纱，你要去哪儿玩？我也一起去。"云天河憨憨地说道。

"不要。"韩菱纱没好气道，"怎么说我也是女孩子，也有一两个自己的小秘密，不能老和你黏在一块儿。"

"小秘密？"云天河挠了挠头道，"我不能知道吗？"

"你找碴儿啊，都说是秘密了！"韩菱纱恼道。

"总之，你无聊的话，就自己去街上走走，或者在柳家逛逛，反正这里够大，风景又不错！嘻嘻，待会儿再见。"说完这句，韩菱纱见云天河还待再言，便从怀中掏出一物，往两人间的平地一扔，顿时便腾起一阵白色的烟雾。

"啊？这是什么？"见烟雾腾起，云天河一惊，本能地往后一退。不过很快这迷雾就散了。等烟雾散尽，云天河再看时，却见韩菱纱已经消失了！

"咳咳！"那烟雾有些刺鼻，云天河被呛着。不过咳嗽之时，他心中却甚是敬佩："菱纱真厉害，会腾云驾雾呢。"

这时候，县令府院中远处几个仆人看见这边发生的事情，不免议论纷纷。先是一个叫禄翠的小丫鬟惊奇地叫起来："韩、韩姑娘不见了？！真的，'嘭'的一下就没了！"

旁边叫柳心的柳府家仆撇了撇嘴，一副见多识广的样子："有什么稀奇？那肯定是仙法！小姐的朋友啊，就是不得了！"

再说云天河。韩菱纱走后，他忽然觉得很无聊，便在柳府中随便逛起来。现在正是三春时节，偌大的柳府中花红柳绿，那些园林都经过精心的修剪，和云天河惯看的山野景色大不相同，倒让他看得津津有味，颇开眼界。

这般闲走，也消耗得些许时光。无意之中，他来到一处小院的门口。还没走进去，却发现迎面正走来一个丫鬟。这丫鬟穿着绿裙，云天河一看，正是先前早上曾叫他去议事的小丫鬟。当然他并不知道这小丫鬟名叫"禄珠"。

禄珠小丫鬟也认出了他，见他迎面走来，惊讶地叫道："咦？是未来的姑爷？"看见云天河，忠心的小丫鬟马上想起一事，赶紧说道，"姑爷不知道吗？小姐正在院子里呢，好像有什么烦心事，您可要想想法子哄她开心。"

"我？我去？"云天河还没怎么反应过来。

"是呀，当然要姑爷去才行，嘻！"说完这句，小丫鬟觉得自己跟一个男人多说了几句话，也有些害羞，便跑开了。看着她跑开，云天河想起她的话，便挠了挠头，也迈步走进小院里。

刚进院子，云天河就见到柳梦璃正立在远处的一棵桃花树下。阳春三月，小院正是春意盎然；那桃树上繁花盛开，远望宛如粉红的云霞一样。身穿水蓝裙衫的少女，在满树的桃花锦云下亭亭玉立，真是无比好看。再走近几步，云天河看出静美的少女蛾眉微蹙，意甚怏怏，便觉得有些奇怪。这时候，也许是因为想着心事，当少女头顶上的粉红色桃花瓣，不时随风飘坠，落在鬓上肩头，柳梦璃自己却毫无觉察。

当云天河再走近几步，那想着心事的少女终于觉察。

"是云公子？"柳梦璃抬起头，朝云天河走来的方向说道。

"啊，是我。"云天河挠了挠头道，"我来，是因为刚才那女孩，说你不高兴了。"

"噢。"柳梦璃摇了摇头，"别听她的，禄珠这丫头就喜欢添油加醋，我只是想到要和爹娘分开那么久，有点不习惯。对了，"刚才意甚怅怅的少女，望着漫天春光中的少年，展露一丝笑颜，"爹和娘已经答应我了，以后我就能跟着云公子、还有菱纱四处游历。"

"那真是太好了！"云天河十分高兴。过了片刻，他忽然想起自己和韩菱纱下山的目的之一，便有些好奇地问道："梦璃，你跟我们一起游历，是因为很想当剑仙吗？"

柳梦璃轻轻地摇了摇头："不是。我只是因为从小到大，都在这个府邸里，过了一天又一天，平时不觉得，可有的时候，我也会想知道自己究竟从哪里来，发生过什么。"

绚丽的桃花影里，少女轻轻抚了抚自己耳边的柔滑青丝："云公子，不怕你见笑。你知道吗？在我的脑海里，总闪过一些奇异的景象，说不定……说不定到了外面，就能找到什么线索。"

"这样啊……"云天河想了想，说道，"听柳波波说，你当年是我爹爹抱来这里，那我爹当年，什么都没说吗？"

"没有。"柳梦璃摇了摇头，"云叔没有说，肯定有他的理由，或许连他也不知道呢。再说，爹和娘都很疼我，能遇上他们，我已是天底下最幸运的人了。"

听得此言，云天河想起先前柳氏夫妇的热情招待，连连点头赞同："嗯！你说得对！柳波波他们是好人，到底怎么样我也说不上来，不过像你们这样一直在一起，也挺不错的。"

见云天河对自己的爹娘如此推许，柳梦璃柔美的俏脸上，忽然爬上一丝红晕。她看着少年，低声说道："如果你愿意，也可以把他们当成你的爹娘——我是说，据说你娘也是很早就过世了……"

"不用不用！"出乎柳梦璃的意料，云天河却是忽然连连摆手，急切推辞道，"谢谢你的好意！不过我不能抢走你的爹娘。还有啊，我要是把别人喊作'爹'，老爹说不定真要鼻子气歪了！"

"嘻，云叔哪有你说得那么凶。"刚才有几分伤感的少女，看着少年夸张的动作和语言，一下子忍不住被逗笑起来。

"好笑吗？"云天河有些奇怪。不过他很快想起一事，便挠了挠头问道："梦、梦璃，我能问你一件事吗？"

"嗯？"

"柳波波他总是喊我'咸枝'，还有这里的女孩叫我'姑爷'，我都不明白是怎么一回事，你知道吗？"

"贤芝……贤侄？"看着少年一脸茫然的情态，柳梦璃忽然觉得有点心疼。她轻抚发丝，柔声问道："云公子，云叔教过你读书写字吗？"

“爹教过一些，他还留了几本书给我念。呵呵，不过烤肉的时候为了生火方便，差不多都烧掉了。”云天河理直气壮地答道。

“这么说来，你只是不晓得哪些字该对上哪些意思，以后我找时间慢慢告诉你吧。”

“好、好啊！”云天河握紧拳头，开心笑道，“我要多学点，也省得菱纱老说会被我气死，哈哈！”

“这样啊……”想起韩菱纱那张不饶人的嘴，柳梦璃轻轻一笑。想起少年刚才后一个问题，她忽然脸色更添红晕，那粉腮上沁出的霞色，简直要和头顶上最浓丽的花色媲美了。想了想，她道：“云公子，至于‘姑爷’呢……那是丫头们闹着玩的，别理她们！她们大概听了我爹的话，以为我和云公子要成亲呢。”

“成亲？啥意思？”云天河依旧很迷茫。

“这……简单些说，假如有个女孩子看着你心里舒坦，便会想要嫁给你，从今往后两个人一生一世都厮守在一起，永远也不分离。”柳梦璃的神色恢复了正常，跟少年耐心地解说。

“哦！听起来还挺不错的，呵呵。”云天河对这个答案十分满意，不过才高兴了片刻，他又想到一个问题，“可是……那个……连、连去茅房都要一起，不太好吧？”

“噗——云公子真是有趣。”柳梦璃脸上又染桃云，忙岔开话题，“时候也不早了，我还有事要出府一趟，明日再见吧，到时候有件东西要送给云公子呢。”

“送我东西？真的吗？！”没啥财产的山野之人激动起来，“是什么？”

“秘密！云公子见了便知。”柳梦璃一笑，便转身离去。不过，才行了几步，她忽然又回过头来，嫣然一笑：“云公子，有件事我想要谢谢你。”

“啊？什么？”

碧草芳丛中，柳梦璃款款低身一礼：“你忘了？先前你对那两个人说，女萝岩里没有妖怪，我……很谢谢你愿意帮槐米他们。”

“原来是这个。”云天河不以为意地摆了摆手，“那也没什么啊。”

“云公子你是个好人，让我想起云叔……你们都有一副好心肠……”自言自语般说完这句话，柳梦璃终于转身离去，消失在满园的春光中。

云天河看着她远去的娉婷背影，心想：“梦璃她好像也有什么心事不好说呢。真是奇怪，怎么女孩子都有秘密。”

正思忖间，突然有人从他的身后叫了一声："哈哈，情意绵绵的，我可全听见了！"

"嗯？！"云天河一转身，却见面前没人；再抬头一看，却发现那韩菱纱正从一处房檐上倒挂下来！

"你在干什么？"云天河奇道，"莫非学女萝岩的蝙蝠？"

"无聊！你都不会吓一跳，连眉毛都不动。"韩菱纱大感无趣，脚一使劲，便从房檐上翩然而下——那轻盈的姿态，犹如一只红羽的鹭鸟。

"我爹说过，男子汉立世无所畏惧，没什么好怕的。"云天河昂然道。

"好啦好啦！"韩菱纱连连摇手，"开个玩笑嘛，干吗严肃得像根木头。"她眼珠一转，问少年道，"我问你，你真的想好了要和梦璃一起去求仙？"

"和她一起？好啊……"云天河口中回答，脸上一副悠然神往的神情。

"哼！"韩菱纱见到他这样子，心想道，"一脸的白痴相，也不知道想到哪里去了！"口中却道："说真的，像梦璃这样，虽然不清楚自己的身世，可是养父母待她那么好，还真让人有点羡慕呢……可惜不是人人都有这种福气。唉，她好歹也是个千金大小姐，不知对江湖上的事了解多少。不过呢，"看着少年，韩菱纱点头笑道，"小野人，她对妖怪的态度跟你一个样子，真是有趣。"

"好像是吧，哈哈。"云天河挠头笑道。

"当然是了！"韩菱纱白着眼道，"一个从小到大都在山顶当野人，一个从小到大都在家里当千金大小姐，想法又差不多，难怪要你当'姑爷'呀！哼！"

"哈哈！"听了韩菱纱的话，云天河倒是挺高兴。

"就知道哈哈哈傻笑……"韩菱纱看着少年，哭笑不得。她很快面容一肃，玲珑的身子微微前倾，对少年说道，"不管怎么说，她也比你这种初次见面，因为人家貌美，就断定她是好人的笨家伙要强！哼哼，色心不死，小心以后桃花劫要你小命！"

"逃花？不是啊。"云天河摆摆手，委屈道，"我是因为梦璃没有杀气，院子里那些怪物也没有，才知道她不是坏人。"

"嘻嘻，我还香气臭气呢，少拿这么玄的东西来唬人。"韩菱纱不以为意。

"真的！"见少女不信，云天河急道，"就像山上的黑熊，没杀气时不会伤人，但是万一被激怒，十几步之外都能听见磨牙和喘气声。"

听他这么说，韩菱纱撇了撇嘴，口里没反驳，心里却道："说什么呢，人又不是熊，哪来的磨牙和喘气声……”正腹诽着，她忽听少年道：“菱纱，你、你不喜欢梦璃吗？”

“没有啊！”韩菱纱吓了一跳，有些慌张地问，“你干吗突然这么问？”

“没、没什么。”云天河看着少女，并没有再问下去。不过，他那异于常人的感知力，这时竟好像听到眼前少女心跳加速的声音。

“天河……”局促了片刻，韩菱纱手抚额头，欲言又止道，“我……”

“怎么了？”

“我、我没有不喜欢她。”韩菱纱道，“其实……谁喜欢谁，又讨厌谁，这种事情真有那么重要吗？”

“什么？”云天河一时没听明白。

“虽然这世上的人千千万万，可每个人都是孤零零地来，又孤零零地去，没有其他任何人是可以依靠和做伴的。”烂漫如霞的桃花影里，少女的神色有些哀伤，“你不知道，就算再真挚的感情、再深沉的牵挂，还是会有分开的一天。就好像——就好像你爹和你娘，哪怕当年再情深义重，到头来又怎么抵得过生死离别……”

虽然春光灿烂，但听了少女的这番话，云天河却本能地觉得浑身不自在。甚至不知是否是错觉，温暖的阳光里，他竟似乎觉得有冰冷的寒气从少女的身上丝丝地散出，正朝自己裹来。那种冰寒的感觉，就和当初自己和她在石沉溪洞中碰到过的那种感觉一样。

“不是……你说得不对！”云天河想努力摆脱这种不舒服的感觉。他使劲摇晃着手，大叫道，“菱纱，虽然我讲不出道理来，可这人世，不应该是这样的！”

“你怎么知道？”韩菱纱看着少年，“哼，你这家伙，下山才多久，倒学会数落我了！”

云天河闻言，挠了挠头，忽然说道：“菱纱，我觉得，有时候你好像不是菱纱——不，我的意思是，你有时像是另外一个菱纱……”

“你……”听得云天河如此说，韩菱纱一时也不由得十分惊讶。静默了片刻，韩菱纱摇了摇头：“什么这个那个，我又不是妖怪，还会变来变去。”

“话是这么说没错，但是……”云天河还想再说，却被韩菱纱阻止：“少啰唆！就凭你这种木鱼脑袋，想太多搞不好会突然爆掉，先管好自己吧！”

“好吧，知道了。”看着气愤愤的少女，云天河忽然觉得，这些天下山历练的经历，果然十分有价值。且不说那些新学的仙术，就看当下如何结束与女孩儿的辩论，他也颇有心得：那就是，不要继续争论对错，直接全盘接受就是！

对面的韩菱纱，可不知道她心目中的山顶野人还在转这么高明的念头。看着有些发愣的少年，她轻快地说道："我回房了。你也早点休息，明天赶路去陈州可是很辛苦的。"说罢，她也不逗留，转身便离开了。

"菱纱……"看着她离去的背影，云天河抱起手臂，心中想道："女孩子的心情，怎么老是变来变去？好像前一刻天晴，后一刻又下雨。是不是我刚刚又说错话？我不觉得啊，真是奇怪。"

看着红装少女在碧丛中翩然而去的身影，云天河又想起她刚才那番话：

"……再真挚的感情、再深沉的牵挂，还是会有分开的一天……"

想起这句话，不知道为什么，就在这三春的暖阳下，烂漫的花丛中，云天河再次感应到那丝若有若无的寒意。

# 第二十一章 风波路远，最难相忘江湖

云天河拿过弓来，只见这弓由上好的乌檀木制成，两端的弓柄和中间的弓腰两侧，都镶嵌了上好的碧玉。

这天晚上，向来没多少心事的少年，在睡觉前，却忍不住浮想联翩了。

“梦璃她……她说要教我认字呢……

“这样真好……自从下了山，好多人说的话我都不懂……要是多念点书，是不是就能弄懂很多事？

“这样也就能明白菱纱为什么会变来变去了……”

想了一会儿，云天河脑海中柳梦璃和韩菱纱明丽的倩影，不知不觉就变幻了模样。

“嗯……烤全猪……”

已经半梦半醒的少年，嘟囔着另一个梦想，逐渐滑入深沉的梦乡。

到了第二天早上，梳洗已毕，那丫鬟禄珠便来叫他，说是小姐请他去柳府大门口，大家已经准备起程了。等云天河收拾好自己的东西，来到柳府大门口时，见柳梦璃和韩菱纱已经等在那里，只是柳氏夫妇却不在。

“哎！怎么慢吞吞的，到现在才来！”韩菱纱朝他使劲摇手，带点埋怨地说道。柳梦璃却是含笑跟云天河招呼，柔声问道：“云公子，你昨夜休息得可好？”

“好、好……我很好！”云天河想起昨晚睡觉前，竟想过这两个女孩儿，一时有些脸红。他这神色变化，被敏感的韩菱纱瞧见，便惹得少女在心中恼道：“白痴，脸都红了，一看就知道色心又起……”

“云公子，你看——”这时柳梦璃却取出一把镶有玉片的弓，递给云天河道，“云公子，你看，这是昨日说要送你的，试试称不称手。”

“这是……弓？！”云天河接了过来。

柳梦璃点点头：“我见云公子的弓用得久了，似乎有些破旧，所以请人做了把新的，你可喜欢吗？”

“喜、喜欢，我仔细瞧瞧！”云天河拿过弓来，只见这弓由上好的乌檀木制成，两端的弓柄和中间的弓腰两侧，都镶嵌了上好的碧玉。碧玉上面，还雕刻了精致的花纹，一看便非凡品。

“哈哈，这弓不错，简直太好了！”云天河第一次拿到这样的好弓，一时见猎心喜，拿起来拉了几拉，高兴叫道，“这弓太好了！木头好，木纹又匀，射出去的箭肯定强劲、箭路不偏，而且木头外面还加了小石头，握着就稳！”

“什么小石头。”韩菱纱白了他一眼，“明明是玉好不好！”

见少年一副雀跃欢喜的样子，柳梦璃也喜道：“太好了，云公子喜欢就好，其实弓的优劣我不太懂。”

“喜欢，我当然喜欢！”云天河把弓拿在手里，爱不释手，翻来覆去地看。

柳梦璃所赠这把弓，着实不错，便连见多识广的韩菱纱也道：“梦璃，你的眼光不错哦。造这把弓的人可一点儿也没偷工减料，玉片都是用上好的碧玉打磨，当作弓弦的牛筋也反复浸泡、晒干，再无任何自己伸缩的弹性，最适合射箭。这样一把‘玉腰弓’，肯定价值不菲了，梦璃你真有心。”

“哪里，我什么都不懂。”柳梦璃谦逊道，“多亏了寿阳城里铁泽居的刘老板，他手艺精湛，人又热心，实在帮了大忙。”

三人正说着话，一旁忽传来柳世封的声音：“璃儿、璃儿，快来看，爹都给你准备妥当了！”

三人闻声转头，只见柳氏夫妇、还有那裴剑捕头牵了一辆马车过来。

“爹？这是？”柳梦璃看着爹爹这番仗阵，不明所以。

“哈哈！这是爹特地为你挑的宝马加香车！车上已铺了毯子，放好了点心，包你睡得好、吃得好。”柳世封抚着颔下胡须，得意地笑道，“你们不是要去陈州？璃儿你就在里面舒舒服服地睡上一觉，醒来就到了！”

“这……”柳梦璃看着爹爹的这一片好心，不知道该说什么才好。韩菱纱在一旁看不下去了，开口说道：“我说县令大人，这马车看起来是不错，可要乘着它走官道，不知何年何月才到得了陈州啊！”

“什么？你们不要车？！”柳世封一番热心受了打击，不过这打不倒他。一县之主雷厉风行，立即回头吩咐自己的年轻捕头：“裴剑！你快去牵三匹马来，这车先不要了！”

“是！”裴剑点头称是，便要转身离去。

“爹！”柳梦璃这时连忙开口说话，“我看都不用了，女儿虽然没有出过远门，但韩姑娘颇有阅历，先听她安排便是。最多多带些银两在身边，不至捉襟见肘。至于点心……”柳梦璃轻抚发丝，看了旁边一脸紧张的少年一眼，便道：“点心便带在路上吃吧。”

一听此言，云天河如释重负，脱口说道：“好啊、好啊！点心是好东西！”

“唉，我忍……”韩菱纱以手抚额，努力让自己不开口讥讽。

“这……好吧。”知道女儿一向很有主见，柳世封只得压抑自己的爱心，“爹都依你，璃儿高兴就好。”

“唉，我早劝过老爷别又一时动念，看吧，你果然是说不过璃儿。”阮慈笑着埋怨自己的相公。

“娘，不妨事的。”柳梦璃诚恳地说道，“我知道爹也是为我好，只是这些年来你们已经操心太多，女儿不能再事事都依赖你们。”

简单的话语，听在柳世封的耳里，却是大为感动，一双老眼竟有泪花闪动：“璃儿，你尽管、尽管依赖爹！爹随时都可以的！”

“老爷，我们就少说两句吧。”阮慈嗔道，“像你爷儿俩这样讲下去，可要耽搁云公子他们的时间了。”

“那我就不说了。哎，怎么有灰尘吹眼睛里了？”柳世封抬起手，不起眼地擦拭擦拭眼角。

“爹、娘、裴大哥，你们无须挂心，我又不是永远不回来了。”柳梦璃侧身盈盈行了一礼。直起身，她从袖中掏出一只香囊，拿给爹娘看：“看，这是离香草制成的香囊，我把它带在身边，传说它会离家越远、香气越浓，女儿终有一日也会回到你们身边……”

“呜，璃儿……”这时柳大人再也不掩饰，眼中泪光点点，语声哽咽。

“爹，还有一事须记得。”柳梦璃郑重叮嘱老爹，“我留下的香料足够今年进贡了，何况禄珠、禄蓉也手艺渐好，制香之事不用担心。只不过年内万万不可再采摘离香草。”

“璃儿你放心！”柳世封拍拍胸脯，保证道，“爹已经让人贴出告示，裴剑自会管好此事。”

“璃儿一向都是这么懂事。”阮慈看着女儿几人，目光慈祥，“璃儿，还有天河、韩姑娘，你们几个事事都要小心，保重身体。”

“呵呵，柳波波、柳波母，等我学会乘剑在天上飞之后，再来找你们玩！”云天河跟这两位相见甚欢的长辈认真许诺。

“臭美吧你。”韩菱纱轻轻打击了他一下。

就在众人纷纷告别之际，一直不怎么说话的年轻捕头裴剑，却忽然开口。他说话的对象正是云天河：“云公子，裴剑斗胆说一句，我家小姐从未出过远门，请好好照顾她。”

“哈！当然！”云天河一击掌，信心满满，昂然说道，“你家小姐都包在我身上，我一定不让别人欺负她！”

听他这么说，柳梦璃脸儿微微一红。

“瞎说，连自己都顾不好，还要顾别人？”韩菱纱心中腹诽，不过嘴上却道：“捕头大人放宽心，就算别的不行，江湖规矩我可是懂不少，梦璃跟着我不会有事的。我们走了，嘻嘻！”

“嗯，我们走了。”柳梦璃行了一礼，便转身跟在云天河和韩菱纱后面，离开了柳府，走入人来人往的街道，渐渐没入人群，再也看不见。

三人走远，只留下柳氏夫妇与裴剑在原地，凝视良久。

“哈哈，夫人你看，”刚才还有些伤感的柳世封，忽然开怀笑道，“璃儿到底还是喜欢天河，这回我绝非乱点鸳鸯。”

“哦？老爷又怎知道的？”阮慈有些不以为然。

“璃儿不是还送了把弓给天河？除了你我和裴剑，几时见她为旁人这般费心？”柳世封自信道。

“倘若他们彼此有意，自然是好。”阮慈道，“只是这种事情，谁也说不准，璃儿做事向来有主见，想要如何就随她去吧。”

“唉，女儿养这么大，最后还是别人的……”当看到那三人的身影完全消失，柳世封忽然觉得无尽地伤感。

“老爷说什么呢！”阮慈白了老伴儿一眼，“璃儿也还没嫁掉。”

“也差不多……想到她以前小小的，一晃眼就这般亭亭玉立，却终究也要喜欢上别人，我、我这心里……”柳世封一脸的悲伤。

“我说老爷啊，雏鸟离巢本是天经地义，儿女养大了，总有一天要离家的。至少……”阮慈忽然露出些小儿女般的羞涩，“还有我陪着老爷，就算有朝一日老爷的头发牙齿都掉光了，我们两个在一起，总也是有个伴。”

“夫人……”柳世封转脸看着自己的老伴儿，目光中全是感动。

“哎，何况裴剑也算你的半子，女儿虽走，儿子总还在吧。”阮慈提醒老伴儿道。

“没错没错，看我老糊涂的！”柳世封闻言，高兴起来，转向一直没说话的裴剑，连连招呼道：“来来来，今天你就陪我多喝两杯，我们来个不醉不归！”

“是，老爷。”裴剑躬身称是。

“你啊……”看着裴剑的拘谨模样，柳世封道，“小裴你什么都好，就是太一本正经又太闷，不是说私底下不用喊我‘老爷’嘛。”

“是，老爷。”裴剑闻言又是拱手一礼。

“你啊……”柳世封无法，只好摇摇头，“唉，不说了，咱爷儿俩喝酒去！”说完，他便和夫人一起，往柳府门内走去。

见他们离开，裴剑也随在身后。只是就在裴剑跨进柳府大门的那一刻，他却回过头，朝刚才云天河等人离去的方向，又深深地看了一眼。

“小姐，你多保重。”

在心中默念完这一句，年轻而朴实的捕头，抬头望了望寿阳上空，见那里蓝天高渺，白云悠远，便在心中无声地叹息一声，转身走进了柳府大门。

# 第二十二章 倩女游春，巧笑龟猪之戏

经过这几日的相处，他对容貌娇美、举止优雅的柳梦璃，内心颇有朦胧的好感。

离开寿阳城后，韩菱纱便在前面带路。在她身后，柳梦璃看看路的方向，有些犹豫地开口问她："菱纱，你适才说不走官道，是有其他办法去陈州吗？"

"那当然！韩女侠自有妙计！"韩菱纱停下来，转身看着二人，得意地说道。她看着举止高贵的少女，心说道："哼哼，我偏不说，想知道就来问哪！"

见她停下来，云天河和柳梦璃也跟着停下来。云天河四处张望，看着郊外的风景，不知道想到什么，嘿嘿笑了起来。那柳梦璃则轻抚发丝，在白云蓝天下，阡陌芳草中，将自己缭乱在耳边的青丝，细心地整理。

本来韩菱纱想卖个关子，等二人来问。谁知道，一个只管笑，一个呆若木鸡，这两位同伴竟好像毫无好奇心。这一下，可把本来得意扬扬的少女憋得够呛！

"咦，菱纱？"云天河首先看出异常，"你是不是想拉肚子？脸色这么难看——"

"不、要、你、管！"韩菱纱羞愤交加，掩饰道，"我正要说下去呢！咳、咳咳，其实我早想好了，我们这次取道淮南王陵地宫，顺利的话，要不了多久就能到陈州附近的碗丘山，比起走官道那是大大地省事了。"

"淮南王陵？！"柳梦璃稍微一惊，"可是……贸然进入那里，有违法令，怕是不好，何况你的通缉告示才撤下没多久。"

"不用怕啦！"韩菱纱一摆手，"凡事都有变通嘛，我们此去又不是搜刮宝器，不过是借人家的地盘当一下过道。堂堂一个王爷，不至于这么小气吧？”

“嗯，既然你都有打算，就按你说的。”柳梦璃自是无可无不可。

“走那个什么陵，就能遇上剑仙？”云天河好奇问道。

“当然不是！御剑之术瞬忽万里，哪里是这样便能追上？”韩菱纱答道，“如今也只好碰碰运气，盼怀朔他们在陈州多逗留几天了。”

“哦……”云天河稍微有些失望。

“别担心！”韩菱纱看了看他的神色，宽解道，“就算错过他们，天下之大，我就不信没有别的法子找到那个门派的线索！”

“嗯，天无绝人之路的。”柳梦璃也道，“我也帮忙一起找。”

“一起？好、好啊！一起找！”不得不说，心思单纯的少年，正处在情思朦胧的年纪。经过这几日的相处，他对容貌娇美、举止优雅的柳梦璃，内心颇有朦胧的好感。

“梦璃，我们走！”看着少年这副再明显不过的心思，韩菱纱又好气又好笑，一扯柳梦璃道，“别理那个傻笑的家伙，咱们走吧。”

柳梦璃轻轻一笑，点了点头，便跟随菱纱往前走去。

这时云天河也回过神来：“你们，等等我啊！”说着话他便追了上去。听到他这句话，那两位正在前面行走的女孩儿，一齐驻足回头——这一无心的寻常举动，却在少年的眼中形成一幅既意外又天然的绝美图景：

那梦璃优雅，菱纱灵动，俱是极美容颜。梦璃长裙曳地，风姿绰约；菱纱短衫劲装，曲线婉妙。并肩驻足，回眸欢笑；春衫轻薄，衣袖飘曳，那美丽的身影在春日阳光的笼罩中，衬着身后浩渺的蓝天、低垂的白云，极为明丽美妙。

饶是少年心思懵懂，不谙世情，见到这般动人的情景，也一时看呆了……

且不说少年心弦拨动，在韩菱纱的带领下，他们这三人又来到八公山里。

和上一回去女萝岩不同，这一次他们选择从这里赶往淮南王陵。不用说，对于云天河这个没有见过世面的山野少年来说，当他远远望见淮南王陵的巍峨牌楼和壮丽的陵寝建筑时，顿时看呆了。僻远深山中竟有如此连绵雄伟的建筑，对于自幼生长在荒山的少年来说，实在是难以理解的颠覆性奇景。

就在云天河的震惊中，他们已来到淮南王陵的入口牌楼下。没想到，才靠近牌楼，却忽然有两个铜盔铁甲的卫兵从牌楼后跳出来，操刀弄枪，喝令三人止步！

那个高大一点儿的卫兵，首先高声喝道："什么人？！此地不可通行！"

旁边那个胖一些的卫兵也配合地叫骂道："没错！快滚！"

听到他俩这么不客气，韩菱纱顿时就不高兴了。

"大胆！你们可知我旁边这位姑娘是谁？！"她一指柳梦璃，示意卫兵观看。听她这么一叫，那俩卫兵赶忙朝柳梦璃看去——这一看，没看出这姑娘有什么其他特别，但她的美貌，却立即把这俩守卫枯寂陵寝的兵士给吸引住啦！

"这……这容貌，难道是传说中红袖楼的花魁？！"胖卫兵流着口水疑问道。

"不，我看不像。"高大卫兵一副内行的模样，对柳梦璃评头品足，"花魁哪有这等天仙般的气质！她……难道是仙女？"

"哼！"韩菱纱没想到这俩卫兵居然这般好色。她努力让自己平复心情说话，不看他俩那副猪哥相："你们不知道吗？这位姑娘乃是寿阳县令的千金，代父巡查此地，你们两个有眼不识泰山的家伙，还不快快让开！"县令乃是一县之内一把手，有"百里侯"之称，现在韩菱纱搬出柳大人来吓退卫兵，想法倒是没错。

再说那俩卫兵。听韩菱纱这么一说，那高大卫兵恍然大悟道："原来、原来不是仙女，我就想嘛，仙女怎么可能跑这鬼地方来！"

见不是仙女，那个胖卫兵小眼睛一眯，毫不客气："走开走开！长得再漂亮，这儿也不能让你过！还是说……你想留下来陪大爷玩儿！"说到这里，他一脸色眯眯的模样。

"你——"作为深居府中的大家闺秀，柳梦璃还从来没听过这样的混话，虽然秀眉微蹙，很不高兴，却一时不知如何应对。不过韩菱纱很快帮忙应答："闭上你的臭嘴！连县令千金也敢冒犯！"

"县令千金又怎样！"胖卫兵闻言恼道，"她爹办事不力，前阵子这儿竟出了盗墓贼，如今这前朝王陵已归京中直接管辖，不干县令什么事了！"

"呸！说起这事就晦气！"高大卫兵接茬道，"听说那毛贼是个女的，不知长啥样，我呸！要不是那婆娘害的，我们兄弟几个又怎会来守这鬼地方？不但没油水捞，最近连妖怪都冒出来了，真是苦差！"

他俩骂骂咧咧时，云天河听得十分清楚。虽然对他们说的话具体不是很明白，云天河却也听出不是好话。见这两个大男人这么说两个女孩儿，云天河也生气起来。他奋力一击双掌，喝道："你们！不许骂人！"

"怎样？！"高大卫兵把眼睛一斜，瞪着云天河，"你小子想找死啊？"

“你！”云天河大怒，就要上前理论，却不防袖子被韩菱纱一扯。“天河，别理他们，过来这边！”韩菱纱低声说道。

“嗯？”云天河闻声一回头，却发现韩菱纱和柳梦璃已经退到后面。他挠了挠头，便也跟了过去。

在他走后，这俩卫兵还是骂骂咧咧。那胖卫兵更是道：“算你们识相！再多废话，全给大爷抓回去关起来！”

再说韩菱纱。虽说她阻止云天河轻举妄动，却不代表她不生气。当走到一边计较之时，她跺着脚嚷道：“气死我了！那两个人，满口胡言！”

柳梦璃摇了摇头：“都是些疯话，又何必跟他们计较。”

韩菱纱道：“最可恨的是，如今失了先机，又不能直接动手打晕他们！”

“为什么不能？”云天河双臂抱在胸前，不解道，“那两个人看起来一点儿都不厉害。”

“笨笨笨！”韩菱纱身子前倾，指点云天河道，“他们已经知道了梦璃的来历，万一以后找柳家麻烦怎么办？唉，太失算了，本以为说出梦璃的身份就能轻而易举过关……”

“我还是不太懂。”云天河以手抚额，困惑道，“柳波波不是老大吗？他手下那么多，根本不用怕这两个！”

“你烦不烦哪……这要我怎么说……”韩菱纱一时不知如何解释。顿了一下，她干脆说道，“总之他们的老大可能比县令老大要厉害，所以县令老大也没办法！”

“这样啊……”云天河应了一声，也不知真听懂没有。

“看样子，只有另找条路绕过去。”韩菱纱沮丧说道。

“我倒有个办法，不妨试一试。”柳梦璃抚发说道。

“咦？！”韩菱纱又惊又喜，“好梦璃！你有办法怎么不早说？”

柳梦璃微微摇了摇头，并不再说话，而是径直向那两个卫兵走去。

“你们还在？！”胖卫兵眼尖，先看到柳梦璃，“你们真是活得不耐烦了！”

面对他的叫嚣，柳梦璃却是视若无睹，一抬手，手中掷出几物——若此时有积年老中医在场，当看出是乳香、鸢尾香、龙脑香。当这些香料抛至半空，转眼糅合在一处，化成一团淡碧色的烟雾，瞬间散出！

“醉生梦死！”柳梦璃低低叱喝一声。

“你、你做什么——好、好香……啊！”眨眼之间，这俩前一刻还十分嚣张的卫兵，便在“醉生梦死”沉眠秘技的香雾之中，“扑通”“扑通”，接连两声，倒地不起、人事不知！

“这、这样就晕了？”云天河上前，看着地上宛如死狗的二人，惊道，“原来人不一定是用打的才会晕啊？长见识了。”

“他们中了我的‘醉生梦死’秘技，自然要过一会儿才能清醒。”柳梦璃淡淡说道，“醒来以后也不会记得刚才发生的事，当然也不记得我们了。”

“真的？竟有这种秘技？！太厉害了！”韩菱纱见状也是一脸惊喜，“嘻嘻！果然力敌不如智取！不像某人，就只知道用蛮力砸人。”

“也没有你说的那样厉害。”柳梦璃谦虚道，“这个秘技只对寻常人有用，若是稍有修炼或是精神力强的人，就一点儿用处也没有了。更何况……”

“什么？”云天河和韩菱纱异口同声问道。

“人心里的记忆，本是最重要的东西，像这样随随便便夺取，未免过于残忍。”

“梦璃，你的心真好。”韩菱纱一脸刮目相看的样子，“不过这两个家伙一看就知道平时作威作福惯了的，根本不算什么好人！”

“对对对！”云天河点头赞同，“所以你做的也不算坏事！”

“嗯，谢谢你们。”显然承受了一定良心压力的少女，款款向二人施礼道谢，“谢谢，我心里好受多了。”

“不要谢来谢去吧。”韩菱纱道，“趁卫兵还没醒，我们快走吧——慢！”

“嗯？”云天河和柳梦璃看向菱纱，不明其意。

“依我看呢，这两个家伙刚才说了不少梦璃和我的坏话，连县令大人也被他们羞辱，不教训一下也太说不过去了！”韩菱纱双手叉腰，对地上二人连声冷笑。

“那要怎么做？”云天河问道。

“看我的！”话音未落，只见韩菱纱蹲到倒地卫兵的身旁，从袖中掏出一物，在那个胖卫兵衣服上画了起来。

云天河十分好奇，也凑了过去。等他一看，顿时笑了起来：“这个好玩，我也要！”

“哈哈，来来来！见者有份！”韩菱纱十分大方地将手中的墨炭笔分了一截给少年。她又转脸朝柳梦璃招呼：“梦璃，你要不要？”

柳梦璃见状，摇了摇头道："我不用了，谢谢。"

"好吧。"韩菱纱不再管她，转脸又和少年一起忙碌起来。

"咦，天河？你画得有趣，比我的好！"探头看过少年的作品，韩菱纱少见地夸赞起他来。

"是吗？哈哈！"少年开怀乐道，"我对它最熟悉了。很像吧？哈哈！"

"嘻！大功告成，我们走！"韩菱纱一拉少年，站了起来。于是，这三人头也不回地离开倒地昏迷的卫兵，轻快地朝淮南王陵里面走去。

等他们离开，大概又过了一刻钟工夫，那两个卫兵才慢悠悠地醒转过来。

"唔……"高大卫兵半坐起来，使劲揉着眼睛和额头，"我、我怎么躺在这里……"

旁边胖卫兵也坐起来，还带着迷糊地说道："我、我到底什么时候睡着的……"

等他二人恢复了一阵神志，从地上爬起来后，那高大卫兵一看见伙伴的样子，顿时哈哈大笑起来："哈、哈哈哈哈！你的衣服上怎么有只王八？"

"什么？！"胖卫兵连忙低头检视：果不其然，在自己的甲胄衣服上，有一只黑炭色的王八简笔画；也不知谁画的，这王八虽然笔法简洁，却惟妙惟肖，仿佛正沿着他的衣襟往上爬。

"谁干的？"胖卫兵恼怒一阵，冷不防看到高大卫兵身上的衣甲，顿时也开怀大笑起来，"哈哈！你还不是一样！衣服上有只山猪，画得还真像！"

"啊？"高大卫兵低头一看，果然衣服上也有一只胖大山猪的图案。正要恼怒，他一摸腰间，却忽然大叫起来："糟糕！钱袋不见了，昨天才发的饷银！"

"啊？！"胖卫兵闻言只觉不好，连忙一摸腰间，却是也哭丧脸叫了起来，"我、我的也是！"他联想起刚才突然就从地上醒来的事情，急忙转头，惊恐地东张西望："大哥，这荒郊野外的，难道有……鬼？！"

见他这㞞样，高大卫兵喝道："光天化日！你别自己吓自己！"

见兄弟不信，胖卫兵结结巴巴地辩解道："可、可是……前天夜里你不也听见王陵里传出的鬼叫！那、那个时候你还说我听错了……"

"妈呀！"这下高大卫兵也不矜持，蓦然大呼小叫，屁滚尿流地朝山下跑，"有鬼！我们快走，去报告大人！"

"你别跑那么快呀！等我！"看着伙伴迅捷的逃跑身姿，胖卫兵只觉得脑后寒风飕飕，赶忙也紧跟在后面，用和自己体形不相称的速度，朝山下飞速奔跑！

当然，这俩落荒而逃的蛮横卫兵，自然不知道内情；他们中了柳梦璃的“醉生梦死”已是不幸，更不幸的是，韩菱纱还附赠了他们一人一个祖传的“搜囊探宝”绝技……

# 第二十三章 鬼火长明，淮南王陵杀机

很快，远方黑暗中那股子阴寒刺骨的气息，又如潮水般涌来，顿时让他打了个冷战！

此后一路无阻，三人来到淮南王陵的前面。地处八公山深山中的淮南王陵，圆大如山丘，上面长满青草绿树，乍一看并无门户。

打量一番，柳梦璃犯愁道：“这里似乎并无门户，不知要怎样才能进去？”

“这简单！跟我来。”韩菱纱却似毫无难色，领着众人走到王陵侧面。这里有一块并不太起眼的大石头，紧挨着王陵大坟的砖壁。

“哪！接下来就看天河的了！”韩大小姐双手叉腰，发号施令，“等天河把这块石头推开，我们自然有路进去。”

“这么大的石头……”身为女子，柳梦璃看了这么大一块石头，犹豫地说道，“我看我们几个还是一起——”

“有什么关系？”韩菱纱一摆手，不以为然，“男孩子就是力气大嘛，这石头连我都挪得动，不过要多费点功夫，天河那一身蛮力，绝对不在话下！我们在旁边替他呐喊助威就好——是吧？天河！”

云天河闻言，双掌相击，信心满满道：“呵呵，是啊，包在我身上！”说着话，他走到大石旁边，一下腰，双脚蹲牢，然后伸开双臂紧紧抱住大石两侧凸起之处。

“嘿——！”只见云天河气贯丹田，一使力，便见那大石果然被他骨碌碌推到一边！等大石推开一些，正如韩菱纱之言，这地上果然露出一个洞，一人多高，冷风飕飕，显然可以走进去。

“好了，不用推得太开。”经验丰富的韩菱纱说道，“这样还有草丛遮着，就算有人经过，也不容易被发现。”

云天河闻言住手。看了看眼前景象，他挠了挠头，一脸困惑：“这里的人真怪，好好的大门不开，偏要把门开在石头下面……”

“洞就是洞，哪来的门？”却听韩菱纱脆声说道，“这洞可是我一铲一铲辛苦挖出来的！”

“哦！”云天河恍然大悟，“原来是你挖的啊。太好了，遇到没门的就自己开一个，菱纱你真厉害，我之前都没想到这种办法！”

“哼，那是当然。”韩菱纱昂起脸儿，一脸得意，“别看只是挖个洞，讲究的事情多着呢！挑地点要慎重、下铲要匀，万一挖得不好，把周围弄塌可就惨了。”

“这样啊，”云天河一脸崇拜地问道，“那不晓得菱纱和老鼠，哪个打洞更厉害一些？”

“噗——”一直旁听不言的柳梦璃，这下终于被少年逗笑了。

相比柳梦璃，韩菱纱却离少年有点远，再加上恰好有一阵山风吹来，刚才云天河这句话她并没听清。见柳梦璃发笑，她疑惑地问道：“怎么了？”

听她相问，柳梦璃只是微笑不答。韩菱纱见此，也不再追问，说道：“天河，你也甭再嘀嘀咕咕了。快来！我们下去了！”她一指石后大洞，“我走前面，梦璃跟着我，天河在最后好了。”说罢，身姿灵巧的少女，便曲折身形，率先进入到地洞里。

云天河和柳梦璃跟在韩菱纱后面，也探身进入洞里。入洞之后，又曲曲折折走了一段路，正当云天河感觉地洞狭小、有些闷气之时，却在下一刻，眼前豁然开朗。

“呀……”当柳梦璃看着眼前景物，忍不住出声感叹，“从前只在书上读到王墓‘巍峨雄浑、气象万千’，如今亲眼所见，确是一点不差。”

原来，他们三人现在已身处淮南王陵中，所立之处正是一个宽广大殿，他们几人正站在一个古朴的石碑旁。四顾望去，只见这淮南王陵殿中，除了均匀分布的大柱和身边的石碑、还有石碑前两头石质异兽，并无其他东西。

让云天河和柳梦璃没想到的是，一个死去之人的陵墓，内里空间竟是如此空旷；只是一座殿堂，便已经跟人世的广场一样。当然，借着暂不知何处映来的灯光，他们现在也只能看清这座大殿周边的景物，再远一些，他们也就看不清了。

听了柳梦璃乍见淮南王陵墓穴殿堂的感慨，韩菱纱却是不以为意，摇了摇头道："这还只算一般的。若是皇帝老爷的墓，常常要国库相倾，数十万工匠修上二三十年才修成，不知有多华美呢！"

"如此劳民伤财，竟然只为一个死人，未免也太、太……"柳梦璃微微摇头，很是不能认同。

"是太混账了，对吧？"韩菱纱看着少女，目光闪闪，"好梦璃！我就知道你和我想的一样，所以我们借一下这老头子的墓，那是一点儿都问心无愧的！"

二女热聊之际，云天河在一旁，却又抱起双臂，用警惕的语气忽然说道："这里、不太好……周围好像有杀气。"

"啊？又是杀气？"韩菱纱不以为然，"少唬人了，这八公山风水算是不错，最难得的是看那石林便知道。此处的山由石变木、由木变石，千百年来不知经过多少次，正是'脱卸剥换'之象，好比凡人脱胎换骨，是了不得的吉兆呢！这样的好地方，又怎会有什么不干净的东西？"

面对她这一番长篇大论的解释，云天河却又变得和以往一样，根本没留意，自顾自地被身旁石碑前的高大异兽吸引了注意力："咦？这石头旁边是什么？老虎吗？眼睛还会冒火！"

"又、没、在、听！……好吧，要留着体力赶路，我忍！"韩菱纱努力压抑自己的怒气。

柳梦璃听了少年惊叹，也看了看那石头异兽一眼，思忖片刻说道："这个石像兽形，我在书上见过，好像叫'辟邪兽'。"

"没错没错！"韩菱纱闻言叫道，"还是梦璃有见识！不像某个野人……哼。"可怜这时候，云天河还完全没意识到已激怒了少女，还神色如常地问道："辟邪兽为什么会在这里？"

韩菱纱白了他一眼，不过还是回答道："辟邪兽是为了镇住墓中邪气，王陵内肯定要有的。至于眼前这对，除了镇邪，还在肚子里灌满了油，被当作'长明灯'来用。"

"这灯火……竟能百年不熄？"柳梦璃看着辟邪兽石像眼窝中的灯光，一脸惊奇。

"嘻嘻，何止百年！"韩菱纱如数家珍说道，"传说中，长明灯的灯油是秘法制成，点亮以后能千万年不灭。淮南王老头怎么说也是一方镇侯，用得起这种宝贝，倒也不稀奇呢！”

柳梦璃闻言，点头欣然说道：“世间之物真的千奇百怪，让人大长见识，也不枉我离开爹娘，出来走这一趟。”

韩菱纱看看周围，又道：“其实这儿早有其他人来过，还在墓道里打了个大洞通到碗丘山，估计冥宫里值钱的东西都被拿得差不多了。所以呢，我们只要沿着墓道一直往南，轻轻松松就能到陈州。”说罢，她一指前面，示意那边便是南方。

“南？”看着韩菱纱手指方向，云天河却是疑惑道，“那边不是南啊。”

“不是南？那是东？是东吧！”韩菱纱打着哈哈，“哈、哈哈，不小心说错，你少斤斤计较！”

“那边也不是东……应该是北。”云天河好心纠正。

“墓中昏暗，恐怕也不易辨识方向……”柳梦璃看了看韩菱纱的神色，轻轻说道。

“方向？还蛮好认的。”云天河却是兴高采烈道，“前面是北，后面是南，左面是东，右面是西，所以我们是要往北走啰？”

“云、天、河！”韩菱纱气道，“你不要给我得理不饶人！就算姑娘我有那么一、点、点认不清方向，一、点、点路痴，用鼻子闻我都知道出口在哪儿！总之我们往那边走就对了！”

见韩菱纱一脸怒意，云天河也知道刚才自己说道太多，只得挠了挠头，讪讪道：“没、没有啦，我就是想问问清楚……”

“哼，问那么多干吗，少说话多走路！”韩菱纱没好气道。

“哦……”面对羞恼的少女，云天河决定还是赶紧闭嘴吧。

这时柳梦璃又出来打圆场：“我看我们就顺着菱纱所指的方向赶路吧，我相信菱纱，一定不会有错的。”

“还是梦璃你最好！不像某个野人……哼。”韩菱纱白了少年一眼，不过在陵墓灯光耀映下，却显出一种别样的妩媚。

只是，云天河却来不及欣赏。忽然之间，他觉得远处灯光照不到的黑暗地方，在某一瞬间传来一股气息。多年与深山猛兽打交道的经历，使得这股子气息让他极不舒服。第一瞬间，他并未能真切辨识得出。不过很快，远方黑暗中那股子阴寒刺骨的气息，又如潮水般涌来，顿时让他打了个冷战！这一次他终于能确定是什么感觉，立时大叫起来：

“有杀气！前面真的有杀气！”

“嗯？”柳梦璃闻言，朝少年紧张注视的方向望去，却什么也没望见，“天河，会不会是误闯进墓中的野兽？”

听了他二人的话，韩菱纱认真看了看，侧耳听了听，却什么也没有发现，什么也没听着。

“怎么一点儿声响都没有？是不是野人你又——”正在韩菱纱嘟囔之时，他们三人却忽然听到死寂的王墓陵寝中，传来一声既凄厉又哀怨的女人叫声！

“这是什么声音？”正当三人惊疑不定时，那边的黑暗阴影里，却忽然走出一个红衣女子。这红衣女子，身形曲线玲珑，身上长裙，虽然颜色鲜红，宛如新娘嫁衣，但款式却颇为暴露，隐约间那一对雪白的椒乳竟若隐若现。因为刚开始时她离得还比较远，虽然身形显露，但脸却看不太清楚。

“咦？是个女孩子？”云天河的目光被红衣女子吸引，“怎么……穿这么少？”

“白痴！你眼睛在看哪里啊！”韩菱纱大为不满。

“我、我只是想确定她是女的——啊？”云天河一声惊叫，就在这时，那红衣女子已经走近，这时三人才发现，这女子竟是脸色苍白如纸！并且她双目之下、白皙颈间，俱是殷红流淌，竟是目中流血、颈有血痕！而她虽然红裙甚长，遮住脚踝，但看她行路姿态，就好像在地上飘着一样。

“小心！”还在云天河呆看之时，那柳梦璃忽然脱口叫道。就在这时，那红衣女子口中发出一声凄厉的鬼叫，转眼身形如风，挥手如爪，迅猛扑向三人！

面对红衣女鬼的猝然发难，刚才还在呆看的少年却是反应极快，他挥起一剑，朝那女鬼前胸之处猛力刺去。“啊——”被闪烁冰蓝光华的细剑刺中，这位暴起发难的红衣女鬼发出一声凄厉的惨叫，应声倒地，转眼便化作一团黑气，消失不见。

见红衣女鬼转眼被自己打倒消失，云天河却是一愣，脱口说道：“爹说过的，不能打女孩子的，我……”

“打都打了，刚才也没见你手软！”韩菱纱道，“现在再说还有什么用！你不会是没看够吧？”

“哪、哪有！”云天河急道，“我只是不想看着你和梦璃挨打。”

“那个女子，恐怕不是活人。”柳梦璃忽然开口道，“我看她，反倒像是厉气凝成的魂魄，十分凶煞。”

“不妙！”韩菱纱闻言脱口叫道，“这风水吉祥的淮南王陵中一定出了什么大事，不然不会风水生变，连厉鬼怨魂都冒出来了！”

“原来那就是‘鬼’啊……”云天河忽然变得有些伤心，“爹死了以后……也会变成那个样子吗？”

柳梦璃摇了摇头：“刚刚那个是厉鬼怨魂，我相信云叔绝对不会变成那样的。”

“唉，人算不如天算，”韩菱纱也摇头道，“看样子淮南王陵是不能走了，还是乖乖回去骑马走官道吧。”

听她说要返回寿阳，梦璃却若有所思。她轻抚发丝，沉吟片刻后说道：“嗯……这座陵墓距离寿阳如此之近，万一那些厉鬼危害到城中百姓怎么办？我反倒想将此事查清，看看能不能断绝祸害。”

云天河听了，立即道：“梦璃，你说得有道理！我帮你！”

“哎！既然这样，我当然也只有舍命陪美人了，嘻嘻！”韩菱纱笑道，“你们都不怕，我还有什么好顾忌的。不过风水突变的陵墓，我也是头一回遇上，大家千万要小心些，剑仙还没做成，万一有个闪失，可太不划算了！”

“嗯，谢谢你们！”柳梦璃感激地说道。

“没什么！”云天河豪气满怀，挥剑强调，“我又不怕鬼，我也要保护柳波波，还有柳波母。”

看着他这模样，对他比较了解的韩菱纱，忍不住腹诽道：“瞎说……如果是你爹，看你怕不怕……”

“云公子，”柳梦璃不知想到什么，忽然开口跟少年郑重说道，“接下来我们可能会遇到力量强大的凶魂厉鬼。所以我有一句话，不知当讲不当讲。”

“说吧，你是好人。”云天河道。

“好。先前女萝岩中几场战斗，我见你用铁胎弓射剑攻敌。”

“是啊，怎么了？”

“可是，我却没见你用什么射术。”

“射术？”云天河挠了挠头，一脸迷茫，“射剑还要什么……‘射术’？”

“正是。”柳梦璃道。

“可不就是拉弓、搭剑，然后射出去吗？”云天河看了看自己的弓和剑，总感觉这里面没什么花头。

“呵，其实不然呢。”柳梦璃看着少年茫然的样子，笑道，“先前你用那张没什么灵性的铁胎弓也就罢了，现在既然有我所赠玉腰弓，那乌檀木和碧水玉，均为灵气内蕴之材质，现在也能激发和承受一些射术特技了。我以前在柳府中，专喜欢看一些法籍灵经，其中有看到过一些高明的射术箭技呢。”

“高明的射术……那我可以学吗？”云天河的目光变得热烈起来。

“当然！不过，”柳梦璃口风一转，“射术特技和你当前的灵力、对仙术的认知程度有关。依梦璃看来，以你现在的情况，只适合学一种箭技。”

“哦？那这种箭技有什么特别吗？”

“还算特别：一箭射出，箭气能化为多道流光，同时攻击多个敌人。现在你用这蓝芒细剑作箭，施展此箭技，当事半功倍。”

“一箭杀伤多个敌人？这么好？”云天河热切之余，却也有些不相信，“那这招箭技，叫什么？”

“一箭施出，幻化流光，宛如流星划空，陨落如雨——故名‘落星式’！”

## 第二十四章 箭雨落星，无畏尸鬼夺魂·

『魂』鬼技不算什么，但腐尸道人另一个妖术却颇让人头疼，这便是『召鬼』。

教授云天河落星式的箭术绝技，花了柳梦璃大约半个时辰的工夫。在他们二人研习落星式之时，韩菱纱在附近不远走走逛逛，直到看见云天河已经能射出无数光箭之后，才又转到近前来。

不知是不是习惯了打击少年，韩菱纱见少年新习绝技、喜得抓耳挠腮的样子，便忍不住道："不过就是新学了一个法术，有什么可高兴的？告诉你，本姑娘会的仙术绝技多着呢，什么'搜囊探宝''凌空摘星''五毒砂''烟雨夺魂''无影连剑诀'……咱韩家传承源远流长，可不是你这位柳小姐随便看看典籍能比的。"

"是吗？"云天河想了想，问道，"怎么听起来，有些招数像偷东西的呢……而且没见你用过那些绝技啊？"

"什么叫偷东西！"韩菱纱闻言大怒，"那是'拿'，巧妙地'拿'好不好！至于为什么不怎么用，是和你在一起，能碰到多少狠角色？本姑娘不屑施展罢了。当然，有些绝技我还有点手生就是了……"最后这句话，韩菱纱说的声音却小了很多。云天河听力很好，将少女最后这句话听得清清楚楚，便笑道："原来是手生啊。"

云天河此言只是无心，韩菱纱却有些俏脸羞红，反击道："还说呢，只不过一个小小法术，你就这么高兴，还花了这么长时间学。"

“我当然高兴啊，哈哈！”云天河开怀笑道，“自下山来，碰到妖怪，还要你们帮忙……保护我。现在不一样了，我的本事变得越大，就越能保护你们了。我爹说过，身为男子汉，天生就是要保护你们这些女孩子的！至于花了那么长时间学——”云天河一副理直气壮的样子，“那是因为我笨！你不也经常说我是笨蛋吗，那还有什么可惊奇的。”

“你……”听了云天河前面那番话，韩菱纱还有些感动其志气；不过见他最后理直气壮说自己笨，少女不由得有些气结，“这家伙，还真是不以为耻，反以为荣啊！”

这时候，却听柳梦璃开口柔声说道：“你们俩，都错了。这‘落星式’，可不简单，记得我当日看到的那秘典之中，说即使天资聪颖之人，要想学会，没有三月之功，是不可能的。刚才云公子最后击出那片箭雨光幕，我还几番怀疑，是否真实呢。”

“哇！”这一下，轮到韩菱纱惊诧莫名，“三个月……大半个时辰……天河，难不成你还是法术天才？！快说说，你是怎么做到的！”

“甜菜？怎么突然提到吃的了？”云天河听不懂“天才”之意，只不过刚被人夸奖，也知道这应该是好话，一时不想露怯，也就没像以往那般脱口发问。被韩菱纱问起怎么做到的，再看看柳梦璃，也是一脸期待地看着自己，他便赶忙搜肠刮肚，仔细回想为何学得这么快。

在他思索之时，其他二人因为好奇，丝毫不敢打扰他。等得一阵，云天河终于欢喜地叫道：“是了！一定是这样的！”

“是怎样？”二女异口同声问。

“菱纱，你记不记得先前在巢湖边，碰到那个剑仙？”

“是啊，怎么了？”

“那就对啦！当时我看他能发出那么多发光的飞剑，一下子就把厉害的妖怪打碎，我就一直很羡慕他，很想什么时候自己也能做到那样。这不刚才梦璃教我‘落星式’，射出来的光箭样子，很像那晚的飞剑，所以我就很用心学啦。我想着，如果学得好，我做不成‘剑仙’，也能做个‘箭仙’呢！”

“剑仙”“箭仙”，这两个词儿发音一样，不过两位少女听众还是立即听懂了。听懂是听懂，可是她们对这个答案并不满意。尤其是柳梦璃，发现少年的回答，和自己的某种预期并不一样，便问道：“天河，刚才教你之时，发现虽然据你说，以前只是砍砍打打，并没有进行灵力修炼。可是为什么我感觉出来，你的根骨极佳，仿佛经历过洗毛伐髓，灵力带着无比清灵高渺之意；特别是刚才发箭瞬间，那灵力外溢时我的感觉，倒好像这股灵力不是来自人间，而是出自神界。”

“神界？”这下不仅韩菱纱，连迟钝的云天河也惊诧了。

“是的。”看着少年，柳梦璃联想到他的名字，却是忽然心中一动，脱口道，“你这灵力，倒好像我在记录古传说的典籍中看到的；那股清寒高洁之意，就仿似神界天河高原上，源自寒髓神泉、亘古回荡的寒灵风暴一样。”

“神界……天河高原……听起来，真好玩！”这是云天河和韩菱纱听完之后的相同感觉。

“是啊，只是好玩。”这脱口而出的想法，便连柳梦璃自己也感觉像痴人说梦一样。她很快把这个念头抛掉，转而问更实在一点儿的问题：“那云公子，在你小的时候，云叔有没有给你吃什么丹药，或是在你身上施展什么仙术绝技呢？”

“丹药？”云天河一愣，努力回忆了回忆，结果只是黯然说道，“丹药没吃过，脑袋上的‘暴栗’倒是没少吃；在我身上施展的仙术绝技从不记得，倒是经常挨揍。”

“好吧。”没想到自己随口一问，竟引起少年小时候的不愉快回忆，柳梦璃只好终止了这个话题。而旁边，韩菱纱表面依然撇着嘴，内心却很是同情：“唉，这野人，笨是笨，却很早成为孤儿，缺少父爱、母爱，也真是可怜。”一时间，这来历神秘的少女，想起自家的一些事情，便一时黯然；再看向云天河的眼神，便有了几分同病相怜的感觉。

云天河习得落星式，这三人就继续往前走。本来韩菱纱想象中的坦途，这时候却危机四伏，时不时有鬼怪幽魂蹦出。最开始，碰上的是竹叶青妖蛇。这些妖蛇并非淮南王陵的鬼魂所化，而是栖身在陵墓中的竹叶青毒蛇受到厉鬼阴气浸染后，逐渐变为妖蛇。

妖蛇竹叶青虽然能吐射毒液，也成群结队出来，但对于新习“落星式”绝技的云天河来说，却是再好不过的练手靶子。于是，成群结队的恐怖毒蛇，虽然能将两个女孩儿吓得连连后退，却都在云天河流星般的光箭中，化为一堆血肉。

真正造成麻烦的，是淮南王陵中由陪葬品和陪葬男女化成的厉鬼妖魔。当他们在阴森的墓穴地宫中行走，冷不丁就有一股锁链状的黑气迅猛圈来；如果不是韩菱纱眼疾手快，将其他两人奋力拖离原地，那锁链一样的黑气就会摄魂夺魄！

一击落空，那偷袭之人转出墙角来，却是几具“腐尸道人”！

腐尸道人，是当年为淮南王勘探陵寝风水的方士。本来这些方士颇受礼遇，借着这样重任作威作福，好不快活；没想到伴君如伴虎，放在王爷身上也一样。待王陵落成，这些勘探风水的方士道人，却也一并被活活埋葬！不难猜出，淮南王打的主意，是自己死后到了阴灵国度，也需要这些“专业人才”为自己服务。可叹那些勘风探水、卜测未来的方士，却始终不曾预测到自己的悲惨命运。所以，因为怨念深重，当王陵风水突变之后，这些方士首先变成恐怖的“腐尸道人”！

腐尸道人虽然外面依然罩着腐烂不堪的灰蓝道袍，远看似乎仙风道骨颇为飘逸。但走近一看，就会发现烂袍笼罩下的只是一具腐肉枯骨。尤其他们的脸上，腐肉零落，白骨宛然，双目如洞，十分可怕。他们的身上，还粘着一些黄纸符箓，显示当年镇压之用；不过看现在他们活蹦乱跳的样子，显然在经历某种未知的风水突变后，这些符箓已经完全失去了效用。

看到腐尸道人这样子，云天河几人虽然心中颇有惊惧，但对这地宫中发生的变故，更加感兴趣了。

腐尸道人本能地向云天河这些生灵发动攻击；他们能够打出像刚才那样的黑气锁链鬼技，称为“夺魂”，中之必死。不过好在他们变成腐尸之后，感知能力大为下降，如果遇上普通人还可以，现在碰上云天河他们几个腿脚最灵活的少男少女，攻击命中率便大大下降。

“夺魂”鬼技不算什么，但腐尸道人另一个妖术却颇让人头疼，这便是“召鬼”。看起来，这些腐尸道人生前还有些道行，竟能在云天河几人疾风骤雨的攻击中，召唤出多个红色的纸马。这些属于陪葬品性质的红纸马似有灵性，不仅能蹦蹦跳跳冲撞攻敌，还能发出“业火”妖术。

腐尸道人、红纸马，还有后来出现的黑纸马、尸童，都给云天河等人造成了不小的麻烦。尤其是以前跟巢湖的风邪兽、女萝岩中的妖怪对敌，还算是在正常的环境中；现在倒好，腐尸道人、尸童、纸马等妖魔，光听名字已经鬼气森森，真实样子更是邪恶恐怖，现在还配上幽暗阴森的陵墓地宫，正是愈加压抑恐惧。本来击倒妖物，乃是喜事；谁想它们临死前凄厉的鬼号在阴沉莫测的地宫中回荡，分明变成了吓人的号丧一般。

所以，虽然这些妖魔鬼怪并未能给云天河几人造成实质的伤害，但对他们的心理承受能力考验却着实不小。别的不说，就算见惯陵寝墓穴的韩菱纱，那张俏脸也变得煞白；显然淮南王陵中的这一切，都在不断挑战她的承受上限。

一路打打杀杀、担惊受怕，到最后终于来到一处形制像是后殿的地方。到了这里，再没有什么妖鬼冒出来，便让这三人终于有了喘息之机。

“在墓中走了这么久，除去鬼怪，却是一点儿其他的线索都没有。”柳梦璃停下脚步，语气有点沮丧。

“梦璃别急。”韩菱纱却是摆了摆手，一边朝四下打量，一边说道，“你仔细看看这间后殿，里面十之八九藏有大秘密！”

韩菱纱此言一出，云天河和柳梦璃都环顾四周。只见这殿中昏暗，中央是一石头长椅，如之前所经过的大殿一般空旷。除了那个显然因为很重没被人盗走的石头长椅，这后殿中并无其他特别之处。于是只听云天河疑问道：“菱纱，秘密……有吗？这儿和其他房间差不多啊。”

这时候，却是柳梦璃心中一动，忽然想到了什么：“菱纱，你是说……这里并无鬼怪？”

“嘻，好梦璃，还是你聪明！”韩菱纱赞了一声，说道，“我先前几回进来淮南王陵时也没细看，如今厉鬼尽出，才觉得这儿很古怪。按理说呢‘鬼’属阴寒而畏阳，陵墓入口处被我挖了个大洞，生气泄入，鬼当然都不敢靠近，就不晓得这后殿没鬼是怎么一回事。”

“你们看！好大的蛤蟆，还有两只！”这高声招呼之人，自是云天河。他趁韩菱纱和柳梦璃说话的时候，自顾自来到那张石质长椅前，却见有两只立于矮柱上的玉质蛤蟆，左右对称，两根矮柱上各一只。这俩玉蛤蟆一红一黄，彼此脸面相对；加上矮柱的高度，恰好及他的胸前。

“蛤蟆就蛤蟆，恶心死了，还嚷嚷什么？”韩菱纱闻声赶过来，见是两只蛤蟆形状，虽然是玉质的，却也本能地觉得恶心。

“菱纱，我倒记得，”柳梦璃轻抚发丝说道，“书中好像把蛤蟆叫作‘蟾蜍’，却还是个吉物呢。”说着话，她拿手抚了抚右边的那只黄玉蟾蜍。

“那倒是！”韩菱纱道，“传说嫦娥奔月，飞升成仙，月亮里就有只很大很大的蛤蟆，所以这丑东西也变得讨人喜欢起来，才会出现在这讲究风水吉祥的王陵里吧。”

“是的。”柳梦璃点点头，“正如先前我跟你们说过，据说这淮南王生前笃好寻仙修炼之术，最后同八位老者服食仙丹而飞升，‘八公山’也因此得名，也不知是真是假。”来到王陵实地，柳梦璃也感慨起书中看到的相关典故。

“天知道哪！”韩菱纱却是不以为然，“反正我进他的冥宫看过，那老头的棺椁里没有尸骨，说不定真的变神仙去了。”说着话，她也伸手抚上右边的玉蟾蜍，一边摸，一边说道：“你们看这两只蛤蟆，用的玉也不同，左面是红玉，右面是黄玉，我猜是分别对应‘日中赤气上皇真君’‘月中黄气上皇神母’。哈哈，太阳月亮都到齐了，可不正是暗合仙籍典故里常说的阴阳顺调、天人合一嘛！”

“我听不太懂。不过，原来蛤蟆是这么厉害的东西……”云天河听得韩菱纱这么说，也学着她的样子，好奇地用手摸上左边那只红玉蟾蜍。

“咦？！”就在这时，他们这三人却忽然发现，石椅两端的这两只玉蟾蜍，竟发出一红一黄两道耀眼夺目的光芒来！

## 第二十五章 玉壶霞丹，迷藏阴阳紫阕

这阴阳紫阕如果感应到极盛的阳气与阴气，便会激发灵力。

“怎么回事？！”韩菱纱惊叫起来。

在她的惊叫声中，那两只玉蟾蜍身上迸发的光芒似乎在彼此呼应。红黄光芒彼此交缠闪烁，逐渐在昏暗的空中形成一个太极盘，并且不停地旋转！与此同时，这间空旷后殿的南北两边各降下一道巨大的石门，将道路封死，西侧的墙壁上，则“哗”的一声凭空出现一道密门！

当密门出现，那只在空中旋转的红黄两色太极盘逐渐消失，这时石凳两端的玉蟾蜍身上的异光也消失不见。

“这、这……”韩菱纱一脸呆怔，喃喃自语道，“真没想到……难怪、难怪我之前一直找不到地宫的密室……”

柳梦璃目睹这情状，忽然好像想到什么，惊讶说道：“这两块玉石莫非是通灵之物？”

“哎呀，刚刚竟然看走眼了！”被柳梦璃这么一提醒，韩菱纱惊叫道，“这根本不是什么黄玉红玉嘛！这是传说中的宝物，名为‘阴阳紫阕’，我还是头一回亲眼见到呢！”

“阴阳紫阕？好特别的名字……”柳梦璃轻抚发丝，若有所思。

“这东西我晓得！”云天河挥手道，“可以吃！就是不知味道怎样！”

“你？鬼才信你这野人晓得什么呢。”韩菱纱一脸的不相信。

“真的！”云天河却一脸认真，“是爹告诉我的，他说有种叫‘阴阳紫阙’的好东西，人吃了以后身体就会变得很壮。”

“哼，算你说对一半。”这时韩菱纱也好像想起来什么，看着眼前这对红黄玉蟾蜍，说道，“其实听名字就知道，阴阳紫阙分为阴、阳两部分，长是长在一块儿，在地下一千年才能成玉石之形，这个时候把它挖出来做成玉器，就已经是无价的宝贝了！”

柳梦璃闻言，奇道：“既然是‘玉’，又怎能服食？”

“这个嘛，就是它最最神奇的地方啰。”见好像无所不知的寿阳才女也有所不知，韩菱纱不免有些得意，侃侃说道，“要是阴阳紫阙成为玉石后，没有被人挖出来，再过上一千年，玉髓成精，就能用来填肚子了。至于功效怎样，我可不清楚。只是听说它有了灵性便要乱跑，阳实和阴实会分开，凡人如果只得其中一个吃下去，反而不好。”

柳梦璃听了，脸上露出悠然神往的表情：“那不是和成了精的人参差不多？真是有趣得很。”

“有趣的还多着呢！”韩菱纱打开了话匣子，“这阴阳紫阙如果感应到极盛的阳气与阴气，便会激发灵力。不过如果只碰触一边，或是阴阳互换，就一点用都没有。看来淮南王是请了奇人把它们做成机关，恰好男为阳、女为阴，被我和天河碰到，倒把这机关给破了。”

听了这话，柳梦璃却觉得好像有什么地方不对，想了想，恍然说道：“若照这么说来，记得刚才我也曾用手碰触阴玉蟾蜍，却是半点反应也没有呢。”

“啊？！也对噢。”韩菱纱有些困惑，“看来我还是有哪里想错了……算啦算啦，”韩菱纱摆手道，“多想也没用啦！说不定阴阳紫阙还有其他秘密。不如我们赶快进到秘道里，看看淮南王老头用了这么贵重的宝物，到底要守住什么！”

“嗯。”柳梦璃应道，“不知和墓中的厉鬼有无关系……”

“天河，我们走——咦，你在干什么？”韩菱纱扭头一看，却见云天河竟在用剑劈砍其中一只玉蟾蜍，似乎想要把它从矮柱上弄下来。

“你做什么？”韩菱纱还有些不明白。

“菱纱，你不是说这东西再在地下埋一千年，就能变吃的吗？”云天河一副垂涎欲滴的样子，“这么奇怪的东西，我要带走，找个地方埋起来！”

“云公子……”柳梦璃一时不知道说什么好。

“走啦！”韩菱纱摆手叫道，“那东西那么大只，我们还要赶路，带了根本就是累赘。”

“也对啊。”云天河这时也发觉自己考虑欠周全，只得停下手来，“唉，可惜了……”在被韩菱纱拽走之时，他还不忘回头望望那对玉蟾蜍，只感觉无限惋惜。

说来也怪，自从到了后殿以后，本来鬼影幢幢的淮南王陵中，就再没有碰到什么妖魔鬼怪。当云天河三人从后殿西墙的秘道通过，便发现自己走进了一座巨大的丹室中。

这丹室的墙壁凹洞里，也点了长明灯，虽说将这巨大的丹室并没能照得那么明亮，却也足以让三人看清室中景物。云天河三人发现，这座淮南王陵的丹室中，除了正中那只形制古朴的巨大青铜炼丹炉外，四周还散落着不少竹简古书和瓶瓶罐罐。

“这、这里，难道就是传说中的淮南王丹室呀！”韩菱纱一边环顾四周，一边惊叹，“藏得还真够隐秘的！我们快找找看，说不定真有什么仙丹灵药哦！”很显然，她也是那个淮南王家“鸡犬升天”典故的忠实读者。

在她说话之时，珍爱书籍的大家闺秀柳梦璃已经蹲下身去，开始翻开炼丹炉脚边的竹简书册来。

“嗯……”一边看时，柳梦璃一边口中喃喃有词，“玉鼎……灵丹……文……嗯，这上面好像记载了一些和丹药有关的东西。”

韩菱纱闻言，也赶忙凑过去：“真的吗？都写了些什么？！”

“嗯，这是各种丹药的炼制法……”柳梦璃小心地翻着这些不知过去多少年的古竹简，努力辨认着上面古朴的文字。等她翻到最后一篇，忽然惊道：“咦？最后这页写的东西……‘夜半，王梦于青云之上，太一神君现明轮间，瑞气千重，光普三界，垂目示下尔……鸡鸣日出，炉紫气龙腾，顶现晕华，敛于赤绯玉壶，气凝若神丸，方知太仙霞丹乃成，王与八公顿首而拜，心悦服食，终脱胎换骨，白日飞升！’”

“呀！”韩菱纱掩口惊呼，“这么说淮南王真的是做了神仙！那、那个仙丹有这么神……书上说‘敛于赤绯玉壶’，这壶又是什么东西？淮南王的冥宫里可没有这件明器做陪葬，是不是被人盗走了？”一时间，有太多的疑问如潮水般涌现在韩菱纱的脑海中。

就在韩菱纱和柳梦璃说这番话时，那云天河却愣愣地看着房间的东北角落。呆呆看了一会儿，他忽然"唰"的一声抽出长剑，冲那边屈膝弓身，一脸警惕凝重。

"有杀气！很强！"天生灵机过人的少年，沉声示警。

"哪里？！"韩菱纱闻言一惊，迅疾从柳梦璃旁边跳开，纵跃到少年身旁，也"唰"一声抽出那对望月天心剑，和他一起朝东北方向的角落暗觑观看。可是，等了良久，那里却没有丝毫异动。

见此情形，云天河赶紧跟身旁有些躁动的少女解释："菱纱，真的有杀气。只是杀气好像一会儿强，一会儿弱的……"

"杀什么杀！"心系宝物仙丹的韩菱纱懊恼道，"你啊，从一进淮南王陵就念个不停，有这工夫还不快帮忙找找宝贝！"说着话，她便转过身，对那个也跟过来看的少女说道："梦璃，别听他的，我们快去找——"就在她话音未落之时，这丹室之中，突然不知从何处发出一种若有若无的鬼号之声！

"菱纱！"听到鬼叫，云天河觉得终于沉冤得雪，不仅不害怕，反而兴奋地叫道，"你听到没？那鬼叫得多特别，我没说错吧？"

"糟糕！不会是碰到厉鬼了吧？"相比少年的兴奋，经验丰富的韩菱纱却是心中一凛。她立即判断出，这突然冒出的鬼叫，虽然声音还不大，但凄厉无比，不同于先前遇到的任何一种鬼物号叫。

"大家小心！"这时柳梦璃忽然朝东北墙角一指，叫道，"是那个壶发出的声音！"

话音未落，只听那边角落里传来砰砰之声。三人定睛一看，却见一只古朴玉壶，正不断地在方砖地上跳动；古怪玉壶的主体为洁白玉色，但若仔细看，玉色中却沁有通红的绯色，似流霞，似鲜血。这跳动之时，那顶上的红纹螭钮壶盖，还一掀一掀的！

"那是……"云天河三人俱都凝神观看，只觉得自己那颗心的跳动，也跟着那壶盖的掀动而加快。

当绯色玉壶跳动越来越剧烈，那顶上的螭钮壶盖终于掉落在一旁地上。壶盖落下，那玉壶中猛然散发出一股紫黑之气。于是，在丹室长明灯忽明忽暗的映照中，云天河等人眼前的半空里，渐渐浮现一个奇异的鬼影……

# 第二十六章 鬼哭无明，升仙一枕黄粱

她心里忽然冒出一个念头：前后所见这几个高妙绝技，难道真是一个普通的二十岁少女所能领悟习得？

这股从玉壶中飞升而出的紫黑之气，在三人惊讶的注视中，流离涌动，渐凝渐聚，逐渐在空中浮现出一个鬼影。云天河等人凝神看去，依稀可以看出它头戴黝黑高冠、身着褐色锦袍，脸色苍白、身形干瘦。

“哈哈哈！本王重见天日了！”那鬼影仰天长啸，声音比夜啼的枭鸟还难听。口中说着这样古怪的话，他忽然低头一看，看见室中三人正愣愣看着他。

“嗯？！尔等何人？！”看着云天河等人的面容和服饰，鬼影满脸迷惑。

“本王？”韩菱纱吃了一惊，“难道是淮南王鬼魂……”还没等她想清楚，旁边那云天河，已经一脸茫然地朝那鬼影说道：“笨……王……？”

听得云天河之言，这位疑似淮南王的鬼影惨白脸上忽然笼上一股黑气，大怒道：“尔等竟敢出言不逊、如此无礼？！受死！”

说着话，鬼影便挥舞长长的鬼爪，朝三人扑来！

“不好！”

一直心中怀疑的韩菱纱，戒备得早；一见淮南王怨灵扑来，立即左右一拉云天河和柳梦璃的衣袖，向后急退。一边急退，一边抽出手来，以最快的速度拔出望月天心剑，朝那怨灵迅如疾电的苍白枯骨手爪一挥——只听得锵然一声响动，这锋利的望月天心剑与亡灵枯爪相击，竟然发出金铁之声！

“狂徒，身手不错嘛！”

很显然，韩菱纱等人的反应，出乎这怨灵的意外。不过他很快便桀桀怪笑，双爪望空一挥，顿时空中出现无数紫影鬼爪，如同军士抛出的无数利斧，纷纷朝云天河等人抛击而来。

“幽冥鬼爪！”韩菱纱面色一凝，一边继续急退闪避，一边大声提醒，“这是千年怨灵的鬼爪法术，若是被抓中，不仅血肉受损，精魂还会被抽离！”

听得这话，云天河和柳梦璃哪还敢大意。他们两人能闪多快闪多快，这时也顾不得什么保持姿态了，在巨大的丹室中四下流窜，拼命闪避那些幽冥鬼爪。

幸运的是，不知道是否由怨灵虚影凝结的缘故，这些幽冥鬼爪抛击的速度并不快，并且也并不像那些有灵识的鬼怪一样会自动寻路追击。甚至，云天河等人飞跑时带动的风声，也能吹动幽冥鬼爪抓击的线路轨迹。

毕竟还是跑惯山野的云天河身体最壮实，腿脚最灵便。他最先从一味奔逃中有暇脱身出来，扭头一看，却见另外两个人全都疲于奔命，被黑紫色的鬼爪追得到处奔逃，顿时便勃然大怒！

“落星式！”情急之下，云天河顿时弯弓搭剑，打出自己当前的最强一击！也许他还真有些天赋，若换了旁人在这种紧张情况下，施展自己并不熟练的技能时，难免动作变形、威力减半；谁知道，别看云天河在人情世故方面笨头笨脑，但在危急的环境里，却让他打出的落星式发挥出了最大效力！

漫天射出的剑芒流星，带着神秘细剑本来的冰蓝光芒，不仅如潮水般淹没那些来势汹汹的幽冥鬼爪，还将偌大的丹室四壁涂上了一层海水蓝般的氛围色彩！

“大胆！”

见区区一个少年就将自己的得意秘技瞬间击破，怨灵顿时大怒。他鬼叫一声，双手一合，而后奋力向外一推，便是一个双手合掌之形的紫色光芒朝云天河飞速扑去！

和刚才的幽冥鬼爪相比，这只鬼爪不仅数量唯一，形状不同，颜色还呈一种深重的幽紫之色，十分瘆人。这其实是积年怨灵才可能有的“灭魂爪”，和幽冥鬼爪不同，若是中了灭魂爪，可不是抽离精魂那么简单，它会使人立即倒地，如痴如迷——在生死一瞬的战场中，还有什么事情比这种更可怕？失去战斗力、失去神志，立即就是任人屠宰！

很不幸，这只灭魂爪乃由怨灵含愤发出，目标又极为明确；那个刚击出落星式还没来得及摆出防御姿势的少年，顿时被幽紫灭魂爪击中，惨叫一声，身躯立时软绵绵地倒地！

“哈哈！”

怨灵见一击得手，顿时张狂大笑，身形如风，就要扑上倒地的云天河。已成鬼魅怨灵的淮南王，这时候出于本能，满心想的都是扑上少年鲜活的身躯，咬断他的脖颈，吸取最新鲜的血液！

很可惜，他忘了一件事，现场还有另两个女孩儿在。以淮南王怨灵当年的身份，他是歧视女子到极点的人物；纵使最开始韩菱纱挡了他一挡，他还是没把这两个“丫头片子”放在眼里。

只是他很快就发现自己错了。

“凌空摘星！”

见云天河倒地、淮南王追击，韩菱纱愤怒地一声高叫，发动起全身的灵力，顿时整个娇躯如同化作一道轻烟，带着洁白月辉光芒，以直上九天摘星的迅疾姿态，猛然迎上淮南王怨灵前冲的身形！

“哇呀！”

淮南王怨灵猝不及防，不仅身体被韩菱纱这招“凌空摘星”撞得侧飞出去，那鬼魄被少女娇躯发出的灿白光辉一映，也立时如同被狂风吹拂，一时间猛烈动荡摇晃！

“怎么会——”淮南王怨灵大为震惊，顺着被撞飞的趋势，暂时闪躲到一个角落，抓紧时间巩固自己摇摇欲坠的魂魄。

这时候韩菱纱也未追击，她回过身形，一看柳梦璃已经取出香料药材，双手轻拂，在云天河头顶作法。她便也在少年身前立定，那对望月天心剑交叉在身前，如临大敌，紧张地戒备那边淮南王怨灵可能的攻击。

有韩菱纱守卫护法，柳梦璃也一时安心，那手底下的救护法技，也施展得更加得心应手。

只见她从衣袖中滑出广藿香一枚，青木香一枚，也不知作了什么法，这两片上等的香料就悬浮在紧闭双眼的云天河头顶上空。而后她双手迅疾凝结，产生数个奇特手印，口中也念念有词。俄顷之后，只见那两枚香料很快化作一团雾气，雪白中带有水蓝的颜色，如同三春甘霖一般，挥发淋洒在云天河的脸上和身上。

如此作法已毕，文静柔美的柳梦璃，如同祝颂般虔诚无比地轻念一句：“熏檀净衣。”

随着这声念诵，本来濒状若死的少年，喉咙中“咳咳”有声，很快便悠悠醒转。

柳梦璃的“熏檀净衣”绝技十分有效。刚才被灭魂爪暂时封印的三魂六魄，很快解开，云天河跳了起来，低吼两声，发现自己全身上下，并无异状。

见此情景，韩菱纱十分惊讶，脱口相问：“梦璃这是？”

“熏檀净衣，取自佛门的法技，能够解除异状，对鬼灵所伤尤为有效。”柳梦璃平静地答道。

“你……真厉害！”韩菱纱口中赞叹。不过此时，她心里忽然冒出一个念头：前后所见这几个高妙绝技，难道真是一个普通的二十岁少女所能领悟习得?

“看来啊，这位柳大小姐身上，恐怕也有个很有意思的秘密呢。”这个念头在韩菱纱心中一起，就如同春天种下的种子，虽然暂时没能滋长，但总有一天，会引起她全部的注意。

有了刚才的铺垫，接下来针对淮南王怨灵的战斗，就没刚开始那般惊心动魄。

刚才“凌空摘星”绝技所带月色光芒对怨灵的伤害，并没能瞒过冰雪聪明的韩菱纱。接下来她经过几次试探，很快就弄明白自己的绝技，正是淮南王怨灵的克星。于是，由她主攻，逼迫怨灵左支右绌；云天河、柳梦璃这俩不能忽视的生力军，在一旁寻找机会不停袭击，很快就把淮南王怨灵逼入绝路。

当核心的怨灵魂魄终于被击伤，这淮南王鬼灵终于承认了失败。他低下高贵的头颅，屈下从不曾屈膝的身子，蜷缩在丹室一角，惊惶地看着眼前这三个陌生的年轻男女。

“尔等、尔等究竟何人？”淮南王怨灵嘶声叫道，“莫非你们是那妖道的门徒？！”

见他已是穷途末路，韩菱纱等人并未立即赶尽杀绝。这风水破坏的淮南王陵、壶中闪现的凶恶怨灵，都充满着太多谜团。因此，韩菱纱他们决定好好地陪这只怨灵“说说话”。

听了淮南王怨灵惊惶的发问，韩菱纱想确认一下，便质问：“你自称‘本王’，难道真是淮南王？！听古人所传，你不是已经成仙了？”

“成仙？”淮南王一怔，忽然爆发出一阵悲怆的号叫，“什么成仙！当初本王自是积功德，求仙道，却不想被一个无耻道士所欺，和八位贤人服下所谓‘太仙霞丹’，反而送掉性命！”

伴随此言，淮南王怨灵身边不知何时围绕起八个黑气腾腾的魂魄，鬼影幢幢，不时发出凄厉的尖号！

# 第二十七章 魂飞魄散，王侯转眼笑谈

在断断续续说完他不切实际的理想、阐述完极不友好的愿望后，淮南王和八公的怨魂，终于魂飞魄散，消失在这个世间。

在八个魂影的缭绕下，那淮南王心中郁积之气更浓，表现出来便是本来已经暗弱萎缩的魂灵，突然间又壮大起来。

他状若疯狂地大叫："那妖道一心骗取荣华富贵，眼见酿成大祸，又心恐本王索命报复，便将本王与八公的魂魄封于赤绯玉壶，自行逃之夭夭！如今真乃天助我也！这玉壶力量渐失，尔等又闯入此间，有生人阳气为助力，本王与八公得以更早脱出，日后定要索那妖道性命！"

"我说老头你啊，"韩菱纱见这战败的魂灵还一副癫狂的样子，忍不住道，"你死都死了，还让手下写什么《玉鼎灵丹文》骗人，又把地宫修得神神秘秘，让姑娘我白白高兴一场！实在太可恶了！"

"大胆刁民！竟敢一再放肆！"淮南王鬼灵还端着王爷的架子。

"哼，老头，我劝你好好投胎去吧！"韩菱纱毫不畏惧。

柳梦璃见状，也出言劝道："如今已是改朝换代百年之后，你也不是淮南王了，你要找的道士已经不在世上，你要如何报仇？"

"一派胡言！"淮南王怨灵疯狂嘶叫。

见得如此，柳梦璃摇了摇头，冷静地说道："你应该知道，你是在自欺欺人。"

"好！"淮南王也冷笑道，"那么本王即刻出去，杀光全天下的道士！以泄本王数载怨恨！”

“嗯？”柳梦璃心中一动，“那些墓中的鬼魂可是因你而出？”

“鬼魂？”淮南王一愣，俄而放声狂笑，“哈哈哈哈，看来本王的仆役也都醒了，如此甚妙！”

“唉！”柳梦璃好说歹说，却见眼前怨灵油盐不进，也忍不住有些发怒，“你这恶灵，害你的人早已不在人世，你怎能以这股怨气伤及无辜？！”

“区区几个贱民竟然非议本王！”淮南王斜着三角眼，轻蔑地看着柳梦璃几人，“本王就先吸干尔等的精血，再出去杀光全天下的道士！”

“哼！又是一个先不仁的家伙！”见二女说了这么多，这恶灵还这么嚣张，云天河也十分恼火，“虽然你说的话我听不大懂，但我不会让你出去乱杀人的！”

说罢，他便横剑挡在韩菱纱、柳梦璃之前，吼吼闹闹地摆出战斗姿势！

见他张牙舞爪的样子，气势好像比淮南王恶灵还盛，韩菱纱顿时想到：“这野人一定是被惹毛了……”

“云公子你……”柳梦璃也突然被少年爆发的气势给惊呆了。

“不怕他！”云天河冲着恶灵叫道，“他也不怎么经打，刚刚都被打败了，我一个人就可以对付他！”

“哈哈！”淮南王怨灵仰天狂笑，“本王便让尔等见识见识八公的怨力！”

“啥？！八加一，等于九……等等啊。”云天河转过头来，“那个，我们要不要一起打？”

“真想揍扁你这笨蛋啊……”韩菱纱又好气又好笑。

不过就在此时，只见原来环绕在淮南王怨灵周围飞腾的八个鬼影，一瞬间全都飞向中央的淮南王；刹那间，这丹室空中黑气弥漫，原本已经相对萎缩的淮南王怨灵，突然间身形暴涨，呈现出另一种形态！

汇聚八公怨灵的淮南王恶灵，身形比之前暴涨了两倍多；他的脸色更白，黑气更浓，并且神情呈现出一种不寻常的亢奋状态。深陷的鬼眼，这时候也如炼狱的深渊，闪烁着幽暗的鬼火，仿佛能将人的灵魂吞噬焚灭。

八公合体之后，淮南王彻底恶灵化。他的身形更加飘忽无踪，“幽冥鬼爪”“灭魂爪”，种种厉害的攻击纷至沓来，这间看起来挺大的丹室里，顿时好像铺天盖地都是影影绰绰的鬼影。

见敌人如此强大，云天河几人的心不约而同地往下一沉。密闭的幽暗空间里，他们一瞬间心里泛出同一个念头：“莫非这淮南王陵地宫，就是我们的葬身之所？”

不过，所谓“初生牛犊不怕虎”，面对泰山压顶般的强压，这几个少男少女，反而生出一股子狠劲儿来。云天河的落星式，比上一次更加超常发挥；你淮南王的鬼爪不是铺天盖地而来吗？云天河玉腰弓射出的流星般剑芒，也刹那间照亮整个丹室，将大部分鬼爪击得粉碎。尤其让人惊叹的是，面对如此诡异的凶鬼恶灵，云天河不是像一般人那样本能地避远，反倒是仗着强壮的腿足，瞅尽一切机会向淮南王恶灵逼近，好像恨不得把搭在玉腰弓上的冰蓝细剑指上恶灵的鼻子！

被他这样一来，虽说恶灵身形飘忽，不担心被少年很快追上，但是少年这么做，却似歪打正着，至少在淮南王看起来像逃跑躲避的动作中，那击出的鬼爪方向，并不在云天河那追击身形的路线上。

有了云天河的“胡搅蛮缠”，那韩菱纱和柳梦璃都腾出手来，相对更从容地组织攻击。韩菱纱已经看出，自己的“凌空摘星”绝技对怨灵有着神秘的克制，因此当淮南王怨灵再次暴起伤人时，她凝聚自己全部的灵力，将“凌空摘星”的秘技集中在那对望月天心剑上。本就锋芒逼人的剑器，凝聚了秘技的灵力，顿时发出星月般的灿白光芒。此后它们在韩菱纱的催动下，如同白虹贯日一般，朝淮南王怨灵疾击！

虽然此刻的淮南王身形更加灵动，沐浴星月光辉的望月天心剑没能洞穿他的要害部位，只是在左臂上留下伤痕。确切地说，只是擦到了一点儿皮肉，但凌空摘星的灵力白辉，对鬼灵来说却似炽热的毒焰，一旦沾上，便“哧哧”燃烧不绝，直到在鬼臂上烧出一个大洞才熄灭。

很显然，韩菱纱的攻击，能够动摇恶灵的魂魄。柳梦璃见机，迅速判断一下情势，虽并未出手攻击，但是在避开鬼爪、保证安全的情况下，施展出自己的另一门绝技“天玄五音”！

这天玄五音并非攻击技能，而是赤、黄、绿、蓝、白五种颜色的光线缠绕在一起的五彩光团。只要有人被这光团笼罩，便立即会在短暂的时间内，突然力量更强、动作更敏捷、灵力更精纯。柳梦璃此时将形势看得极其分明，觉得与其自己参与攻击，还不如让云天河和韩菱纱这两支生力军变得更强大、更安全。

柳梦璃的策略，显然效果卓著，那气焰嚣张的淮南王合体怨灵，很快便被打得转攻为守，不停闪避。可以说，现在这场战斗，是第一次让云天河、韩菱纱、柳梦璃三人，有了在实战中配合攻敌、事半功倍的感觉。

和任何初次成功一样，这种感觉，让云天河几人都觉得十分欣喜兴奋。也许要不了多久，这过气的老鬼灵就要认输投降了。

只是，让云天河几人没想到的是，这恶灵竟是凶悍如斯，在被追得到处逃窜之时，还能偷偷积蓄鬼力，突然发出一招前所未见的攻击。后来据柳梦璃分析，这个是传说中鬼界强大的技能“魔焰闪空”。当淮南王恶灵使尽浑身鬼力，攻出这漫天蓝焰的绝招，顿时不仅阻挡了三人如潮水般的进攻，还让正巧猱身飞扑近前的云天河身中几朵魔焰。

不过，这时候云天河的气势仿佛还要胜过鬼灵魔焰。这几朵魔焰打上他的前胸，淮南王怨灵本来充满期待，谁知道它们却如同鬼火一般嘶然而灭。

“这！”

淮南王怨灵一脸的不敢相信！当然，混乱之中，谁也没看清，就在凶猛的魔焰印上少年前胸时，他那紧握手中的修长细剑，却忽然绽放一丝灿烂的光华，虽然极为短暂，却如同浩荡海风将这几朵来势汹汹的魔焰吹灭。

虽然没被伤着，云天河却被吓了一大跳。他顿时恼怒不已，用尽全身力气，并且在这愤怒一刻，胆大心细沉着地运用韩菱纱所教的凝神贯气之法，将自己筋脉中修炼不多的灵气，全都灌注在手中细剑之上——“去死吧！”随着一声大喝，云天河将手中细剑瞬间贯穿淮南王怨灵的前胸！而这时候淮南王因为一时的诧异，没来得及避开，正巧被云天河刺个正着！

“啊——”

淮南王怨灵发出一声比以往剧烈不知多少倍的惨叫，瞬间就萎靡不堪，跌倒在墙角，样子比先前那次还要虚弱！

只是就在淮南王惨叫之时，离得有一段距离的韩菱纱，却不知道为什么觉得体内一寒，也不知道发生了什么，突然觉得脑子一晕，身子一软，“吧唧”一下就摔倒在地上！

“菱纱你怎么了？”柳梦璃见状一声惊呼。

“没、没什么……”

这突然而至的眩晕感，来得快去得也快，柳梦璃刚一惊叫，韩菱纱便已清醒，挣扎着爬了起来。

“我没事。”她跳了两跳，觉得并无异常，“可能是刚才攻敌，灵力使用过度吧。先别管我。”最后这句话，韩菱纱并没说全，但其他两人都知道什么意思。

于是，刚刚经过配合、大获全胜的三人，排成扇形，一齐朝墙角那恶灵逼去。

“不可能！这不可能……”很显然，这一次淮南王怨灵遭到重创。他的魂影渐渐变淡，原本“合身挺拔”的破烂王袍，也像被扎破的猪尿泡似的，逐渐向里瘪了进去。

“本王……本王还要千秋万代……与天同……寿……我不甘心……我……诅咒……你们……”

在断断续续说完他不切实际的理想、阐述完极不友好的愿望后，淮南王和八公的怨魂，终于魂飞魄散，消失在这个世间。

而经历此战，云天河三人也是疲惫不堪，便不急于离开，而是在这丹室中稍加休憩。

“好险！”三人中看起来最胆大包天的韩菱纱，这时候也心有余悸，手抚胸口道，“还以为这次真的要去见玉皇大帝了呢……”

云天河闻言，因为刚才一战上蹿下跳实在太过疲倦，便表面不动声色，心中暗暗思考：“菱纱为什么要去见玉黄大弟？大弟他大哥又是谁？”

“幸好……”和韩菱纱一样，柳梦璃也是心有余悸，“这淮南王生前求仙不成，心里怨恨极重。若是让他跑了出去，不知有多少百姓要遭殃……”

韩菱纱大为赞同：“梦璃说得对！总之啊，都怪那臭老头不好！明明没有成仙，还故弄玄虚，浪费人家感情！”说到这里，她忽然生起气来，“还以为真的能找到长生不老药呢，结果又是空欢喜一场……讨厌讨厌讨厌！”韩菱纱使劲跺脚，显然是十分恼怒。

“嗯……”柳梦璃见状，问道，“菱纱你在找的那种药，莫非是长生不老药吗？”

韩菱纱闻言，忽然沉默。

“也许……也许我不该这么说，”柳梦璃望着心事重重的韩菱纱，轻轻道，“可是人世虽然只有短短数十年，只要能和喜欢的人在一起，也好过一个人孤孤单单过上百年千年……那样的日子，不是更让人痛苦……长生之法，人人艳羡，却又有几人真正明白自己想要什么——”

“不是的！你什么都不知道！”忽然之间，片刻沉默的少女又跺脚大叫起来。见她如此，不仅柳梦璃，就连云天河也非常吃惊。因为，韩菱纱这丫头虽然平日看来性格外放，但从未以这种态度示人。可以说，她刚才对柳梦璃说的这句话，已经算是态度粗鲁了。

“菱纱，你……”云天河怔怔看着少女。

“啊！对、对不起。”这时候韩菱纱也猛然一惊，如梦初醒。“我不是……我只不过……只不过……”仿佛下了很大决心，她才说出心中掩藏了很久的那个秘密，“我要救人，我要找到长生药，救整个村子的人！如果我找不到，他们就要永远永远受苦下去！每次一想到这个，我就、我就……”

“菱纱……”柳梦璃看着痛苦的少女，充满歉意地说道，“都怪我不好……我真的什么都不知道……有没有可以帮你的？”

“谢谢，可是……”少女摇了摇头，“这是我们韩家的事。我不想再多说了。”很显然，刚才说出那番话，已经是韩菱纱的极限了。

“呵呵，不说就不说，反正我帮你一起找就好了！”云天河抱起双臂，看着少女，“原来你不是只会玩，还像爹说过的一样，救人于水火之中。他说这种人最了不起了！”

“什、什么啊。”韩菱纱一时有些适应不了，“你这野人突然说这么正经的话……”

云天河却也不理韩菱纱，而是转身又看向柳梦璃：“梦璃，你说过，看一个人顺眼，就会想要嫁给他对不对？”

“是啊。”柳梦璃不知少年要说什么，一脸迷惑。

“很好！”云天河转过身，又面向韩菱纱，握着拳，很高兴地说道，“哈哈，菱纱！我越看你越顺眼，干脆我嫁给你！以后我们俩都一起玩，找什么东西也可以一起找！”

“……”两个女孩儿忽然不约而同地沉默了。

“噗！”柳梦璃终于先反应过来，掩口轻笑出声。韩菱纱却好像忽然怒到极点，一张俏脸涨得通红，向云天河挥拳叫道：“你、你白痴啊！猪头！什么嫁、嫁给我！我才不要你这种野人！”

气愤说完，韩菱纱忽然又觉得哪儿有点不对：“不！不对，根本不是这个问题！气死我了！不晓得是不是上辈子做了什么孽，这辈子遭报应才遇到你！”她想起自从和这少年相遇之后，便碰到的种种“委屈”，于是气涌心头，忍不住拿拳头连连捶打少年的胸前。

“痛、痛！”少年急呼道，“菱、菱纱，别打了！你脸都红了，是不是气上不来？”

“多话！我哪有脸红！哼！”韩菱纱口里这么说，却还是收了手，飞快地跑到了一旁。

“又怎么了？她今天好像特别生气。”云天河看着跑到一边的少女，嘀咕道。

见他这样子，柳梦璃微微一笑，说道：“云公子，你看菱纱很顺眼？”

“是啊。不过我看你也很顺眼就是了。”云天河诚恳地说道，“可以的话，我嫁你们两个，以后我们三个都一起四处玩，找什么东西也一起找！”

听得这样昏话，柳梦璃却没像韩菱纱那般一惊一乍。她知道只是少年刚刚下山，憨朴而已，便一笑说道：“云公子，只有女孩子才能嫁人，男孩子是不能嫁的。”

“啊？那男孩子不是很可怜？”云天河一惊。

“噗——”这一下，又把柳梦璃给逗得忍俊不禁了。

“嗯？好笑吗？”云天河挠了挠头，越发觉得难以理解。

“没什么。”柳梦璃蔼声说道，“给你这样一闹，至少菱纱没那么伤心了。”

说完这句，柳梦璃看了看四周，尤其望了望丹室角落那些散落的瓶瓶罐罐上迷离的光影，便道：“云公子，我们最好还是快点离开这儿吧。”

# 第二十八章 弦歌台上，偶听是昔流芳

弦歌台虽名为台，实际是一座孔圣人庙。

“嗯！”云天河点点头。虽然他胆子不算小，现在也觉得这地下的陵穴里冷风飕飕的。

就在这时，却听刚刚跑开的韩菱纱，对着一面墙壁忽然惊奇地叫起来：“你们看，这儿又有个机关。我猜只要解开它，丹室里就会打开其他的路，按原路返回八成是不行了。”

“那我们快些试试吧。”柳梦璃道。

韩菱纱点了点头，便对着墙上这个机关开始捣鼓起来。看着她忙碌的样子，云天河心中忽然想道：“也许，菱纱并没有看起来那样生气呢……”

就在云天河心中转着这样的念头时，便听少女一声欢呼：“解开了！”

随着她这声欢呼，只听“咯吱吱”一阵响动，原本看似光滑无物的砖墙壁，竟忽然出现一个幽深的门洞！

见墙上洞开，云天河三人鱼贯而入。他们保持着警惕，在这神秘的墓道中前行。两侧墙上，依然零星亮着些长明灯，将三人在青砖甬道上的身影拉成细长。

在这墓穴长道里，依然遇到不少鬼怪。不过对于云天河几人来说，刚对付了淮南王怨灵那样强大的凶鬼，现在再看这些妖鬼，就觉得跟小虾米差不多，丝毫不在话下。这种时候，他们都欣喜地意识到，经历过刚才那两场艰苦卓绝的战斗，自己无论是法技招数的熟练程度、还是筋脉丹田中的力气和灵力上限，都相应增长了。

在墓道中斩妖除魔，一路前行，过了大约半盏茶凉的工夫，便来到一处岔路。云天河凝目观看，只见左边是墓道，右边墙上则有一处破碎的缺口，直接接入一处天然的钟乳洞穴。

“咦？这墙上怎么会破了个大洞？”云天河现在非常警惕，对古墓中出现的任何异常都很重视。

“你就不要管它怎么来的了。”韩菱纱看着这处熟悉的裂洞，一指洞后，“这就是那个通到碗丘山的捷径。过了碗丘山便是陈州，脚程快些午后一定可以到。”

“菱纱，”临到出口，柳梦璃却想起一事来，“你们觉不觉得，这一路走来，仍有许多厉鬼，难道将淮南王和八公的怨魂封起来也没用？”

“确实古怪得很，”韩菱纱也奇怪起来，“我也——咦？等等！”她忽然转头看着另一侧的墓道，怔怔出神。

“怎么了，菱纱？”柳梦璃疑惑问道。

“风，是风。”韩菱纱喃喃道，“风的感觉不太对。它怎么会从那边过来？”

说起来，韩菱纱对这座淮南王陵算是熟门熟路；刚才云天河奇怪的那个墙上裂洞，其实就是她以前来此的杰作。也正因如此，她才能发现一般人发现不了的风向改变问题。和地表不同，那里千风往来，东西南北，四面八方，空气的流动可以经常变换任意方向。不过在这样相对封闭的地下王陵中，有风向发生显著的改变，便一定说明建筑结构已经变化了。

“走！我们过去看看！”韩菱纱打定主意要弄清真相。

“好！”经过这几次并肩战斗，某种程度，云天河、柳梦璃和韩菱纱都有几分心灵相通，顿时便点头答应。

走进另一边的墓道，就算从没来过此地的云天河也发现，本来这条墓道应该通向某一处地宫的，但是此刻它的半中腰却被一堆坍塌的碎石所阻隔。在碎石之后探头望去，只见一阵阵寒冷的阴风夹杂着凄楚的鬼泣，正从碎石的另一边吹来。

见到这情形，云天河不明所以，只觉得阴风呼号，有点让人毛骨悚然。可是韩菱纱却不同。为了寻找长生不老之药，她精通盗墓堪舆。因此，她一看到这景象就惊呼起来：“天哪！有人、有人把淮南王的冥宫风水给破坏了！难怪那些鬼怪都跑出来了！”

柳梦璃闻言一惊：“你是说，厉鬼现身和淮南王要从玉壶里出来，并无半点因由？”

“嗯，话这么说也没错啦！”韩菱纱随口一答，不过很快心里一惊：呃，我竟然被野人感染，说话口气跟他一样！

“我虽不懂风水之说，但也明白这种事关系甚大。”柳梦璃一脸疑惑，“莫非是有人和淮南王结下了深仇大怨？”

“也不一定。”韩菱纱冷静下来，略一思忖，说道，“我倒觉得弄得这么乱七八糟，或许只是不懂事的小毛贼，一味蛮干，闯了大祸自己都不一定晓得……唉！”她叹息道，“墓道吹着这种怪风，冥宫里肯定被破坏得很厉害，那帮白痴……真丢脸啊！”

看见她一副替“同行”丢脸的样子，柳梦璃一时不知该说什么才好。只听韩菱纱又说道：“梦璃你放心！淮南王老头选的风水还不是顶好，这地宫虽然在龙脉处，但怎么看也只是个小旁支，就算风水骤变，也成不了灭族绝后的大凶地。”

“可是这些鬼怪不会出去害人吗？”柳梦璃想着爹爹的官身职责，还有些不放心。

“不会的。算是不幸中的大幸吧。”韩菱纱望望远近，心有余悸中带着一丝庆幸，“这儿如今成了‘地缚之象’，怨魂都被束缚住，跑不出地宫。以后只要我们找个厉害的道士来收魂，也算做件大好事！”

“对！”这时云天河插话道，“还可以找剑仙来帮忙！”

听他们二人如此说，柳梦璃这才放下心来。看着眼前阴森的景象，这位好心肠的少女说道：“但愿不要有人误闯进来，枉送了性命。”

“嘻嘻！这就更放一百个心了。”韩菱纱嘻嘻一笑道，“这种地方，除非是亡命之徒，寻常人应该不会想靠近吧？”

“菱纱，有件事我不懂了。”云天河插话道，“既然风水被弄坏了，可是你对这些事情这么厉害，再把它改回来不就好了？”

“说什么傻话，你当改风水跟吃吃喝喝一样简单哪，弄得不好可要遭天谴的！”韩菱纱说完这句，看了看少年的神色，好像还有些不相信，便加重了语气，郑重警告，“这些可不是说着玩的，你可别想跑进冥宫胡闹哦！要知道，那是淮南王安置棺椁的地方，机关重重，现在更成了凶地，我们几个就这样进去，有几条命都不够死的！”

“不会，我随便问问。”这下少年真正偃旗息鼓了。

“哼，最好是这样！”韩菱纱没好气道，“刚才的事我可还没原谅你，再惹麻烦就给我小心点！”

“刚才的事？什么事啊？”云天河挠了挠头，迷惑道。

“呃……”忽然之间，韩菱纱觉得，眼前这看起来也清俊秀拔的少年，是不是有一门独门秘籍，叫“气死韩菱纱不偿命”啊……

这时柳梦璃见她脸色不对，忙开口道：“菱纱，我们快走吧。这儿的风吹得人好不舒服呢。”

“走就走！梦璃你别担心，我才懒得跟某个野人计较呢！哎呀——”一提到“走”，韩菱纱这时候才觉得，经历刚才那些凶险，现在真是身心俱疲了。于是她立即叫了起来：“走！快点走！我们快点翻过前面的碗丘山，然后到陈州的客栈里，舒舒服服洗个澡，睡一觉！”

从淮南王陵出来，来到碗丘山中。虽然这碗丘山也颇有几分险峻，但和刚才古墓冥宫中的群鬼乱舞相比，这座有猛兽出没的碗丘山，简直算得上太平之地。

一路无话。他们三人很快翻过碗丘山，来到了离山脚不算太远的陈州城。陈州之地，历史极为悠远。早在夏商周时，它就有了建制，隶属天下九州之一的豫州。到了春秋战国之时，陈州城更是成为强大楚国后期的国都。

虽然这时候陈州只是中原的一处普通城池，但有几千年历史，此刻在初到此地的云天河眼中，依然显得极为巍峨雄丽。陈州的市井繁华，也绝不在寿阳之下。云天河看到满街琳琅满目的货物、到处香气扑鼻的小吃，只觉得没有一样不新鲜的。说起来，到目前为止，云天河这辈子也就见识过两个城镇，所以，哪怕他只看到大街上有这么多人，都觉得头晕目眩，都觉得乃是比黄山朝霞夕云更动人的奇观！

不过，韩菱纱丝毫没意识到少年的观光门槛是如此之低。她一边在前面走着，一边长篇大论地为陈州城做着推介：“天河，你可不要小看这陈州城哦。说起来，陈州才算得上是淮河岸边真正的宝地呢。传说那上古三皇之首的伏羲大神，在这儿设下过先天八卦之阵，有了这八卦阵，再厉害的妖魔也不能作乱。而且，历朝历代的皇亲国戚都特别偏爱这里，最最有名的要数那个才高很多斗的曹、曹……曹子佳？不对、不对。梦璃，你在书上读过吧？那人叫什么来着？”问着话，韩菱纱一转身，却猛然发现，身后大街上人来人往，自己左看右看，偏偏就是没看到云天河、柳梦璃的人影！

“云、天、河！”少女跺脚气道，“竟然又给我乱跑！这一回还把梦璃一起拐走了！唉——”少女以手抚额，“真是被他给气累了……”

就在这时，冷不防从她旁边传来一阵狗叫声。听得狗叫，韩菱纱蹙眉看向旁边，却见有一只大黄狗，正在当街对着自己摇头摆尾地狂吠。在它的旁边，还站着一位油头粉面的年轻书生。

韩菱纱此刻正在气头上。同伴已经走丢，却遇黄狗猛吠，正是晦气之至。她当即秀眉倒竖，瞪着黄狗，便要发怒。谁知道，还没等她呵斥出声，那黄狗边的书生察言观色，却抢先说道：“姑娘息怒，姑娘息怒！”

韩菱纱正要觉得他善解人意之时，却听他继续说道：“是这样，我家的小黄胆子特别小，别人一吼它就害怕。”

韩菱纱一听，觉得这书生不可理喻至极，随口叫道：“胆子这么小，还做什么狗。”

“岂有此理！”没想到这书生立即摆出一副傲然的姿态，模仿韩菱纱的口气阴阳怪气地说道，“你脾气这么坏，还当什么女人！”

“你说什么？”韩菱纱这下可真恼了，上前一步，瞪着书生冷冷说道，“有胆子再说一遍。”

“没有，没有。”看着一下子变得冷冷的少女，本来还准备继续调戏调戏的书生，忽然感觉一股寒意袭来。这寒意很像是实实在在的存在，在正午的阳光下一下子渗入自己的骨髓。他猛地打了个冷战，这一低头，恰好看到少女腰间那对短剑，顿时更加忙不迭地说道：“不敢、不敢，小生先走一步！”话还没说完，便着急上火地吆喝着自己那只不开眼的狗，一起跑开了。

“云天河！不要让我找到你！”站在陈州大街上的人流中，妙龄少女望着天空悲鸣，“姑娘我自从遇到你，就变得衰事连连——现在连狗都欺负我！”

抱怨归抱怨，人还是要找的。韩菱纱江湖经验丰富，顺着刚才云天河二人走散的方向，问了问沿途摆摊的摊主，很快便知道两人走散的路线轨迹。就这样一路问，一路走，循着二人行走的路线，韩菱纱大约在拐过两三个街角、走过三四条长街后，便在陈州城西南角的南坛湖畔，终于看见二人的身影。

“奇怪，这两人怎么会跑到这儿来？”韩菱纱思忖道。

没错，云天河和柳梦璃现在就在南坛湖畔。不过他们并非在湖边欣赏湖景，而是身处湖畔一处特别的建筑中。陈州，韩菱纱以前来过，自然知道云天河二人所在之地乃是本地一处名胜，名为“弦歌台”。弦歌台虽名为台，实际是一座孔圣人庙。不过，弦歌台和其他天下各处的孔圣人庙都不同，它不仅历史悠远，还直接和孔子有关。

原来，典籍中十分有名的孔子“厄于陈蔡”，就是发生在此地。当年孔子和学生们因为“宣扬不正当思想”，被不明真相的陈国百姓围困在韩菱纱眼前那座南坛湖小岛中。不过孔子既然身为圣人，心理素质自然极强。在粮食耗尽之际，他教弟子一起挖掘岛畔南坛湖中的蒲根作为食物，前后七天，最终脱困。

于是，“孔子厄于陈蔡，绝日弦歌不止”，后人根据这个典故在南坛湖中小岛上建筑圣人庙。又为了朝拜方便，便在正对小岛的南坛湖边建了殿堂，取名为“弦歌台”。弦歌台又名厄台、绝粮祠，按韩菱纱的理解，总之就是纪念圣人当年糗事。

当岁月流逝，当年的往事渐渐湮没于历史的风烟中。后来当地的普通百姓对“弦歌台”之名望文生义，将此地渐渐变成歌舞娱乐之所。对孔圣人当年风骨情怀的祭拜，转到南坛湖中小岛的圣人庙中专门实行。如此功能分离，倒是陈州人一个两全其美的创举。

略过这些风土人情不提。再说韩菱纱，见云天河二人已在弦歌台中，她心中腹诽道：“他们倒是腿快。”虽然心中抱怨，她还是赶忙走了过去。

来到弦歌台中，韩菱纱看见云天河和柳梦璃已在正殿中央，正背对着自己不知道在看什么。

“好哇！总算给我找到了！”韩菱纱快步走上前去，高声招呼。

云天河一听见韩菱纱的声音，赶忙回头，十分开心地招呼道：“菱纱，你快来！”

“来什么来！你又到处乱跑！嫌以前闯的祸不够多是不是！”韩菱纱白了他一眼。

“我、我刚才也不知怎么，不知不觉就走到这里来了，呵呵。”云天河挠了挠头，讪讪说道。

“你啊……”韩菱纱正要责怪，却听柳梦璃说道：“菱纱，是我不好。我见云公子看新奇的东西看得入迷了，越走越远，本想把他喊回来，结果却也跟着……”

“唉！好梦璃，你别事事都替这傻瓜担待。”韩菱纱倒觉得柳梦璃对少年太过担待了，“不是怪你们，四处逛逛也没什么啦，可千万别不打招呼就消失，害我担心。”正说着，忽听云天河道：“菱纱，我想买样好东西。可我身上没钱，你有吗？能不能给我？”

“……居然还有脸说，一点儿不知反省……真服了你！”韩菱纱气冲冲道。

“反省？”云天河抱着双臂，说道，“我知道啊，爹说过有句话叫‘一日三省吾身’，意思是一天要反省三次。可是今天的三次我都用完了，所以剩下的留到明天再做。”

“呃……”韩菱纱真不知该说什么好了。

“我看……不如先听听云公子说的吧，他这次倒也是一番好意呢。”柳梦璃柔声说道。

“唉，说吧，你到底想买什么？”韩菱纱努力让自己平静下来。

“喏——”云天河一指大殿中在旁边站立的一人，“我要买那个！”

顺着云天河指点的方向，韩菱纱仔细一看，正见那里有个素淡衣裳的美貌女子，身前的案几上放置一具古琴。见众人齐朝她看来，那端庄恬娴的女子十分优雅地向这边微一施礼。

见此情形，韩菱纱恍然大悟：“原来你想买琴？是要送给梦璃吗？”少女心想着，如果是这样，虽然显得这野人没什么良心，没先送礼给自己，但这行为总还算说得过去。可是正在心中这般转念时，却听少年指着那女子，响亮说道：

“不是。我就买她！”

## 第二十九章 抚今追昔，惆怅琴姬心愿

等她开口，韩菱纱才发现，不仅她的气质如同灵山碧竹，那声音更似林中翠鸟，极为悦耳动听。

“她？”

韩菱纱一愣，瞅向那女子，只见她穿着一身水绿色的淡雅裙衫，容颜淡丽，轻扫蛾眉，虽然看起来颇有阅历，却出奇地有一种出尘气息。

韩菱纱有一种感觉，那女子只是静静地坐在古琴面前，却宛如一株春雨后的翠碧青竹，气质是那么清新动人。不过，在这种清新里，那女子的眉间却萦绕着一种淡淡的忧伤，宛似黄昏竹林里浮动的一抹迷雾。这种若有若无的哀愁，更是增添了这琴后女子的魅力。

看清这女子的姿容，韩菱纱一想刚才云天河的话，顿时恼了起来。“她？！你要买的竟然是……太胡闹了！”韩菱纱双手叉腰，冲着少年义愤填膺地怒道，“你这色心不死的野人！不行！我绝不同意！”

“可是……”面对少女的暴怒，云天河还有些迟疑。他心说：“我只是觉得自己终于学会买东西了，想跟这位姐姐买首曲子，怎么菱纱反应这么大啊？”他口中嗫嚅，还想分辩几句，却听韩菱纱一口否决：“少废话！不行就是不行！”

就在两人这般僵持时，旁边那女子却忽然开口说话。等她开口，韩菱纱才发现，不仅她的气质如同灵山碧竹，那声音更似林中翠鸟，极为悦耳动听。只听她说道：“姑娘莫要误会，我只是答应为云少侠唱上一曲，还未来得及告诉他不纳金银。我只想求他帮我一个忙。”

“原来是这样……”这时候韩菱纱才有些明白，可能刚才是自己误解了云天河的话。不过，一琢磨女子刚才这句话，韩菱纱又警惕起来，质问道：“真的？只是唱歌？还不要钱？天底下哪有白吃的午饭，我看要帮的忙肯定麻烦！”韩菱纱的江湖经验不可谓不丰富；那女子只是一句话，她便分析出其中的各种潜台词。

“菱纱，”这时柳梦璃开口说道，“我刚才听这位姑娘抚琴，曲意凄婉哀伤，好像有莫大的痛苦。我们要是力所能及，就帮帮她吧。好吗？”

“对、对啊，我也觉得是要帮她！”云天河连声附和。

“两位姑娘，还有云少侠，”琴后女子也开口说道，“若是愿意耽搁片刻，我自会把前因后果都告诉你们……”

柳梦璃点了点头，柔声说道：“我们自然愿意听。”

这时候，韩菱纱已弄清刚才云天河话中的歧义，也平复下来。她看着女子，说道：“说了这么久，还不知道怎么称呼这位姑娘？”

那女子微微垂首，合掌行了一礼，轻声说道：“三位叫我‘琴姬’便好。已为人妇，又哪敢再以姑娘自居？”琴姬看向柳梦璃，语气略带萧索，“这位柳姑娘说我曲意哀伤，心中痛苦，倒是言重了……不过人生在世，难免有许多妄念，我有个心愿未了，怕是到死都看不破……”

“心愿？是什么？”云天河好奇地问道。

“这可得从头说起——”琴姬略一沉吟，想起往事，悠然说道，“我自幼喜爱音律，却更是仰慕世间的高人侠士。及笄之后，我便出门闯荡，仗着一身武艺惩奸除恶，倒也十分痛快。”

“呀，了不起！”韩菱纱叫了起来，一脸的惊奇，“你竟是个锄强扶弱的女侠！”

“什么女侠，也不过是年少时的胡闹。”琴姬却比较淡然，“后来我因音律结识了陈州秦家的独子，他虽不懂武功，也很文弱，却是我见过最好的人，我们彼此喜欢，没过多久他就将我迎娶入门。”

“那很好啊，能和自己喜欢的人在一起。”韩菱纱看着女子眉间的愁容，有些不解。

“莫非……他有负于你？”柳梦璃轻轻问道。

“不，他对我很好，我们在一起钻研曲谱，他还教我读书写字。那真是，是我一生中最快乐的一段日子！”琴姬的脸上泛出神采，显然在她的心目中，那段岁月是如此美好。不过，她很快黯然道："可惜……不管我怎么做，也做不来知书达理的大家闺秀让公公婆婆开心……"

"那你相公呢？这些事他知道吗？"柳梦璃问道。

"他？他那样孝顺的一个人，当初为了娶我，却不惜违逆家里的意思。只是这种事又怎能一而再、再而三地犯。"琴姬脸上愁容渐浓，"渐渐地，就算有相公陪伴，日子也变得越来越难熬。我那时就有了重出江湖的念头……直到有一天，我又惹得婆婆不高兴，那一次连相公也责怪了我几句，我一怒之下便留书出走了。"

"不错！"韩菱纱点头赞同，"与其在家里受气，当女侠说不定还自在很多呢。"这时候，她已经喜欢上这个侠骨柔情的女子。

"岂止是女侠？"琴姬不经意间露出一丝傲然，"每个学剑的人都梦想成为上天入地的剑仙，我也是一样。离家以后我就遍访名山大川，求仙问道。"

"哦，原来你也喜欢在天上飞。"云天河低声说了一句。

"可能人心就是这么不知足。"琴姬陷入对昔日的回忆，"当我剑术大进，反而常常想念相公，他的身子本来就不是特别好，我很担心……我为自己找了很多理由，想回到陈州来看看他……"

"那后来呢？你见到他了吗？"柳梦璃关切地问道。

琴姬摇了摇头，脸上充满了哀伤："当我回到陈州时，才知他已过世好几个月了……"

云天河三人听到这里，都十分吃惊。那韩菱纱吃吃道："他、你相公是怎么了？！怎、怎么会过世……"

"我也不知道。"琴姬难过地说道，"听说相公在我离开后身子更是糟糕，婆婆为他订下一门亲事冲喜。但新媳妇过门没多久，他还是去了……我曾经想过千百遍和他重逢的情形，我宁可他骂我，不原谅我，也不要这个样子……"说到此处，才艺非凡的女子，一脸的无限悔恨，那双明眸之中，更是泪光点点。

"那，我们要怎么做才能帮你？"柳梦璃柔声问道。

"嗯，如今后悔也没用了。"琴姬举起手，拿袖子轻轻擦了擦眼角，"可是，我根本不知道秦家把相公葬在哪里，只知道他的牌位在城中的千佛塔里。我只想在他的牌位前上炷香，请他原谅我以前的不懂事。"

"点炷香有什么难的？"云天河听了，不以为意，"我天天都会点给我爹啊。"

“云少侠有所不知，陈州的千佛塔中供有佛门圣物，塔顶有圣光投下，所以不单是本城，许多有钱人都千里迢迢把亲眷的牌位送来此地，想要他们的魂灵受佛祖保佑。”琴姬柔声解释，“秦家当然也是一样，他们还曾经捐钱修塔，和方丈也颇有交情。或许是秦家知会过什么，那些僧人根本不让我进塔，我也想过在夜里进去，可是为了守护圣物，那儿夜里更是有武僧把守。”

说到此处，琴姬显得很是无奈。不过，当她看向云天河三人时，眼神中却燃起希望的光芒，站起身来郑重地说道：“我看得出诸位身手不凡，只想请你们帮我，让我进入塔内，祭拜亡夫。”

“可是，以你的剑术竟然打不过那些和尚？”韩菱纱问道。这姑娘一直记着琴姬那身行侠仗义的武艺呢。

听了她的话，琴姬却摇了摇头，有些后悔地说道：“说来也是阴差阳错，当初听到相公过世，我伤心欲绝，想到他生前不喜我舞刀弄剑，便立下重誓再也不使用一身武艺，谁又料到后来有这许多波折……因为要信守诺言，所以那以后，我只得一直在陈州街头弹琴，想要找到心地善良又身怀武艺的人帮帮我。”

“那秦家人也太过分了！”韩菱纱一听便愤愤说道，“人都入土了，祭拜一下又不会怎样，这个忙我是帮定了！”

“对，我也要去！”云天河更是跃跃欲试。

“既然这样，我们是否今夜就进入千佛塔？”柳梦璃问道。

见三人如此热心，琴姬盈盈屈身施礼，感动地说道：“有劳各位，你们的大恩大德我一生一世都铭记在心。”

“你太客气了。”柳梦璃罕见地露出一丝调皮的笑容，“我还想听你弹琴唱歌呢，所以也不算白帮你。”

“……多谢。”感动之下，琴姬的声音略带哽咽，“这样，今日戌时我便在湖心岛的千佛塔下等你们。”

“好，一言为定！”韩菱纱代众人答道。听她承诺之后，楚楚可怜的女子又施一礼，转身袅袅离去。

“哎，老天爷也太会作弄人了吧？”韩菱纱目送琴姬远去的姣好身影，惋惜道，“明明是一段好姻缘，偏偏变成这样！”

“是呀，唉。”柳梦璃陪着叹息一声，“不过，这次也多亏云公子误打误撞，不然我们可能就错过这件事情。”

“是吗？呵呵。”云天河挠挠头，憨憨一笑。

“少得意啦！”韩菱纱上身朝云天河前倾，一手叉腰，一手在他眼前摇了两摇，“琴姬的事，和你乱跑胡闹根本是两回事好吧？”

“哦……”听韩菱纱这么一说，云天河也有些歉意。

“二位，”柳梦璃看着两人说道，“到戌时还早，不如我们四处看看，主要查看一下千佛塔的情况。然后我们早点找家客栈歇息，养精蓄锐。”

“好啊！”韩菱纱赞同道，“知己知彼，百战百胜！”

# 第三十章 笑调纨绔，谁识景天之祖

她眼光极为老辣，发现这少年最不凡的，还是那世间罕有的清澈眼神。

千佛塔正在南坛湖中的小岛上。

此刻正是午后，虽然日光西斜，却甚是明亮。日光之下，南坛湖水波光粼粼，湖心小岛上蓬勃的春树也仿佛笼罩着一层光芒。千佛塔就在湖心岛畔被参差的绿树簇拥，九层的高塔如同一个威严的高僧，在满眼春光中对着整个陈州城俯瞰。

千佛塔每层高挑的檐脊上，蹲坐着佛教经义中的辟邪瑞兽。不过云天河几人此刻隔着湖水离得很远，只能依稀看得出一点儿微小的轮廓。时时吹拂的清风中，倒是千佛塔挑檐上悬挂的铜铃在春风中丁零作响，借着高度在陈州城中传出很远。

千佛塔本身并无什么出奇，此刻远观并没多少好看。要帮助琴姬完成心愿，还要看夜里潜入佛塔，那时才见真章。不过，在湖畔这番游走，倒也不是全无收获。那些徜徉湖边的游人歌女的一些对话，让云天河几人不仅了解了陈州的风土人情，还对先前少年偶尔遇见的琴姬有了更深的理解。

比如，靠近南坛湖畔的那条街上，有一座档次不低的青楼，名为“倚栏歌榭”；路过它时，云天河三人听那些歌女议论道：

“今日湖畔弦歌台，人比平时多些，是不是因为那个琴声歌声呢？”说话的这位正是在倚栏歌榭前迎宾的杜鹃姑娘。她好像还不知道琴姬，在云天河他们路过时，还在跟身边那位叫金盏的姐妹说道：“金姐姐，你听，这湖畔传来的曲声，不像是我们歌榭里姐妹弹奏的……那么好听的曲子，到底是谁呢？”

她的姐妹金盏答道：“具体是谁姐姐也不知。不过我也听了好一会儿，那弦歌台中的女子，弹唱都有几分能耐。凭她的本事，就算去了京城，也是不愁吃穿的。”

“你们还别说，”一个叫楚师儿的歌女说道，“我来陈州这里比你们都早，最近几日一直听弦歌台上有曲声传来，我总觉得耳熟。似乎在数年前，我在这南坛湖畔，曾有听过……”

“我听着也有些耳熟。”这时候搭茬的，却是一位正在倚栏歌榭门前徘徊的书生。他叫陈久，刚才内心中正做着思想斗争：“是遵圣人教诲，去前面的书斋看书，还是进倚栏歌榭，看望熟悉的姑娘，跟她谈谈人生、谈谈理想。”

思想斗争正到了最紧张激烈的时候，陈公子听到门口这几位姑娘的话，便插话道：“不怕你们不高兴，那女子弹的曲子真好听，比你们这里很多姑娘都强多了。也不知跟你们楼中头牌姑娘‘玉芙蓉’比起来，谁的琴技更好？”

“当然是我们家玉芙蓉姐姐更好了！”虽然平时对楼中头牌心有嫉妒，但这时候杜鹃和金盏却异口同声说道，“那女人的曲子有时凄凄切切，哪有咱们玉姐姐的风骚喜庆？”

“非也，非也。”陈公子的书生脾气上来，摇了摇头道，“曲子好坏，却非决于悲喜。以小生看，却还是湖畔那人技高一筹。”

“真是个书呆子……”听陈久这么说，杜鹃和金盏虽然秉着友善服务的职业道德，表面不再反驳，但内心里却对这位不识货的公子哥儿很是不满。

他们这番对话，不仅路过的云天河几人听见，那个正在二楼轩窗前倚栏远眺的玉芙蓉也听到了。她刚才也在窗前，仔细辨听琴姬的歌声，心中暗自比较。她在琴乐上是真有研究和造诣的；此时听了陈久的评价，她秀眉紧蹙，无奈地想：“陈州之人，只说我唱的曲儿不如琴姬唱的。但他们却不知道，我唱的是‘燕乐’，她唱的是‘清乐’，曲风本就两属，怎么能放在一起比呢？”

正这么想着，她的目光无意中朝楼下一看，恰好与云天河的目光相对。

“咦？”玉芙蓉一愣，“这是谁家的小哥儿？眼神这般清澈！”

作为倚栏歌榭的头牌名妓，玉芙蓉算是阅人无数；她目光跟云天河一对，便立即感觉到这位少年的不凡。当然，云天河本身的容貌清俊英朗，对玉芙蓉来说也比较养眼；但她眼光极为老辣，发现这少年最不凡的，还是那世间罕有的清澈眼神。那一瞬间，玉芙蓉几乎有种错觉：这哪是眼神啊，简直就跟从来没受污染的深山清泉寒潭一样，虽然隔出很远，都能感觉出那种清寒通透的灵澈感!

就在玉芙蓉惊讶感慨之时，偶尔抬头的云天河也是一愣：“咦？这楼上的女孩儿，也挺好看呢。”不过他也没来得及细看，就被身边一人拉走了。不用说，这位及时出手之人，正是韩菱纱。她一瞥少年，见他朝二楼张望，便忽然责任感满满，觉得自己有必要看好少年，不要让他来自山野的纯天然心灵被这红尘青楼污染。

云天河三人离开倚栏歌榭不久，忽看见街边停着一辆马车。街畔垂杨柳下，这马车形制高大，纹饰华美，那辕前拉车的骏马也是通体雪白，浑身上下没一根杂毛，显然不是凡品。

和后世类似，好的车马总是能引起男子的兴趣，这样的马车自然也引起了云天河的注意。他围着这辆马车，好奇地仔细打量。当他转到马车后面，却在车厢外面后壁上，看到挂着一幅卷轴。

“这是什么？”云天河边看边嘀咕，“这上面有画，有字，画的是个漂亮姑娘，不过没见过，不是菱纱了。”

“天河，在看什么呢？我瞧瞧！”韩菱纱听到少年的嘀咕，跟了过来，一眼就看见挂在马车后壁的画轴。

“原来是幅美人图。上面还有字——”韩菱纱努力辨认画幅右上角那几列歪歪扭扭的题字：

芙蓉转圈舞蹈处，
左摇右摆好似鸭。
挥袖扭腰真窈窕，
看得我心花怒放……

“哈、哈哈！太好笑了！”韩菱纱忍俊不禁，脱口乐道，“哪有人这样写诗的？‘左摇右摆好似鸭’，到底是在夸人还是在损人啊？还有这个疑似女孩的人形……难道就是那个‘芙蓉’？太、太……”这美人形态画得极为别扭，口舌便给的少女，甚至一时语塞，找不到对她合适的形容词了。

“好大胆子！竟敢嘲笑本少爷的丹青墨宝！”

就在此时，也不知从哪儿突然冒出一个半大的少年，怒声叫道。这少年，容貌稚嫩，最多也就十一二岁的年纪。他身上穿一件材质上好的蓝缎短袍，头顶青纱软帽，正中镶嵌一块淡黄美玉，价值不菲，一看就是典型的富家子弟。

面对气得满脸通红的小少爷，韩菱纱玩性顿起，故意拉长腔调，明明对着画轴，却左看看，右看看，一副不解的表情："墨——宝——在哪里？这里有吗？"

"可恶！你们不是刚刚才拜读过！"小公子哥更加愤怒。

"不是吧？"韩菱纱一副不可思议的表情，"你说马车背后贴的这张纸？"

"当然！"小少爷睥睨四方，神态傲然，"本少爷的卓然文采一定要公布出来的，要让全城的人都能看到！"

"好吧。"韩菱纱看他样子，心说，"这小少爷看来是个傻瓜。"顿时她连戏弄的心情也没有了，转脸跟云天河说道："我们走吧，我想起还有些东西要买呢。"

"哦，好。"云天河闻言就要一起走。

"等一下！"这下小公子哥儿可急了，冲着韩菱纱大叫道，"你竟然小瞧我！告诉你们，我爹当年金榜题名，连中三元，如今官拜礼部尚书！虽然我景阳现下没有功名，可谁人不知本少爷是陈州第一才子？！"

"姓景？又是礼部尚书？……难道你爹是景桓景大人？"韩菱纱想起了什么，顿时一脸惊讶神色。

"哈哈，没错！"景阳扬扬得意，赞许道，"看不出你这小姑娘还有点见识，知道我爹大名！"

"喂，我说小少爷，"韩菱纱看不过他这副纨绔样子，直言不讳道，"你爹又不是你，你的那点本事就不要拿出来显摆了好不好。要是这也算陈州第一才子，那我还是中原第一美少女呢！"

"你！可恶！"景阳觉得自己的尊严受到挑战，真生气了，"什么中原第一美少女，你敢与我拼一拼诗文吗？！"

"少来，"韩菱纱看了眼前半大少年一眼，"我没空陪小孩子玩。"

"胆小鬼！你怕了，还借口胡说我是小孩子。"景阳自觉胜了一筹，得意扬扬。不过在否认自己是小孩子的时候，他却不自觉地扮了个鬼脸，吐了下舌头。

就在这时候，忽然有个仆人打扮的老头儿气喘吁吁地赶过来："少爷！你在这里啊，夫人说我们要走了！"

“哼，娘在找我，”景阳小家伙儿哼了一声，“算你走运。今日就算了，下回再比试！”说着话，他便昂着头，气势昂扬地跟家中老仆上了马车，转眼离去。

“真是无聊的小鬼，”韩菱纱看着绝尘而去的马车，郁闷道，“写那么乱七八糟的诗，谁答应要和他比了……”

“那几句话是他写的？”云天河却道，“我觉得还挺有趣的。”

“嘻，有趣是有趣，”韩菱纱倒是表示赞同，“刚看到时简直笑死我了。哎，枉费景大人这样一位治世能臣，他的儿子却是个绣花枕头啊。”

“也不能这么说。”这时候，一直安静旁观的柳梦璃插话道，“他还小，又生于官宦之家，不免沾了纨绔之气。不过我刚才旁观，他虽然言语颠三倒四、诗画惨不忍睹，却还是保有赤子之心的。”

“哎，别管他了。”韩菱纱挥了挥手，转向云天河道，“你，陪我和梦璃去买点东西吧，顺便吃个饭，晚上我们还有事呢。至于这位景小少爷，我们改天有空再来看看，看看他到底有没有成为陈州第一才子，哈、哈哈！”

这时候，没有谁知道，这个不学无术的陈州纨绔子弟，竟是后来那位景天景大侠的先祖！

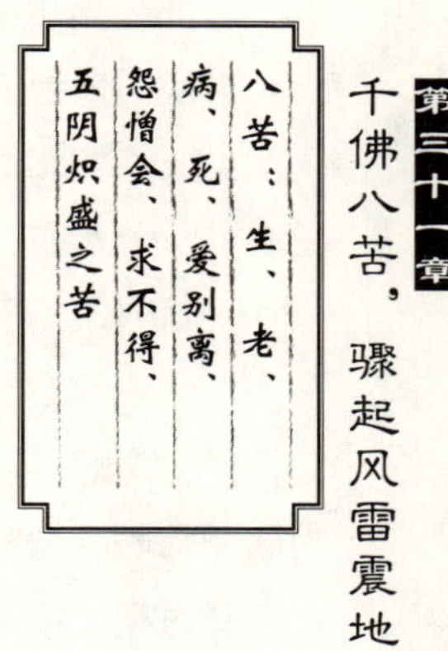

# 第三十一章 千佛八苦，骤起风雷震地

八苦：生、老、病、死、爱别离、怨憎会、求不得、五阴炽盛之苦

在街上闲逛一阵，满足了少女的购物欲、少年的好奇心，这三人便找了家名叫“高升”的客栈休息，养精蓄锐。就算晚上有事，云天河也没啥心事。趁晚饭后到戌时这段短短的时间里，他还酣然入睡。当他一觉醒来，发现天已黑了。刚才他只是和衣而睡，这时醒来，便跳下床，推开房门，去找两个女孩儿。当他刚走到客栈院里，便恰好碰到韩菱纱和柳梦璃。

“你真能睡，不过刚刚好！”韩菱纱冲少年摇了摇手，“快到戌时了，走吧！我们从客栈西边的渡口乘船，就能去湖心岛了。”

“哟嚯！去打坏人啰！”云天河十分兴奋，抢先快步跑出了高升客栈。

“白痴，哪来的坏人？”韩菱纱白了他的背影一眼，也和柳梦璃一起快步离开客栈，前往西边湖畔渡口了。

陈州毕竟不是通衢大邑。将近戌时，街道上已是人迹罕至，那南坛湖中更是一片静谧。叫醒了半梦半醒的船工，云天河三人乘着小船，往湖心岛而去。此时夜空晴朗，一轮明月高悬；扁舟一叶，就这般在万籁俱寂中划开湖水，向远方推送一道道细微的涟漪。皎洁的月光下，波纹细如银链，闪烁着迷离的光辉。

“真美……”头一回体验月夜湖中泛舟，云天河心中充满了惊喜。对于其他人来说很平常的渡船，云天河却忽然希望它永远不要到达彼岸。

当然这是不可能的。如果云天河梦想成真，那韩菱纱肯定不会给船工付钱，船工也会误了回家吃夜宵。很快小小的渡船便不以少年的意志为转移，到达了湖心岛那个简陋的石砌渡船码头。上了岸，付了船钱，云天河几人便往千佛塔而去。当他们来到那座高耸的千佛塔下时，看到琴姬已经在那里。

见三人如约而来，本来还有些紧张的女子一下子放下心来。她款款屈膝，侧身道了一个万福："一切有劳诸位。"

"呵呵，包在我身上！"云天河豪气满怀地打着包票。

"咦？"这时韩菱纱望了望左右，见除了他们，空无一人，便有些疑惑说道，"太奇怪了吧？这里竟没看见半个和尚人影。"先前听琴姬那般说，她还以为这千佛塔周围遍布武僧呢。

"对啊，坏人呢？"云天河也四处张望，努力寻找。

琴姬闻言，摇了摇头："出家人讲究六根清静，无论何时都是空门大开。只不过塔中的圣物实在很重要，寺院才会派人把守。"

"但这塔门似乎关着，我们要如何进去呢？"柳梦璃疑惑道。

"我瞧瞧——"韩菱纱挺身而出，贴近佛塔，绕了不到半圈，便有了发现，"找到了，跟我来！"其他人闻言，也跟了过来。

韩菱纱所立之处，也没什么出奇，虽有一扇窗户，但此刻却牢牢紧闭。不过云天河看了看，却似恍然大悟，说道："我知道了！菱纱，你又要学老鼠打洞！"

"噗——"柳梦璃闻言，忍不住笑出声。

"打、打洞？！"看着少年，韩菱纱心说，"我倒觉得比较想打人……"

这时琴姬说道："韩姑娘可是想从窗子进去？"

"嗯。"韩菱纱道，"正门看起来又厚又沉，从那儿走八成会打草惊蛇；不如赌一把，试试窗户啰！"

琴姬以前也惯走江湖，一听便明白了，应道："也好。"

"别担心，窗子就算关得紧些，也难不倒我的！"韩菱纱自信地说着，便从袖中掏出一根细铁丝，将它伸向佛塔紧闭的木窗，开始捣鼓起来。也没用多会儿，众人便听得静夜之中，传来细微的"喀嗒"一声响，然后刚才还紧闭的窗户，便轻声打开了。

"真厉害！"云天河见状，由衷地赞叹。

"那还用说。"暗影之中，韩菱纱得意地一笑，如同主人般跟大家招招手，"进来吧。"

当他们四人翻窗进入千佛塔，便看到这塔内果然气象万千。在塔中圆环状的回廊里，每隔一段的墙边，便有一座石刻的烛台，上面点着牛油蜡烛。在烛光的映照下，回廊壁被映成淡黄的颜色，上面绘制的精美佛像这时也好像蒙上了一层神秘的光辉。圆光、圣焰、菩提、净瓶、香花、莲台，等等佛教元素在画师精心绘制的笔下，无不彰显着佛家的庄严。

不仅是塔壁上，就连地上那些正方形的大块青石板上，也都錾刻着各种罗汉、护法形象。看到这些水平颇高的壁画和石刻，连博览书画的柳梦璃也忍不住赞叹："这千佛塔果然名不虚传，这些壁画和佛刻果然宝气庄严。"

柳梦璃赞叹，那云天河更是无比新奇。他从未来过这种地方，从翻进塔内开始，便一直好奇地东张西望。张望了片刻，他发现这些佛教人物着装都很怪，不少人身上都只裹了一些简单的布料，并没有正经穿衣服。云天河自然不知道，这是因为佛教传自印度天竺，这些简单随意的着装，正反映了天气炎热的天竺民众穿衣风格。他可不知道这些，觉着奇怪，便有什么说什么："菱纱，你看，这墙上画的人，怎么都不好好穿衣服？难道在洗澡？"

"……"韩菱纱闻言，脸不由自主地红了。她不答一言，心中使劲念："我没听见，我没听见……"

正当好学的少年还要问，那琴姬忙开口给少女解围："说起来，那秦家家大业大，妾身相公的牌位应该是供在最上面几层。我们不要在此停留，边走边找吧。"

"好！"琴姬的话，很快转移了云天河的注意力。他一马当先，在众人之前，往佛塔上层走去。

他们向上的步伐，很快遭到了阻拦。看完第二层，没找到琴姬相公的牌位，他们便沿着旋转的楼梯往上走；可刚走出第三层门口，便立即被一群僧人拦住。这群僧人，身穿短打僧衣，个个身形强壮。他们的太阳穴鼓起，目露精光，或扛锤，或执杖，显然乃是功力高深的武僧。为首一僧，却和身后众僧不同。他年纪苍老，穿着长长的褐色僧袍，颈间挂着一串粗大佛珠，手中并没有拿什么兵刃。

狭路相逢，这老僧也不用多问，只一看琴姬，便明白是怎么回事。

"怎么，这位女檀越，"老僧捻着佛珠，苍声说道，"前些日我已将'八苦'告与你听，劝你不要陷入生、老、病、死、爱别离、怨憎会、求不得、五阴炽盛之苦，你怎么还不听？"

"延舍大师好意，妾身心领。只是，大师教诲，妾身却做不到。"琴姬平静说道，“生老病死，爱别离，怨憎会，世态常情。对妾身来说，拜祭先夫牌位这等心愿，若‘求不得’，才会‘五阴炽盛’呢。”

“唉，女檀越怎么还看不破？”千佛塔延舍大师摇了摇头。

“没办法。”琴姬道，“妾身只是万丈红尘一个小小女子，看不破爱怨情仇实属平常。倒是延舍大师您，为何连小女子这点愿望也要阻拦，岂不也是坠入八苦之中，坠入嗔念，过于执着？”

“阿弥陀佛！”延舍僧人刚才半合的双目猛然睁开，如若射出两道精光，“想不到女檀越不仅不听劝告，还生得这么一张伶牙俐齿，竟讽刺老僧。也罢——”

他眯起眼，看看琴姬身旁的云天河等人，沉声说道：“你这次还带了人来。看他们这样子，想必要动武了。好吧，既然来了，就让你们知道知道我广大佛门，不仅有慈悲为怀，还有金刚怒目呢！”说着话，他便飘然退到一旁。

“喳！”他身后那七八个武僧，一声断喝，立即汹涌扑来！

“不要怕！”见此情形，云天河等人立即将琴姬护在身后，各抽兵刃，与他们战作一团！

虽然千佛塔武僧人数颇多，但毕竟这塔内空间狭小，未必利于他们动手。尤其他们所习师门绝技，叫作“奔雷震地杵”，一听这名字，就知道能够对建筑物结构造成严重伤害。而对他们来说很不凑巧的是，此番动手的战场是他们自己的地盘，若搞坏了室内陈设，或是建筑结构，那一大笔维修费用，恐怕还得他们费神四方化缘。所以，一旦开打，纵然他们一身精纯佛门武功在身，也投鼠忌器，束手束脚。

相反，云天河这几人根本没这样的顾忌！首先云天河虽然仙术功力见长，但目前还没多少艺术修为，不知保护这佛门文物古迹；韩菱纱这些年为解救亲人寻求长生不老药，不知多少次穿房过墓，破坏过多少建筑，哪还有什么顾忌？如果不信，八公山淮南王陵新增的两个进出口破洞便是明证！柳梦璃倒是怀着敬畏爱惜之心，只可惜她施展的绝技，比如“醉生梦死”，尽管可以对僧人们造成昏迷，却并不会破坏什么壁画地砖。相反，她这些研习自秘籍的绝技，还有特殊之处，乃需要使用香料。于是，当少女奋勇打出“醉生梦死”意图置敌人于梦乡，那乳香、龙脑香、鸢尾香充分飘散挥发，不仅不会破坏公物，反倒让塔中香气四溢，倒像给菩萨佛祖上了香一样。从这一点说，如果菩萨真能显灵，站在哪一方还不知道呢。

有这样内情，于是这千佛塔内的战斗，此消彼长，很快那些武僧便不敌。虽然延舍大师在一旁卖力鼓劲加油，还施展佛门绝技“佛光普照”给同门们恢复精力，或是急念“金刚咒”给加持防御力，却还是难以扭转战局。

于是，身怀绝技的武僧虽然人数占优，却节节败退，往上面退去。延舍大师还不甘心，勇敢地留在战场上努力施展辅战绝技。谁知一个不留神，他老眼昏花没看清战友们都已经撤离，还在那儿自顾自施法，要不是最后一个撤退的武僧一把拉住他，一起往上层逃，就冲他这副老胳膊老腿，铁定要成俘虏！

千佛塔的武僧守卫团往高层逃，云天河等人精神大振，立即乘胜追击。上了一层塔楼，战局的本质并无不同；这几个俗家少年男女大显神威，那些个佛门护法抱头鼠窜。趁着他们你追我赶之时，胆大心细的琴姬夫人，已经完成了该层对相公牌位的搜寻。当然，也许注定战斗要持续，她在这第四层，也没发现自己相公的灵牌。

千佛塔中僧俗的战斗一直持续。这些守塔的武僧，也算对得起城中大户秦家捐赠的香油钱。他们浴血战斗，前仆后——逃，一直退守到第七层时，才终于全军覆没，包括那位延舍大师在内，全都中了文静少女的“醉生梦死”大法，不屈昏眠在从四到七各层。

也真是事有凑巧，直到第七层结束战斗，琴姬还是没能在这些塔层找到亡夫的牌位。不过这时她也不急。反正千佛塔攻防战已经以她这一方的胜利而结束；那些英勇的佛门守卫者已经分布酣睡在各层，甚至柳梦璃还说加大了香料的分量，保管他们一时醒不过来。所以，对琴姬来说，她已经有了足够时间来寻找夫君的灵牌。

在众人的陪同下，琴姬脱离了战场，从容地爬上了千佛塔塔顶第八层。谁知刚从第八层楼梯口出来，刚才还从从容容的女子，一看里面情形，却是大吃一惊！

# 第三十二章 君莫思归，谁怜妻悲妾苦

那个脸上带着胜利光彩的女子，青春的身影和塔内的景物一起，渐渐湮没于无边的黑暗中……

一路“血战”，终于来到第八层，云天河几人却发现里面有人。看见那人，琴姬吃了一惊。

和刚才一路腥风血雨不同，这千佛塔第八层中，只有那个跪在供桌前的女子，并无其他武僧，因此显得颇为祥和。相比其他几人，琴姬最为敏感；才一进第八层，她便看到那边女子面前跪的供桌上，有个红木金边的华丽牌位，上面写着一列字。在那些字中，“秦逸”两个字映入她的眼帘，并瞬间灼燃她的心魂！

“啊，这里有人？”这时后面进来的韩菱纱看清塔内景物，脱口叫道，“不是和尚！她是谁？”

那跪着的妇人听到声音，缓缓站起来，毫无惊慌之态。当她转过身来面向众人，大家才发现，这是位美艳非常的女子。虽然来此跪拜灵牌，但这女子身上所着衣裙，却甚是艳丽：粉红衫，水蓝裙，臂上肩头还笼着洁白的轻纱，这一身艳丽的打扮，把本就美艳的女子，烘托得更加秾丽无比。

缓缓站起的女子，也不理其他人，只对着琴姬一人。她轻轻地说道：“我知道，终有一天你会来的……虽然我们从来没有见过面，但是我一眼就能认出你。”

“你是？”琴姬问道。

“想不出吗？”女子看着琴姬，“我却是一眼就认出你了。”

“难道……”琴姬惊讶地看着她，“你是秦逸他、他的——”

"他的妾，姜氏。"刚才还保持镇定的美艳妇人，这时却忍不住露出痛苦的表情，"直到相公过世，我也做不了他的妻子。你尽可安心，我的名分永远都只是一个妾。"

"我从来没有这样想过……"琴姬真诚地说道。

"不管你是怎么想的，在相公和公公婆婆心里，我却胜过你这个妻子百倍千倍！"刚才还表情痛苦的妇人，这时却一脸的骄傲！她挺起胸膛，目光灼灼地看着琴姬："若不是相公心肠太好，顾念一点旧情，今天又哪里轮到你坐正妻之位！"

"你……"

饶是琴姬想过无数回和这位女人相见的情景，却也从没猜到对方会这样表现。一时间，久历江湖的女子，这时却有些局促，一时不知该如何回答了。

这时候，韩菱纱却在一旁打抱不平了。她冲着姜氏说道："喂，你别这么尖酸刻薄地欺负人！"她一指供桌上的牌位，"人都过世了，争这些有的没的名分还有什么用！"

"小姑娘，你说得太好了。"姜氏忽然平复了神色，竟笑了笑，脸现深情地说道，"没什么可争的，毕竟相公生前是我日日夜夜侍候左右，替他熬药穿衣，他也待我惜如珍宝。"本来眉间萦绕哀愁郁结之气的女子，这时候却舒展蛾眉，面容之上如罩一层熠熠的光辉："小姑娘，你知道吗？我和相公他，夫妻同心，心意相连，就算……就算他的病再也没法治了，这短短数月，不也如神仙眷侣一般——"

"不、不要说了！"见她诉说恩爱，琴姬心底那根最触碰不得的心弦猛然绷紧颤动！她忽然失态，双手捂着耳朵，连叫"不要再说了"！

"怎么？你不爱听？"姜氏笑吟吟地看着她，"你不爱听我和相公是如何恩爱？"她脸色忽然又转狠厉，"你可知，妇人妒忌、合当七出？也难怪公公婆婆不喜欢你——"

"求你……求你别再说了，"一身艺业的琴姬，却仿佛生了一场大病，气若游丝般求道，"我今天来，只是想给相公上炷香，很快就走。"

"走？"姜氏一声冷笑，"是啊，你又可以抛下他，就跟从前一样。"

"不是的，我不是——"琴姬想要辩解。

"不是什么！"姜氏厉声喝道，"你知道吗？自从相公去了，我怕他一个人孤单寂寞，每天都来这儿陪着他，从早到晚都待在他身边。可你呢？！你抛下了他整整四年！不是四天、四个月，是四年！”

“我——”琴姬一脸羞愧，还想辩解，却见姜氏决然叱道：“不用说了！你如今要说的话，相公他若泉下有知，也不会愿意听的！”

听了她这句话，姿容清丽的琴姬脸上满是凄楚和痛苦。看着她的样子，姜氏冷笑一声，一副正妻大妇的气势，有些激动地说道：“你要上香，可以！但须得答应我一件事！”

“什么事？只要我能做到……”琴姬又重新燃起希望。

“放心，你当然能！这件事一点儿都不难！”姜氏不顾姿容地嘶声叫道，“我要你上完香之后，即刻离开陈州，永远不许再回来！你根本不配待在这里！”

听了她这话，再看她这一副癫狂尖厉的样子，韩菱纱顿时觉得气愤难平，插话叫道：“太过分了！凭什么？！”

也许是姜氏的话确实太过分，此刻便连温柔文静的柳梦璃，也不由得蹙眉不喜。

说实话，听姜氏这无理的要求，琴姬刚听之时比韩菱纱还要气愤。不过，当义愤填膺的少女还想继续谴责时，琴姬却向她摆了摆手，做了一个阻止的手势。见她如此，韩菱纱很是无奈，也只好不再作声。

阻止住少女，琴姬转向姜氏。这时她没有刚才的惶乱，而是用平静的语气说道：“我答应你。只要为相公上香的心愿了却，我再也不踏进陈州半步！”

“这样最好。”姜氏冷冷说道，“我想相公他也不愿意再见你的。”说罢，刚才一直挡在供桌前的少妇，侧身让开，示意让琴姬上香。见她暂避一旁，琴姬迈步上前，站在了供桌前。

终于来到了相公的灵牌前，琴姬看着那庄严摆设的灵位，一时神情哀戚，感慨万千。供桌之前，她想起了很多很多；包括她跟相公相亲相爱的点点滴滴，以及最后又如何相恨相离，全都涌到了眉间心上。

灵前静立，如痴如醉，最后还是旁边冷眼相看的姜氏清咳一声，才将琴姬从万千思绪中惊醒。恢复了清醒，琴姬点燃了檀香，身躯款款下拜，跪倒在蒲团上，朝相公的灵位虔诚磕拜。拜祭祷祝已毕，她站起身来，将点燃的香束郑重地插在相公灵前的香炉。

完成了这一切，琴姬转向姜氏，真诚地道了一声：“多谢！告辞！”姜氏这时却转过身，背对众人，不再理会任何人。

“我们走吧……”琴姬一脸无奈，只好跟云天河三人说了一声。她又回头看看秦逸的牌位，脸上满是恋恋不舍之情。踌躇了片刻，她才转身率先走下楼去。

“真没礼貌！”刚才努力忍着不说话的灵动少女，忽然口中迸出了这么一句。

“菱纱，走吧。”柳梦璃朝着气愤难平的少女摆了摆手，“走吧。孰是孰非，不是我们这些外人可以说的。”

“好吧。”韩菱纱不再说话，跟在柳梦璃和云天河的后面，也走下楼梯去。

就在他们离开的时候，这第八层佛塔的一扇窗户，不知为什么这么凑巧，恰好被南坛湖面吹来的一阵风吹开。此后，月夜春晚有些寒凉的清风，在南坛湖中拂水而来，不断灌入这千佛塔的八层之中；壁龛和供桌上的烛光，一齐被吹灭。于是，那个脸上带着胜利光彩的女子，青春的身影和塔内的景物一起，渐渐湮没于无边的黑暗中……

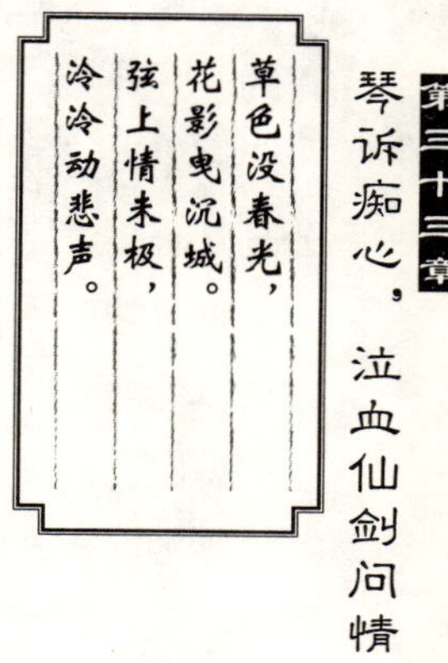


了却千佛塔之事，云天河三人与琴姬，又搭船从湖心岛返回了对面的陈州码头。

下了船，上了岸，琴姬却没有急着走，而是站在湖边，朝湖心岛的方向眺望，神情颇为黯然。见此情景，云天河虽然想不明白琴姬这份感情的复杂微妙之处，却也大致能理解她忧伤的心情。当琴姬立定，他也不急着走，主动叫住韩菱纱和柳梦璃，一起在湖边再陪陪可怜的女子。

在琴姬悲伤地眺望千佛塔时，云天河也站在一旁，朝湖中心看。现在已是戌时之末，夜色更加深沉。站在南坛湖边眺望湖心岛、千佛塔，云天河便觉得，虽然夜空依然晴朗，星月依旧交辉，湖心岛上的景物依旧依稀可见，但不知为什么，他就是觉得夜晚变得格外黑暗。

这时候，一旁的韩菱纱想起刚才之事，忽然生起气来。她双手叉腰，看着远处千佛塔的黑影，气愤地说道："那个女的好讨厌！陈州又不是她家大院，要由她做主！"

"唉……"琴姬叹息一声，低低说道，"别说了，她也不过是个可怜人。"

"咦？"韩菱纱有些吃惊，"她、她说的那些，你不生气吗？"

"是有点生气，可是生气又有什么用？唉。"琴姬幽幽说道，"一切都是我咎由自取。如果当初没有意气用事，再和相公想想别的法子，或许……或许很多事情就会不同了。”

“嗯。”柳梦璃轻轻插话道，“我看那女子满面怨怼，她说的话也未必全是真的。”

“生人已逝，真的还是假的已无所谓了。”琴姬倒是看得很开，“若她令相公开开心心过完那段日子，我反倒只有说不尽的感激和惭愧。”

听了她这话，云天河挠了挠头：“你说的这些，和我爹说过的好像。他说，如果真心为一个人好，就是要让她天天高兴；就算那个人不喜欢自己，甚至根本不认识自己也没关系。”

琴姬闻言，颇为吃惊。她看着这个憨实质朴的少年，眼光中满含赞许：“没想到，我和你爹爹还称得上知音。这话一点都没错；世人只盼做神仙的好，却不知心有牵挂，无论圆满不圆满，也胜过孑然一身……”说完这句话，琴姬脸上带着悔恨的表情，陷入了沉默之中。

过了片刻，韩菱纱看着她问道：“琴姬姐姐，以后你要去哪里呢？”

“与琴相伴，四海为家，走到哪里便是哪里了。”琴姬有些悲伤地说道，“其实，记不清有多少次，我真想放下尘世一切，就这样随相公去了……”

“琴姬姐姐……”韩菱纱看向琴姬，一脸的担心。

“放心，我不会的。”琴姬苦笑道，“不是我贪生，只是我觉得自己对不起相公。我没有脸去见他……我告诉自己，至少要放下武功，尽心搜集历代的乐曲残谱，替相公了却生前心愿。或许、或许这样，他才愿意在梦中与我见上一面……”

琴姬这一番话，胜过世上最动人的爱恋誓言。现场另两个女孩儿听了，在一瞬间，只觉得琴姬的这份痴情，都有些惊心动魄了。

“你们真的不用担心我。”看着眼前三人的表情，琴姬察觉出什么，便认真地说道，“该怎么做，我心里很清楚。我不在相公身边的时候，他一定也很痛苦，很伤心……如今，我不过是尝到昔日的苦果，又凭什么一死以求解脱呢……”

说到此处，琴姬向三人飘飘下拜，深施一礼，然后起身道：“各位的古道热肠，琴姬不胜感激；既已说过为你们歌唱一曲，自当信守诺言——”说着话，她在湖畔寻得一方青石，就坐在石上，取下背后从不离身的古琴，置于素裙膝上。而后素手挥弦，于是在这片湖光山色、月色星光中，一缕优美而哀婉的歌声幽然而起：

“细雨飘，清风摇，
凭借痴心般情长。
浩雪落，黄河浊，
任由他绝情心伤。
放下吧，手中剑。
我情愿，唤回了，心底情。
宿命尽，为何要，孤独绕？
你在世界另一边，对我的深情，
怎能用只字片语写得尽？写得尽？
不贪求一个愿，
又想起，你的脸，
朝朝暮暮，漫漫人生路。
时时刻刻，看到你的眼眸里，柔情似水。
今生缘，来世再续。
情何物，生死相许。
如有你相伴，
不羡鸳鸯不羡仙。
情天动，青山中，
阵风瞬息万里云。
寻佳人，情难真，
御剑踏破乱红尘。
翱翔那，苍穹中。
心不尽，纵横在，千年间。
轮回转，为何让，寂寞长。
我在世界这一边，对你的思念，
怎能用千言万语说得清、说得清？
只奢望一次醉，
又想起，你的脸，

寻寻觅觅，相逢在梦里。

时时刻刻，看到你的眼眸里，缱绻万千。

今生缘，来世再续。

情何物，生死相许。

如有你相伴，

不羡鸳鸯不羡仙……”

琴姬这番自弹自唱的琴歌，和当下流行的诗赋格式不同，不仅句式长短不一，还较多俚语。但正是如此，才反而最适合反映她的心声。这首琴歌，她命名为《仙剑问情》；她把这些年来对相公的所有炽热情感和深沉思念，都化在这首“仙剑问情”的歌声中。在云天河三人听来，真可谓声声含情、字字泣血。所以，即使那些歌文浅白，却仍然听得云天河、韩菱纱和柳梦璃心动神摇，不能自已。

当一曲《仙剑问情》终了，柳梦璃仍然陷入在余音袅袅之中，不能自拔。“细雨飘，轻风摇，凭借痴心般情长……”她面对着月夜湖光，口中反复唱念着这一句，一时竟似是痴了……

当三人与琴姬别过，往客栈返回时，南坛湖畔那一缕哀婉的歌声、那一抹素淡的倩影，仍然萦绕在众人的耳边心头。正是：

草色没春光，

花影曳沉城。

弦上情未极，

泠泠动悲声。

此时已将近午夜，深夜的陈州街头杳无人迹，只有如水的月华在身边流泻。平素活泼灵动的韩菱纱，这时显得好生沉静。

“琴姬姐姐……”想起这一晚发生的事，韩菱纱的声音变得有些颤抖，“她、她是在用自己全部的心和命唱这首歌啊！太悲伤了……为什么上天要让两个人有缘，却又无分……”

“嗯……”柳梦璃轻声应道，“或许人和人之间的缘分都是注定的。等到上天要收回的时候，连一天一刻都不会多等……”柳梦璃忽然变得有些伤感。

“这样好残忍！”韩菱纱不平地叫了起来，“要我选的话，我宁可一开始就不认识那个人，也好过相识以后却要生离死别！”

“话是这么说没错，”云天河挠了挠头道，“但是、但是就算我们三个明天就会分开，我也不后悔认识你和梦璃。”

“你……”韩菱纱吃惊地看着少年。

“爹说过，活着的时候要尽欢，死的时候才没有遗憾。”云天河看着前面月光中的街道和房屋，很自然地说道，“要是因为害怕以后的事，一直避开当下的事，那活着也不会开心的，还有什么意思。”

听他说出这番话来，二女都有些动容。稍稍走在后面的柳梦璃，悄悄地抬起头，看着前面少年脸庞的清俊轮廓，心中忽然别有一番滋味。过了好一会儿，她才开口幽幽地说道：“我想，我明白云叔说的……与其担心人生无常，不如多珍惜眼前时光，多珍惜和重要的人在一起的时光啊……”

“差不多吧。”对少女的心思，云天河毫无所觉，只是点头说道，“反正每天都要过得开心，以后想起来也就没什么遗憾了。”

“是吗？生尽欢、死无憾啊……”忽然间，韩菱纱觉得莫名地无限悲凉。

此刻他们三人并不知道，就在他们返回高升客栈之时，那湖心岛千佛塔的八层之中，却也有人心情激荡。

“相公，那个人，就是你直到过世前都念念不忘的女子？”站在亡夫灵位前面的盛装女子，痴痴说道，“她……比我好吗？”

她如同陷入魔怔，在月光照不到的黑影里喃喃自语：“相公，我从小就一心一意喜欢着你，只想做你的妻子……可是为什么、为什么你要和别的女人在一起……”

“后来她把你抛下，姑妈说要我嫁入秦家冲喜，你知道……我有多高兴吗？”

“我想好好照顾你，让你忘记那个女人，从今往后只想着我……可你、你怎么忍心看都不看我一眼……”

自语到这里，姜氏已有些如痴如狂。面对供桌上的牌位，她忽然颤声说道：“相公，你在那边会冷吗？是不是很寂寞？我来陪你好不好？”

“先前我只是不甘心，想要看看是什么样的人把你迷得神魂颠倒，今日终于见着了，她……不过是个很寻常的女子，没有我美……也没有我对你那样好……”

容颜艳丽的姜氏，忽然在黑暗中抬起手，抚了抚自己的发髻，流转了眼波，纵使没人看见，没人听见，也摆出自己最美的姿态，呢喃说道：“相公，你要记得，这世上只有我是最爱你的，不管你在哪里，我都跟着……不像其他人那样会把你抛下……”

几乎与此同时，那刚刚跨进高升客栈大门的少年，忽然想起一事，便觉得好像有些奇怪：“咦？那个塔里的女人，在自己死去丈夫的灵牌前，怎么还梳妆打扮得那么好看啊？”

这个念头，只是在少年的脑海中微微浮现，便随着前面那个活泛少女的回身招呼，转眼抛到脑后了……

## 第三十四章 心沉永夜，一死以报多情

人能够按自己的愿望选择生死，不管对错，都是一件了不起的事。

因为昨晚发生这么多事情，云天河这一晚睡到第二天天光大亮才醒。梦乡之中，正当少年意犹未尽，开始发动潜意识，要梦到香喷喷的红烧山猪肉时，却突然觉得有个声音仿佛从天外传来：

“天河，天河，醒醒，快醒醒！”

“嗯……”云天河翻了个身，嘟囔了一声，又继续睡去。

“出事了！”那声音猛然大叫一声。

“……啊？！”云天河猛地由床上坐起，却看见床前韩菱纱正一脸埋怨地看着他。

“原来是你啊。”云天河挠了挠头，转头看了看从窗子里射入的阳光已经照到床尾，这才惊道：“哎呀，睡懒觉了！”说着话，他赶忙披衣而起，跳下床来。

出奇的是，今天韩菱纱没有抓住机会嘲笑他。她的情绪有些消沉，低声对少年道：“天河，你知道吗？昨天我们在千佛塔里见过的那个人，她、她自尽了……”

“什么？！”云天河瞪大了眼睛，看着韩菱纱，十分吃惊。

看得出来，韩菱纱很是难过。她的声音有些哽咽，断断续续地说道：“想不到……她的性情那么烈……也许、也许我昨天不应该那样讲她……我、我实在是……”充满自责的少女，螓首低垂，无法再继续说下去。

就这样沉默了片刻，韩菱纱忽然间觉得有些奇怪，抬起头看着少年："你、你怎么都不说话？"

云天河抱起双臂，看着少女，说道："我觉得，那个女的说不定是个很了不起的人。"

"了不起？你怎么忽然这么说？"韩菱纱一脸的奇怪。

"因为我觉得，她……是想去陪那个男的吧？"云天河看着从窗外照入的明亮阳光，认真地说道，"如果是这样，那便是她自己的愿望。我爹说过，人能够按自己的愿望选择生死，不管对错，都是一件了不起的事。所以我想，要是我们可怜那个女的，她大概也不会高兴……"

听少年说出这番话来，韩菱纱忽然间陷入了沉默。过了良久，她才轻轻说道："也许，你是对的吧……她生前不一定被相公所爱，死后却一定要去争，这份心意，也很让人动容了……不过发生了这种事，总是让人难过。"少女变得很是哀伤，"一个人，昨天明明还和你说话，还会动，今天却哪里都找不到了，这样的感觉……一点都不好受……"

看见韩菱纱这么难过，云天河有心想安慰，却发现不知道该说什么。因为，这时候，想起昨晚还活生生的、甚至还相互拌过嘴的人，现在却已经没了，这样的事情，也让他变得十分难过，十分难以接受。

"算了，不说了。"倒是韩菱纱先解脱出来，摇了摇头道，"我们还是下楼去找梦璃吧，她都起来好久了。"

此时已将近中午，等云天河他们三人会合来到客栈一楼的大堂里，便发现已有三三两两的用餐客人。韩菱纱也叫了一些饭菜，和云天河、柳梦璃一起用餐，便听得大堂里的那些客人们，也多数在议论昨夜姜氏自尽一事：

"李兄！听说没？城里首富家中又出大事了！"一位闲人打扮的家伙一惊一乍地说道。

"你说那个秦家？！"姓李的好友吃惊地问。

"不然还有谁家！"闲人撇着嘴道，"他们家的媳妇昨夜在千佛塔里自尽了，仵作看过，说是吞毒死的！"

"怎么会这样？"

"是啊！更奇怪的是，守塔的僧人都说昨天夜里有人闯进去，偏偏又讲不出贼人相貌，方丈已经决定关闭禅寺三个月，秦家的人恐怕也不会善罢甘休！"

“竟有这等事？你又如何知道的？”姓李的伙伴有些怀疑消息的真实性。

“嘿嘿，我表弟是禅寺的伙头啊，”那闲人得意地说道，“这事当然比别人都清楚。”

听得他们这番对话，旁边的客人纷纷摇头感叹，所说大意基本都是：“可叹世上痴情女，丈夫死后竟如此贞烈。”

听得他们的对话，云天河几人心里都不是滋味。这时候，他们反倒没什么心思担心自己昨晚之事会不会被官府侦知。很显然，昨晚那些守塔的僧人别看当时恶形恶相，但实际心中十分清楚，知道双方并非真正你死我活的敌对之人。本着佛门慈悲为怀的理念，他们显然没把云天河一伙儿给供出来。

说实话，虽然他们昨晚这番折腾，肚子挺饿，但这顿饭并不如何吃得下。简单用餐之后，韩菱纱提议，说她知道这陈州城中有一家铁器铺十分有名，最重要的是还不安分守法，要是运气好的话，很可能买到上品的兵器。韩菱纱问其他两人，要不要去那家铁器铺看看。

说起来，他们这支机缘巧合下组织起来的队伍，经历这两天的事情，已经深刻认识到实力和兵器的重要性。特别是在淮南王陵中的经历，直到现在他们几人还难免有些后怕。那古墓的阴森、鬼怪的凶邪，可不是简单地用文字和话语能描述的。也就是云天河这三人各有异禀，才能撑得下来；如果换了别人，不用说过关斩将，光听着声音吓都能吓死！

所以韩菱纱这样提议之后，其他人自然毫无异议。他们出了客栈，便由韩菱纱在前头领路，往她说的那家叫“百炼清钢”的铁器铺寻去。

也不知冥冥中韩菱纱有什么惊人的预感；当她提议要去看看兵器，便真有人给他们送了一件武器来。陈州城中，他们也不怎么认识他人；这半路送宝之人，正是琴姬。为了感谢三人相助，那打定主意四海游历的女子，临走前特地赶过来答谢。相遇之时，她正从客栈那边赶来，终于按照打听到的讯息，追上了云天河一行。

琴姬所赠之物，乃是一把箜篌琴，名为“沉香芙蓉琴”。原来，昨晚千佛塔中之事，琴姬看出柳梦璃施法攻敌的绝技，需要用箜篌辅助。她沉溺琴乐之道多年，自然一眼看出柳梦璃那把凤首雕花箜篌，虽然也不错，但绝非珍品。于是，她想起自己这些年收集的珍品乐器中，有一把名为“沉香芙蓉琴”的箜篌，并非凡品，便有心赠予柳梦璃。

琴姬相送的这把箜篌，琴杆材质非金非铁、非木非石，倒好似传说中玉化的上古碧竹制成。若仔细观看，这碧玉般的琴身上，尽管面积很小，却仍然雕有精美的芙蓉花朵，若是细数，正有百朵之多。那琴弦的颜色绯紫，虽然纤细，却坚韧清灵；当时为给柳梦璃示意，琴姬素手一拂，清音纷起之时，那琴身上的百朵芙蓉也好像一齐绽放，散发出一股奇香！

这奇香并非错觉，而是随着高低不同的箜篌音符，或浓烈、或清淡地飘入云天河等人的鼻中。不用说，柳梦璃那几个须用香料辅助的绝技，若配上此琴，定然如虎添翼，效果更佳。

柳梦璃生性恬静谦逊，本来力辞不要，谁知琴姬馈赠之心十分坚决，最后甚至都泪光盈盈。见得此情，柳梦璃便也不再推辞，接受了这份好意。

不仅如此，那身怀绝技的奇女子琴姬，还将早年偶然得到的一页神秘绝技赠给柳梦璃。这绝技名为“魂梦魅曲”，据说若能习得，能在对敌时惑乱对方心志，削减灵力。而当领悟到极深之时，这“魂梦魅曲”还能勾人心魄，任是再凶顽的敌人，也能瞬间即死。这样的绝技，因为琴姬体质和天赋的原因，始终未能练成；今日她赠给柳梦璃，便希望这个性情善良、颇具灵气的少女，有朝一日能将此技练成，更利惩奸除恶。

对她这番美意，柳梦璃未再推辞，郑重施礼感谢后，便也收下了。如此之后，琴姬殷殷道别；从此这清雅秀丽的奇女子，便怀着一颗痴情的心，消失在广阔的天地江湖中了。柳梦璃几人目送她离去，心想起昨晚那一曲动人心魄的《仙剑问情》，不知今后还能不能再与她相逢。一念及此，三人俱都心意怅然。

别过琴姬，他们三人继续往“百炼清钢”铁铺而去。只是，不知道是不是看他们脸生，那铁铺的老板竟死活不松口，只说自己铺子中只有寻常农具厨具。乘兴而来，败兴而归，如此看，要不是有琴姬中途赠琴，他们这支队伍武器改善的计划就会毫无进展。

不过，就在他们失望离开铁铺之时，柳梦璃却忽然在铁铺的西墙外边，看到了一张奇怪的告示。这张告示看起来已经贴了很长时间，经历了风吹雨打，显得甚是破旧。不过上面字迹还都能读得清。柳梦璃略读了读，才知道那陈州大户人家欧阳家中，大小姐欧阳明珠九年前得了一场怪病，竟至今卧床不起。如果只是这样，还没什么奇怪；怪就怪在，这欧阳小姐看起来并不是得的那种危及生死的伤病，而是终日沉睡不醒。虽然为了延命，也能吃些家人喂的水食；但毕竟懵懵懂懂，魂不守舍，可以说整日都在睡梦之中。

欧阳大小姐这病，不生，不死，只是睡，这一下可把城中和附近四乡八里的大夫给难住了。刚开始还有不信邪的积年老医师上门救治，可最后无一不是铩羽而归。当然，欧阳家也不是没疑心小姐中邪。可是比医师更不堪，他家请了无数的神汉巫婆，最后证明都是骗子神棍，全都无功而返。甚至最后欧阳小姐家，某种角度上成为一个“诅咒”，一个针对神巫行业的诅咒。毕竟，由成功率决定的名声，是装神弄鬼这一行的核心竞争力；这一下全折在欧阳家，以后还怎么混？所以最后导致，哪怕欧阳家一再提高赏格，现在都到了五百两之巨，却依旧没人上门。于是这件事，在陈州城中渐渐湮没无闻。

当然，柳梦璃几人看到这张残破不堪的欧阳家告示时，尚不知道这些内情。听得也是和自己一样的大家闺秀，却在花样年华时在床榻上昏躺这么多年，柳梦璃便充满了同情。很显然，她那两位同伴也具备乐于助人的侠骨柔肠；尤其那位灵动的少女看到赏格的数量，侠义之心更是沸腾踊跃，立即一马当先地往那欧阳家跑去。那速度之快，甚至让山中逐惯猛兽的云天河追不上！

# 第三十五章 明珠有泪，永眠常春幻境

当柳梦璃来到欧阳明珠的梦中，却发现自己正置身于一个风景极其优美的山谷。

欧阳家乃是陈州大家族，家宅并不难找。柳梦璃一行人按照告示上指示的路线，甚至不用问人，便很快找到了欧阳府上。本来韩菱纱还有些担心，疑心那告示上的五百两赏银乃是虚假广告；当她来到欧阳府门前，看到高门大院、雄壮石狮，所有的疑心顿时消失。

他们寻到欧阳府时，并没有看到主人出面，而是一位叫“钟伯”的管事接待了他们。钟伯年逾花甲，头发雪白，不过看上去精神矍铄，腿脚麻利，身体甚是康健。在前厅中，钟伯唤过仆役给客人们奉上茶，又大概问了问三人的来历。一番客套之后，钟伯便将谈话转入正题。

有了前面的客套铺垫，双方的谈话变得有几分亲切。只听钟伯说道：“那告示在路边贴了也有将近九年，渐渐无人问津。没想到还有柳姑娘这样的有心人特地来一趟，这份心意老朽真是感激不尽哪！”

“钟伯伯，您别这么说。”柳梦璃连忙说道，“我只不过略通法术，也不晓得能不能帮上忙。”

“唉，无论如何，或许都是小姐的命了。谁也不知上天到底是怎样安排的。”很显然，目睹那么多人无功而返后，现在钟伯也有些认命了。欧阳府中这样的态度，显然对柳梦璃三人比较有利。这样一来，无论事情成与不成，压力都小多了。

“不知欧阳姑娘现在何处？”柳梦璃问道。

“正在她的闺房之中昏睡。你们且跟老朽来吧。”说着话，钟伯便站起身，要去前面带路。本来，作为大户人家小姐的绣楼闺房，是不允许陌生男子进入的。不过欧阳小姐现在都已经这样了，钟伯他们还能计较什么呢？所以虽然三人之中有云天河这个少年，钟伯也丝毫没有过问在意。

不过，他没在意，云天河却突然想起一事，拉了拉柳梦璃的衣袖，小声说道：“梦璃，我们这是要去帮小姐看病吗？可是我们不是郎中，不会医术啊。”

“云公子，我也不懂医术的。不过……”柳梦璃略一迟疑，想了想，还是轻声告诉少年，“或许，那根本不是病。我看了告示所言，心中已经有些计量，但总要见过欧阳小姐才知道自己猜得对不对。”

“好，只要不是看病我就行。我们一起去见她吧，你要我怎么帮忙，尽管说就是！”云天河道。

“嗯，谢谢云公子。”柳梦璃谢了一声，此后他们这三人便跟着钟伯，穿过欧阳府曲折幽深的院廊，来到坐落于后花园的小姐绣楼上。

“这便是我家小姐了。”钟伯指着那张绣榻上一位容貌甚美的年轻女子，对众人叹道，“唉，她这样昏迷不醒也有九年了，各方名医看过都束手无策。奇怪的是，这么久了，小姐的容貌一点都不见老去。”

“哦？”

柳梦璃闻言，朝床榻上看去，只见锦被之中，那欧阳明珠静卧其中。若不是先前看过告示，她乍一看还会以为欧阳小姐只是睡着。这个样子和大家之前想象的大不一样。包括柳梦璃在内，他们都觉得这女子就算被家人精心照顾，也难免一脸病容；起码那脸色枯黄、容颜黯淡，是绝少不了的。谁知道这时一看，欧阳小姐真真切切就像睡着，那面容眼眉，俨然就是一位妙龄韶华的美貌女子模样。甚至云天河还觉得，欧阳明珠不仅只是睡着，还做着什么美梦；那眉宇之间分明浮现着几分淡淡笑意，恐怕这位欧阳姐姐定是梦见香喷喷的红烧山猪肉了吧。

只是，当云天河只能看出欧阳明珠眉间的“疑似喜意”时，柳梦璃却看到了更多的东西。她心里甚是吃惊，跟旁边钟伯说道：“果然如我所想，你家小姐这样不是生病，而是睡着了。这些年来，她竟一直都在梦中！”

“睡着？！”钟伯一脸惊诧，“这、这……小姐怎么会一睡就是九年？！”

“我看也是睡着。”云天河看着床上女子，“你家小姐可能是太累了，才睡那么久不醒吧。”

“非是如此。”柳梦璃摇了摇头，“她不是普通的因累而睡，而是被人施了咒术。只要咒术不解，便会一直昏睡下去……”

“咒术！”钟伯惊叫起来，“天啊，难道自从老爷暴毙，这个家就被妖魔缠上了？！为什么连小姐也……柳姑娘，”钟伯如落水之人看到一根救命稻草，眼含热泪地看着柳梦璃，连声说道，“柳姑娘，既然你知道小姐是被人害的，请你一定要救救她！老朽求你了！”

“钟伯你莫要着急，我现在就施法进入她的梦中，看看究竟是怎样一回事。”柳梦璃温言说道。

“好，一切就托付给柳姑娘了！”钟伯充满了期待。

“梦璃，你会不会有危险啊？”云天河有些不放心。

“放心，我自有办法，不会有事的。”柳梦璃从容说道。

“好，那梦璃你小心了。”云天河不再说话，和韩菱纱一起退到一旁，专心看柳梦璃施法。

此后，柳梦璃站在榻边，看着床上昏睡的女子，素手轻挥，宛若拈花天女，倏然间幻化出无数鲜花形状的紫色光影。她的口中，则轻轻吟诵：“梦影雾花，尽是虚空，因心想念动，方化生幻境，令吾、往、梦、之、中！”

此咒念完，闺房中忽然间紫光大盛，就好像折射了无数紫水晶的光华。而后紫光散尽，旁边云天河几人再看时，便见柳梦璃虽然依旧静立床前，却双目紧闭，宛似安详地睡着。不用说，女孩儿现在就像她刚才说的那样，已施法进入到欧阳小姐的梦中了。

再说柳梦璃。“这里是……”当柳梦璃来到欧阳明珠的梦中，却发现自己正置身于一个风景极其优美的山谷。这里芳草遍地，鲜花满山，远方有和煦的清风吹来，轻轻拂过耳畔，头顶洒下明亮的阳光，让人如浸温泉。

“这里倒像是人间桃源仙境一样。”柳梦璃心中赞叹一句，往前面只走了两步，便看到自己此行想看到的场景：

就在她的前方，蓝天白云下，芳草碧茵中，立着一对男女。那男的将近三十年纪，剑眉朗目，虽然颧骨分明，透着一丝犀利，终究还算英俊。他身上穿一件苍蓝色的长袍，上面绣着一些嫩黄鲜蓝的花纹，柳梦璃看在眼里，总觉得男子袍服的样式和花纹，颇有南疆风情。

那女的则是二十出头妙龄年纪，眉目温婉，容颜秀丽，正和刚才躺在欧阳家绣楼中的欧阳明珠一样。所不同的是，她现在与蓝袍男子在芳草地中散步徜徉，活力与姿态和陈州中的卧床不起截然不同，竟是和正常人完全一样。

当柳梦璃看到他俩时，他们好像正在说着什么。为了听清，柳梦璃朝前轻轻地走近。走到离他们一丈开外的地方，有一块一人多高的山石，她就在后面隐住身形。这时候，那两人恍然不知，继续说话。

只听那欧阳明珠说道："相公，我爹和我娘真的是被山贼害死的？为什么……我总觉得这不是真的……"

"明珠，你怎么了？是身体不舒服吗？怎么又在胡思乱想呢？"蓝袍男子似乎不以为意，语气温柔地安慰着女子。

"我……我做了一个梦。"欧阳明珠并没有停止自己的回忆。她的语气变得有几分惊恐，"我梦见有个人身上爬满了虫子。那些虫子都在吃他的身体，好可怕！最可怕的是，那个人、那个人好像是我爹，虽然我不记得见过他的脸……呜呜！"说到这里，欧阳明珠忍不住哭了起来。

"明珠，那只是一个梦啊，不要想那么多了。"蓝袍男子有些惶然，将哭泣的女子揽入怀中。他轻抚着她的发丝，用最温柔的声音安慰她，"明珠，这些梦怎么可能是真的呢？你不记得了吗？我当初从山贼手中救下你时，你已经惊吓过度，失了记忆，又怎么还会梦见从前的事呢？"

"我……我真的是欧阳明珠？"女子稍稍停了悲声，仰起脸儿，看着自己的相公，"相公，为什么我每次想回忆一些事情，头就好痛，脾气也变得暴躁起来？"

"唉，小傻瓜，你胸口的玉佩上不是刻着这个名字吗？就算你不是她，那也只是一个称呼，你永远都是我的妻子，我会永远保护你的。"男子深情地说道。

在他的温柔关怀下，欧阳明珠惊恐的神情逐渐平复。不仅如此，她还被相公仿佛深入骨髓的柔情蜜意所感染，变得有几分动情："相公……是我不好，我不该胡思乱想的——"

"没关系呀，我——"就在这时，正跟欧阳明珠说话的蓝袍男子却突然目光一凛，猛地转过脸，朝柳梦璃藏身的方向厉声喝道："什么人？给我出来！"

柳梦璃听他这么一叫，就知道再也藏不住，便从从容容地从石后走了出来。看着她款款走出，那欧阳明珠惊讶之中，还带着几分欣喜："咦？真是难得。相公，我和你隐居在此，还从来没有外人来过呢。这位姑娘，长得真美啊……"看着柳梦璃的绝世容颜，欧阳明珠由衷地赞叹。

欧阳明珠以女子之身，尤惊艳于少女的丽色；她旁边那位蓝袍男子，按照常理来说，至少也该在瞬间贪看柳梦璃的姿容才对。谁知道，他却好似视而不见，只顾圆瞪双眼，高声怒喝道："你究竟是谁？为何会来这里？"

"相公，你不要这么凶嘛。"欧阳明珠连忙出声缓颊，"你会吓着这位姑娘的。"其实欧阳明珠此刻的心中也有些奇怪：为什么平时对自己这样温柔的相公，今天乍见这位美丽的少女，却毫无怜香惜玉之心，反倒只顾质问不休，这种样子实在有些奇怪，哪怕相公一腔情思都系在自己身上，见到这样绝色的少女，也不该如此反应啊。

面对男子的质问，柳梦璃却并不理会。她只顾看向欧阳明珠，有些不敢相信地问道："欧阳小姐，你难道不知道自己正在梦中吗？"

"什么？"欧阳明珠一时没能反应过来。正当她想问一问柳梦璃此言何意时，却听旁边相公已是厉声吼道："住口！"虽然看似暴怒，男子却并不跟柳梦璃多纠缠，而是立即转向旁边的婉丽女子："明珠，天色不早，我们也该回家了。"

"可是这位姑娘……"欧阳明珠看着柳梦璃，还有些迟疑。

"只是一个外人，不必理会。"男子断然说道。

"我……"欧阳明珠还想再说，却见男子忽然和缓了刚才严厉的神色，无比温柔地说道："明珠，你不听我的话了吗？你是不是忘了我以前跟你说过的那些？"

"好吧，我知道了。"虽然欧阳明珠的心中还留有一丝疑惑，但她决定还是像以往一样，对相公的话不再忤逆。看着男子，她歉意地笑笑，眼波中充满了柔情："是我不好。相公你做什么事，一向都有道理的。"说罢，她便和相公一道，转身朝远处的山谷中行去。

见他们要走，柳梦璃有些着急，便在后面招手叫道："等一下——"谁知一句话还没喊完，却见那个正离去的男子，头也不回，手臂猛然向上一挥，厉声喝道："给我退！"话音未落，便有一股无形劲气猛然生发，如同一支尖锐的长矛，带着嚣叫之音朝柳梦璃激射而来！

柳梦璃见状一惊，本能地一偏头，一侧身，躲过了那支劲气之矛；可是等她刚恢复了身形，却只听得"嘣"的一声巨响仿佛从心底震响，一瞬间她眼前一黑，竟在片刻间眩晕！

不过这眩晕只在瞬息之间，很快她便恢复正常。只是，这时她张眼一看，却发现自己眼前的景物只是欧阳家小姐的闺房。

虽然重归人间，但刚才那声仿佛从灵魂深处生发的震响，却依然在心湖中回荡。

“梦璃，你怎么了？！”这时一直旁观的云天河，察觉出少女脸色不对，连忙关心相问。韩菱纱也道：“梦璃姐姐，你没事吧？怎么脸色有点差？”

“我没事。”柳梦璃摆了摆手，努力平复了一下呼吸，说道，“不要担心，我只是一时不慎，被法术弹出了梦境。”

“梦境……”听她说出这个词，旁边那钟伯如梦初醒，急声问道，“小姐、小姐她到底怎么样？”

“我见到了她。”柳梦璃回答道，“她的样子果然如同床榻上一样，非常青春年少。可是她好像只记得梦中的事，而且——”想起刚才那个梦境中看见的点点滴滴，柳梦璃有些沉重地说道，“那个咒术太过强大，她本来的意识几乎被吞噬了……”

“啊？！那该怎么办？”钟伯急得都快哭了，“那还有没有办法救我家小姐？”

看着钟伯这忠心家仆发自内心的着急模样，柳梦璃实在不忍说出真相。不过定了定神，她还是说道：“想救她，很难。能让一个人沉睡九年，在梦中度日，如此霸道的咒术必定要布下法阵。若是不知对方在何处布阵，根本无从破解。”

听得此言，钟伯如闻晴天霹雳：“你、你是说，小姐还要继续这样睡下去？”

“对不起，钟伯。”柳梦璃有些难过地说道，“我什么忙也没帮上。”

“不不不，柳姑娘，你千万别这么说！”听柳梦璃这么说，钟伯连忙惶急地摆手道，“要不是你，我还一直以为小姐是生了病，连她被人害了都不知道！”

“钟伯，恕我冒昧，”柳梦璃想起梦境中所见所闻，便问钟伯道，“请问欧阳家是不是曾经与人结仇？而且并非中原人？还有，您说过欧阳小姐的父亲乃是暴毙而亡，这究竟是怎么回事？”

“这……”钟伯迟疑了一下，还是决定将这些不堪回首的往事如实道来，“欧阳老爷他是很本分的商人，做买卖五湖四海都要跑的。你也知道，生意做大了，这生意场上难免得罪个谁。可是，也不至于有什么血海深仇吧？不过，说到老爷过世，那真是如同天塌了一般……”

说到这里，钟伯的脸色惊恐万分，整张脸都扭曲变形起来：“那是九年前的一个夜里，是小姐先发现了老爷的尸首……那、那简直惨不忍睹！老爷的整个身体上都爬满了密密麻麻的毒虫，当被人看到时，已经被咬得整个头脸身躯面目全非了！”

“啊？！”饶是柳梦璃和韩菱纱身具异能，不同一般女子，听钟伯说起这等惨事，也忍不住顿时掩口惊呼起来。

“真是太可怜了！”云天河虽然没那么惊恐，却也心有余悸，“这可比我爹还要惨多了啊……”

只听那钟伯继续说道：“从那时起，小姐就好像神魂出窍了一样，不吃不喝，也完全不说话。之后没过几日，大概是下午黄昏时刻，小姐突然就昏睡过去。开始大家还没觉得有多少异样，没想到从那以后，她就再也没有醒来……唉，夫人的身子本来就不太好，她伤心欲绝，没过半年便跟着老爷去了……”说到此处，饶是钟伯花甲之龄，见惯了世间风雨，这时候却也忍不住老泪横流。

“钟伯，切莫悲伤。”柳梦璃待钟伯悲声稍减，便道，“我觉得，你家老爷的过世，还有小姐昏睡，这之间绝对不会毫无关系。如今我虽救不了欧阳姑娘，但若是有朝一日，见到那个法阵，我一定能认出来，到时候无论如何都要破阵，救醒欧阳姑娘。”

“唉！”听到此言，钟伯擦了擦眼泪，躬身深施一礼，“姑娘大恩大德，老朽先在这里谢过了。唉，事到如今，也只能听天由命……”很显然，虽然感谢，但老人家在心中对此事并不抱多大期望。

“钟伯你自己也要保重，不然还有谁能照顾欧阳小姐？”聪颖的县令小姐给了老人家一个紧切实际的责任和期望；而当她和两位同伴告别钟伯，离开了欧阳府时，她在长街之中，回首看了看那个萧索的门庭，坚定地说道：

“我想，一定天无绝人之路的！”

# 第二十六章 虔心向道，御剑仙路烟尘

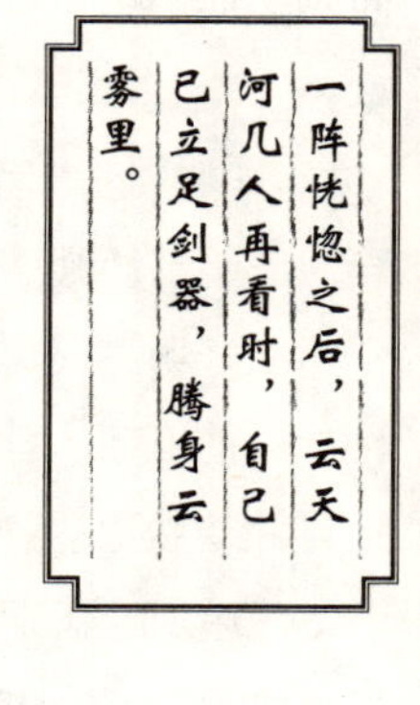


离开欧阳府，走了一阵，众人不知不觉又来到了南坛湖畔。经历这两日之事，柳梦璃所携的香药消耗不少，便跟云天河二人暂别，前去城中药铺采买。云天河和韩菱纱便在这南坛湖畔散步。

三春时节，南坛湖畔春意盎然，一株株杨柳临水而立，柳枝低垂，宛如碧玉的丝绦。南坛湖的湖水也十分清澈，不少游船正在湖波中随波逐流。优美的湖景引得游人如织，云天河和韩菱纱二人也如同湖波中的小船一般，在游人中随波逐流。这时候，当他们抬头远眺湖心岛，见那千佛塔依旧巍峨俨然，只是他俩心知肚明，知道此时这佛塔之中已是物是人非。

经历了这些事情，无论是云天河还是韩菱纱，心境都变得不同。姜氏服毒自尽，琴姬飘零江湖，欧阳明珠迷陷邪梦，这一切让他们感到心痛的同时，又觉得无能为力。这样的感觉，对云天河二人都产生深深的触动。如果说之前云天河下山历练，某种程度还是被韩菱纱言语之间推着走，到了这时，寻仙问道、提升力量，已经成了他发自内心的追求。

在湖边徜徉，仍然能听到一些本地的游人谈论昨日姜氏之事。比如他俩听到有位游春的小姐，正面对渺渺的湖波幽幽叹息："唉，情之为物，当真叫人难以猜度。想那琴姬，看来是如此飘逸出尘，想不到也为情所困；今日又听说千佛塔里的秦夫人殉情自尽，这情之为物，实在叫人看不明白……"

这样的议论，云天河二人刚才已经听了不少。过了会儿，在一片议论声中，他俩忽听到有个少女清脆的声音，也充满同情地说道：“哎，那个女的好可怜哦……”

“咦？这声音怎么这么熟？”韩菱纱闻声回头一看，却见不远处那株垂杨柳畔，正站着怀朔、璇玑二人。

“好巧，又见面了。”韩菱纱赶紧拉着云天河，跑上去打招呼。

见他们二人出现，那璇玑少女忽然变得警惕起来。她瞪着水汪汪的大眼睛，盯着韩菱纱道：“怎么走到哪儿都会遇上？你们是不是偷偷跟着我和师兄啊？”

“璇玑，怎可如此说。”听师妹说得不客气，怀朔连忙出声阻止。

“没关系，其实这位小妹妹说得也对。”韩菱纱却是拱手一礼，对二人大大方方地说道，“我叫韩菱纱，他叫云天河，我们特意赶来陈州，便是想拜入二位的师门！”

“什么？要入门？！”璇玑惊讶叫道。

“是啊！”心境已经转变的云天河，也急忙热切说道，“我最想学那招御……对了，御剑飞仙！”

“不行不行。”璇玑小师妹连连摇手，“修仙哪有你们想的那么容易！”

“小妹妹，我们自然知道不容易，但早已下定决心了。”韩菱纱决然说道。

“什么小妹妹！总这么喊，人家哪里小啦！”眉目明媚的小师妹嘟起嘴抗议。

“那……璇玑姑娘，你和你师兄能不能带我们入门拜师呢？”韩菱纱诚恳地说道，“当日在巢湖，多亏你紫英师叔仗义相救，不然我们早成了妖怪的口粮，那之后对剑仙之风更是仰慕——”

“紫英师叔？”璇玑忽然惊叫起来，“你、你不会也看上我师叔了吧？”

“璇玑，怎可这样讲话！”怀朔跟韩菱纱二人歉然道，“实在抱歉，小师妹她——”

“没什么，”韩菱纱一摆手，“我们求仙是一片诚心的，更感激剑仙出手相救，怎敢有其他念头？璇玑姑娘也不过是心直口快，其实……”韩菱纱转向璇玑，一本正经地说道：“我见璇玑姑娘聪明伶俐，一定很得令师叔的喜爱吧？”

刚才还有些怏怏的璇玑，一听此言，顿时道：“哼，算你有见识。”小师妹想努力绷住自己的面皮，做出严肃的模样，不过她没成功，忍不住笑道，“喜爱……嘻嘻！”

“璇玑……”怀朔见自己小师妹这般娇憨，也不知该如何是好。

“师兄，不如就帮他们一把好了！”璇玑小师妹真是爱憎分明，很快转变立场，“师父不是常跟我们说，做人要时存善念吗？反正最后能不能入门还要看他们自己。”

“唉，你啊，真是个孩子。”怀朔看着自己这个可爱的师妹，既喜爱，又无奈。

“好吧，”他也下定决心，对云天河和韩菱纱二人说道，“既然三番五次有缘相遇，或许也是天意。你们应是与我琼华派有缘吧。”

“真的？！你们答应了？”饶是一直请求，这时听对方真的答应了，韩菱纱还是惊喜万分，简直不敢相信。

“真的。”怀朔点了点头。

“太谢谢了！”韩菱纱感激万分，她转向少年，“天河，快去叫上梦璃，我们一起走吧！”

“好。”云天河闻言转身离去，

“你们是说，上回在女萝岩见过的那位姑娘？”怀朔问道。

“嗯。她去补充香药，天河去叫她，很快就会过来。”韩菱纱耐心解释，生怕怀朔改变主意。

“无妨。”怀朔脾气却是很好，微一摆手，“不急，我们等她。这几天，我和璇玑没追上紫英师叔，正要赶回我琼华派中，稍后不如就御剑带你们过去，费不了多少功夫。”

“御剑？那太好了，多谢！”韩菱纱喜出望外。

“不必客气。等那位姑娘来了，我们就走吧。”怀朔说道。

正当他们说着话，却见那边云天河已经领了柳梦璃过来。对韩菱纱来说，从没有一次像今天这样，看到柳梦璃让她如此高兴。她根本耐不住在原地等，急忙跑过去，跟柳梦璃说道：“刚才天河都跟你说过了吧？想不到今天的运气这样好！他们还答应带我们御剑飞去仙山！”

“是啊。”云天河也附和道，“那边的师兄真是好人。”

听了他二人热烈的话语，柳梦璃却神色沉静——若仔细看，那情绪甚至还有几分低落。

“怎么了？”韩菱纱看着少女，“你好像一点儿都不高兴呢。”

柳梦璃摇了摇头："我……只是想到这两天发生的事，心里总是不舒坦。"

"原来是这个啊。"韩菱纱放下心来，"别再想了！昨晚你不是已经说过了吗，我们都要珍惜当下，在一起时就要开开心心的，别辜负了来世上走一遭。"

"嗯。"柳梦璃点了点头。

等柳梦璃和二人一起走到怀朔、璇玑面前，便侧身行了一礼，歉意说道："刚才为等我耽搁了，实在过意不去。"

"姑娘多礼了。"怀朔拱手还了一礼，和气地说道，"其实倒没耽搁什么，刚才我也正陪璇玑去旁边买了串糖葫芦——"

"师——兄——！"璇玑羞恼地叫道，"这么丢脸的事不要拿出来说嘛！"

"好！不说不说。"怀朔转向云天河三人，"诸位，本派虽距陈州有万里之遥，但以御剑术一盏茶的工夫即可到。只不过，我与师妹御剑，带上云兄弟和韩姑娘自然没问题，却要让柳姑娘单踏一剑了。"

"这……"柳梦璃迟疑道，"我不会御剑也没关系吗？"

"对啊，会不会有危险？"韩菱纱叫道，"我要和梦璃换！"

"无须担心。"怀朔摆了摆手，"剑仍由我心法所控，柳姑娘身具灵力，只须记得存思凝神便无大碍。"说完这句，他转向云天河："云兄弟身上似有一把配剑，可否借来一用？"

"好啊，你拿去。"说着话，云天河从背后拔下那把冰蓝长剑，递给怀朔。

怀朔一见这剑器细长古朴的造型，特别是锋刃中隐现的冰蓝光华，顿时一惊："呀！这把剑造型十分特异！"

"特异吗？"云天河挠了挠头，"嗯，我以前也不觉得，爹把剑给了我以后，我就一直用它了。下山后见得多了，才知道它确实和其他剑长得不太一样。"

"师兄，"璇玑也发起议论，"这剑怪模怪样，连剑格护手都没有，和寻常的剑差太多了，说不定铸它的人只是想哗众取宠。"

"这……倒也不能妄下定论。"怀朔沉吟道，"此剑灵力强大，并且其中蕴有巨大寒气，云兄弟难道没有察觉？平日使剑不会被寒气伤身？"

"伤身？没有啊，这剑我耍着玩好久了。"云天河毫不在意地说道。

"这野人身体强壮、四肢发达，那点儿寒气对他来说不算什么吧。"韩菱纱在旁边进行友情补充。

"这便奇了。"怀朔还是一脸的惊奇，"莫非云兄弟修炼了何种高深的内功或法术？”

“没啊。”云天河道。

“他最擅长猎野猪还有吃饭，其他都不会。”韩菱纱继续友情解释。她看着少年，心道：“哼！讽刺你一下。”谁知道，云天河却毫无感觉，还连连说道：“对对对！还是菱纱知道我。”

“……”韩菱纱再次生出一种无力感，“白痴……讽刺你一点儿用都没有……”

这时候，一直默不作声的柳梦璃，却忽然开口说道：“如此说来，这是一把很不同寻常的宝剑？”

“不错。”怀朔点了点头。

这时候，韩菱纱想起石沉溪洞、巢湖边的战斗，忽然也觉得有点不对：“这把剑，有的时候是怪怪的。可平时也不见它特别厉害哪……”

“嗯，这剑我从小就用，也没啥特别之处。”云天河不明白为什么大家突然对这把“普通的剑”感了兴趣，“如果硬要说有什么特别，那就是前些日子突然变得有点怪。拿它射人的威力大了些，摸起来更加冰凉——我想，夏天用最好，呵呵。”

“真是糟蹋宝贝……”经过刚才一番对答，韩菱纱自是知道这样的剑器绝不平凡，所以看少年一副不在意的样子，难免腹诽。

“姑且不论此剑，”怀朔又道，“即便宝剑有灵，所持之人也要有与之匹配的力量，方可激发。否则人不可役剑，剑无以护人，也是无可奈何的事。”

“噢！”韩菱纱闻言赞道，“听着就很有道理，不愧是修仙练剑的人。”

“云兄弟，令尊可是一位高人前辈？”怀朔看向云天河。他还是想弄清这把怪剑的来历。谁知，云天河却是一脸懵懂：“令尊？……啥东西？”

“哎，就是你爹。”韩菱纱从旁说道。

“哦。”云天河一副恍然大悟的样子，“爹就是爹，不是其他什么人，不过我知道他很了不起的，呵呵！”

他这番话听在外人耳里，自然是觉得夹缠不清，毫无信息量。怀朔也只好摇了摇头，无奈地叹道：“可惜我相剑之术所学不精，看不透此剑深浅。罢了，”他抬头看看天，“我们即刻起程吧！不过青冥之中，务必要心无杂念，不然——”

“不然从天上掉下来！”璇玑危言耸听地帮忙补充，“到时候我和师兄可不管哦，嘻！”

“你啊……”怀朔见璇玑这副顽皮的模样，一如既往地无奈摇头。而后他望望天空，见蓝天丽日，天气清和，便点点头道：“我等即刻起程。此去昆仑山，鄙派琼华正在山中。”

说罢，他与璇玑二人一齐施法，施展琼华派特有的御剑飞天之术。当他们将雪亮的剑器抛向半空，云天河三人脚下顿有白云腾起。一阵恍惚之后，云天河几人再看时，自己已立足剑器，腾身云雾里。御剑飞升之处，人与剑穿云破雾，耳边满是飞速刮过空气带来的嚣叫之声。

等定了定神，云天河发现包围在自己身边的白色云朵，都是或浓或淡的水雾冰晶。以前他一直以为，天上的白云，不是一团团的白雪，就是和棉花一样的事物。不过现在御剑飞天，亲身在白云中穿梭，便知道云朵也不过是一些雾气冰晶而已。

穿云破雾之时，视线并不好，云天河只能看到自己和怀朔同乘一剑，连旁边韩菱纱、璇玑、柳梦璃的身影也只能看得影影绰绰。不过当破开云雾，飞上云层更上方的天空中时，云天河的视野一下子变得极为开阔分明：

脚下白云延展，宛似万里雪原，四外天空湛蓝，没有一丝云翳。日头明晃晃地挂在天顶，将下方的白云和御剑的几人，照得闪闪发亮。

这样的景象，可不是寻常时候能看到的，所以不仅是没见过世面的云天河，就连见过世面的韩菱纱、性格文静的柳梦璃，这时候也变得心情激荡。

第一次御剑飞行的体验如此奇特，以至于快到目的地开始下降之时，云天河感觉才只不过过了一小会儿的工夫；那穿云破雾的快感和高天纵览的豪情，他还完全没体验够。在结束这次奇特的御剑飞天最末，当他们穿破云雾、逼近地面时，他们还在浓重的云团中，避开了几道闪电，经过了一次小范围暴雨。

如果说，所有在此之前云天河对修仙的理解和热望，都偏向于精神层面的“励志”，那经过怀朔带领他这一次御剑飞天，他是真真切切感受到修仙的魅力。于是对未来的日子，云天河变得无限憧憬。

# 第二十七章 菱纱偶恙，寒心暗隐危情

说到这里，她忽然感觉又感到瞬间的虚寒眩晕感。

刚才降落之时，云天河等人就看得分明，这即将着陆的地方，是漫漫黄沙大漠中的一片绿洲。当高度降得更低，他们看到这绿洲之上，还有一处简陋的城镇。当然，先前怀朔言语间，已说自己师门琼华派在西北荒漠外的昆仑山中，所以云天河看到这样大漠绿洲之时，并不奇怪。但他们奇怪的是，为什么怀朔不将他们几人直接带到昆仑山中？

当他们降落在那片市镇的外面，云天河仍然没从刚才的奇妙体验中恢复过来。他在黄土地上手舞足蹈，大叫道："哟嚯！御剑果然好玩！整个人都飞在天上！"

柳梦璃却是环顾四周，迟疑道："这儿……似乎是一个市镇，是哪里？"

"此地乃是播仙镇，"怀朔答道，"我和师妹只能将你们带到这里了。按照我师门琼华的规矩，若想入门拜师，就一定要自行攀登南边的昆仑山。"

"山啊！"一听是山，云天河感觉毫无压力，"哈！那没啥，走山路一点儿都不费力。"

"哼，掉以轻心！"璇玑小师妹扮了个鬼脸，"小心吃了苦头，到时候哭鼻子！"

"师妹此言倒是没错。"怀朔好心提醒众人。他一指南边，示意众人看那座隐在缥缈云烟中的巍峨高山，"你们看，那南边的昆仑山中，设有不少险阻，乃是为考验求仙之人的毅力，诸位多加小心。”

“师兄！不用讲一堆啦。”璇玑有点不耐烦地连连摇手，“他们自己去镇上打听打听，就能知道怎么上山，反正我们能帮的也都帮了。”

柳梦璃闻言，飘飘侧身施礼，说道：“谢谢两位。接下来若有任何困难，就让我们试试自行解决，方能显出求仙的诚心。”

听她这般说，怀朔也不再说太多，只是一抱拳，说道：“多保重，下回见面时说不定已是同门。”说罢，只听平地一声震响，两道雪亮的剑光冲天而起，转眼他二人已是御剑飞去。

目送他们离去，见他们渐渐隐于白云之中，韩菱纱便回过头来，对云天河和柳梦璃二人说道：“就知道没那么容易。我们——啊！”话刚说了一半，她忽然大叫一声，转眼身子就跟失控似的，突然一软，半跪于地上！

“菱纱，你怎么了？！”柳梦璃一声惊叫，赶紧过去半蹲下身子扶住她。

“你怎么突然跪倒？”云天河也十分惊诧。

面对二人惊问，韩菱纱晃了晃脑袋，定了定神，觉得好了一些后，才有些郁闷地说道：“刚才我也不知道怎么回事。说起来，这几天经常头晕，总觉得很累……没事的没事的！”

她欢快了语气，对两位同伴笑道：“不用担心，一会儿就好了。还是拜入琼华门派要紧，我们先去打探打探上山的事……”说到这里，她忽然又感到瞬间的虚寒眩晕感。不过为了不耽误大家的事情，她努力忍住，仍装作笑靥如花的模样。

只是她这番掩饰，注定白费。只听云天河坚决说道：“今天不上山了！我们先找那个叫‘客栈’的地方休息一下。”

“没关系的，我头不晕了……”韩菱纱有些心虚地反对。

“那也不行！”云天河看着少女，用力摇了摇头，“我们还是过一晚再走。”

“喂，不是说过在外面都听我的吗？！”看着少年固执的样子，韩菱纱决定翻出旧账。

“话是这么说没错，”云天河丝毫不为所动，“可是怀朔讲过那里很危险，所以你一定要先去客栈休息。”

“你、你这么关心我干吗……”韩菱纱有点不适应了。她看着少年，装出一副生气的样子，“哼，你说你走山路一点都不费力，却要让我休息，显得我很差劲似的！”

“菱纱，”柳梦璃忽然插话道，“我看别争了，就按云公子说的吧。毕竟，我也会担心你啊。”

“好、好嘛。”见柳梦璃也这么说，韩菱纱也就不再坚持了。

“呵呵，那还是先去客栈。”云天河跟打了胜仗似的，一马当先，穿过这播仙镇简陋的镇口门楼，往镇子里去了。

在播仙镇住客栈很好选择。事实上整个镇子只有一家客栈，名为“车马驿”。光听这名字，就没法跟中原或者江南的客栈比。

不过车马驿的老板倒是个风韵犹存的中年女人，韩菱纱几人稍微跟她说了两句，就发现这位叫“狄丽拜尔”的当地女子，虽然是偏远小地方的女人，却极为擅长待人接物。当韩菱纱三人一进客栈，那狄丽拜尔便热情招呼道：“三位客人，欢迎欢迎！神仙会保佑你们的。”

“老板，请给我们三间客房。”柳梦璃柔柔说道。

“好的。”狄丽拜尔跟旁边的伙计说了几句，让他去准备房间。这时候，云天河想起进入镇子后的见闻，便忍不住自言自语道：“这里的房子都怪模怪样，圆圆的，顶上还有尖刺，真奇怪。”

狄丽拜尔在柜台后听了，忍不住笑道：“哈哈，西域和中土不同，我们世世代代都住在这种房子里，才能躲过风吹日晒。”说到这里，狄丽拜尔忽然注意到韩菱纱，便脱口说道：“这个姑娘面孔发白，中暑了吧？你这样的身体啊，”看了看三人携刀带剑的样子，她好心提醒道，“这样的身体就千万别去仙山了。”

“咦？！”韩菱纱闻言，奇怪问道，“老板，你怎么知道我们要去那里？”

“姑娘，你们几个的装扮一看就是从中原来的，还带了刀剑。不瞒你们说，来我们播仙镇的中原人，只要不是做生意的，就应该是去昆仑仙山的。”狄丽拜尔脸带崇敬地说道，“那山上的神仙，连许多中原人都知道，来这儿就是想见神仙一面。”

“那，你能告诉我们去山上的路吗？”柳梦璃问道。

“当然。”狄丽拜尔热情答道，“这儿人人都知道，出了播仙镇，往南就可以去仙山，可是没什么人能见到神仙的。”

“这又是为什么呢？”柳梦璃有些好奇。

“山路上有会伤人的怪物啊。”狄丽拜尔说道，“那些怪物也杀不死，很多人就逃回了镇上。不过也有人去了那边，就再也没回来过，也许是被神仙带走了吧。”

听到她这么说，正处在虚弱之中的韩菱纱神色有些黯然。见她情绪低落，云天河连忙一击掌，拍着胸脯说道：“菱纱，不用怕！山上的怪物打不过我们的。”

“哼，谁怕了？”韩菱纱挺起胸脯，否认道，“我只是在想，镇上的人好像都会说中原话，也很崇拜剑仙，嗯……就是他们说的神仙，要不是房子和衣着不一样，周围又全是黄沙，真看不出这是西域呢。”

“姑娘，播仙镇能变成绿洲，是因为神仙怜悯我们，才让仙山上的水流下来，所有人都不能忘记这份恩情。”狄丽拜尔的脸上满是崇敬之情，“神仙保佑！要是没有水，也就没有中原人来做生意。我们会的中原话，都是那些商人教给我们的。”

听得此言，柳梦璃点了点头，欣然说道：“还有这等内情，真是叫人大长见识。”

“客人如果喜欢这儿，就多住一段时间吧。来，”狄丽拜尔从柜台后面转出来，“我带你们去楼上的房间，再给这姑娘送一杯热乎乎的奶茶。”她看着韩菱纱，“神仙会保佑你快点好的！”

“谢谢。”韩菱纱道了一声谢。这时候，她也觉得自己果然很累。她以手抚额，暗自想道：“我真的很累，难道果然像这位客栈老板说的，我这是中暑了吗？”

一夜无话。等到了第二天早上，云天河起来后，从房间走到客栈的走廊里。这时候柳梦璃也刚刚梳洗好了，走出房门来。她见云天河好像有些无精打采的样子，便关心地问道：“云公子，你怎么不太有精神的样子？”

“啊？是、是吗？”云天河挠了挠头，迟疑了一下才说道，“其实，昨天夜里我好像一直听到菱纱在说梦话……”

“她……肯定很想念自己的爹娘吧……”柳梦璃轻轻地道。

“咦？原来你也听到了啊。”云天河惊讶道。

“嗯……”柳梦璃点了点头。这时候，只听得附近一阵房门的开关响动，两人回过头，却见韩菱纱正从客房中走出来。

“菱纱，你好了吗？”云天河还记挂着昨天的事情，关心地问道。

“那当然，小病小痛，不算什么！”韩菱纱在空中挥了挥手臂，满不在乎地说道。“天哪，你那黑眼圈是怎么回事？”这时她发现了云天河的样子，忍不住笑道，“看起来好蠢哦！”

“我……”云天河的声音一下子转低，小声说道，“还不是因为、因为昨晚你……”

“什么？大点声行吗？”韩菱纱叫道。

“不说了，没什么。”对韩菱纱的要求，云天河罕见地闭口不言。

“奇怪……”见他反常，韩菱纱心中有些犹疑，“一点儿不像平时的天河，难道是水土不服？”这般想着，她便开口说道：“是不是换你不舒服了？要不然，我们再歇息一下？”

“不用不用！”云天河连连摇手，在原地蹦跳两下，乐呵呵说道，“我们快点上山，越快越好！呵呵。”

“唉！”看见他这副模样，韩菱纱心中不满道，“这么大的人了，还一心只想着玩……亏我关心他了！”

英明神武的韩菱纱姑娘，这次却冤枉少年了。

# 第三十八章 昆仑登临，电舞太一仙泾

突然一声晴天霹雳，转眼间电光飞射，雷声大作，竟是恰好打在云天河身上！

虽说“望山跑死马”，但以云天河三人现在的功力，要走到南边昆仑山的脚下，还是毫不费力。

昆仑山，号称“万山之祖”“天下第一神山”。自上古千年大战、六界分离之后，散布于人间各地的修仙之界，其中重要一处，便在莽莽昆仑群山之中。对云天河等人即将登临的昆仑仙山，有古籍如此记载：

“海内昆仑之虚，在西北，帝之下都。昆仑之虚，方八百里，高万仞。上有木禾，长五寻，大五围。而有九井，以玉为槛。面有九门，门有开明兽守之，百神之所在。在八隅之岩，赤水之际，非仁羿莫能上冈之岩。”

按这篇古籍的描述，这昆仑山当为神界。但事实上，这是撰写之人的误解。神界早已高升云霄之外，纵使当年昆仑还在盘古大陆时多有神族出没，自六界分离之后，仍留在大地上的昆仑诸山，已变成少数仙人以及不少修仙羽士的居所。这里据说有着吸风饮露、乘风御虚的仙人，更有不少修仙门派。

林林总总的昆仑修仙门派中，以八家最为有名，号称“昆仑八派”：昆仑、琼华、碧玉、紫翠、悬圃、玉英、阆风、天墉。怀朔他们所在的正是琼华派。

从某种角度来说，昆仑八派和蜀山派一样，乃是飞升仙界、成为仙人的“预备队”。

当然，虽说昆仑山现在只是准仙界，但当年在六界尚未分离时，毕竟是神族重镇。所以，现在的昆仑群山深处，是否有神人遗存，或是那万山之巅有无登临神界的天梯，只能说还要存疑，有待强者考证。

总之，承载了那么多修仙门派和神人传说的昆仑山，也让这几个即将登山拜访的少年男女十分激动。自播仙镇向南而行，都是黄沙荒漠。出身于黄山青鸾峰的云天河，非常难理解怎么世间还有这样荒凉的不毛之地。若只是景物单调还罢了，云天河最怕的是平地刮起一道旋风，卷起沙子来吹进嘴里，绝对猝不及防，满嘴苦涩。

就这样一路“呸呸呸”地吐着黄沙，他们三人终于来到了昆仑山北麓。在山脚下，稍微往山里走了走，就发现一条羊肠小径的旁边，有块两人多高的白石耸立路旁，上面刻画着四个大字：“太一仙径”。

“从这儿走就没错啦。”跑在前面的云天河回身兴奋地招手。根据先前的打听，要上山寻找修仙门派，正是要从这条“太一仙径”走。

“总算见了点‘仙’气儿。”一路只见荒凉黄沙的韩菱纱，看着这块气势不凡的石碑，嘴里嘟囔了两下。

柳梦璃看着这块太一仙径的石碑，片刻之间的神色有些复杂。“我们……走吧。”当她的神色恢复正常，便招呼了一声，自己略提起裙裾，在前面领路，率先走上太一仙径。

刚走上太一仙径，身边的风景还不觉得有什么特别。最多，只是旁边的山道上多了些常见的草木。对于这三人来说，这等风景实属平常。甚至，他们觉得还没有几天前光顾过的八公山山景好看呢。

不过这样的感觉，在转过一块标注有“紫微道”的苔痕绿木牌之后，就变得大不相同。尤其是云天河，他忽然惊讶地发现，在这西北苦寒之地的深山中，竟然忽地变得和春天的青鸾峰一样——不对，这里翠碧烂漫的美景，甚至胜过青鸾峰阳春之际最美的时节！那路边芳草萋萋，绿树成荫，繁花如星，将山峦涂抹成五彩绚烂的颜色。不仅如此，一路还有西北很少见的翠竹。它们在路边竹影扶疏，青碧纤秀的身影，倒映在那些同样本应很罕见的清澄湖塘里，再配上时不时出现的精致栈桥，简直就跟锦绣江南的春日风光一样！

三人之中，以云天河对这样的山林气象最为敏感。只是，欣然观景之余，他却忽然在空气中嗅出些不寻常的气息。

“这味道……要下雨了？！”云天河加紧嗅了嗅，却忽然发现不对劲，“不对，是杀气！”一念及此，他立即身体紧绷，上身前倾，一副备战的样子。这时候其他二女还毫无所觉。

“真想不到，在这儿竟还有这样绿树成荫的地方！”柳梦璃看着身边美景，由衷地赞叹。

“嘻！”韩菱纱笑道，“不然怎么叫仙山呢。你听，这儿的鸟叫真好听，啁啁啾啾，丁丁零零，就跟江南的丝竹鼓乐一样——咦？”韩菱纱一回头，却见那少年正背对着自己，弓腰跨步，竟是一副紧张的样子。看到他这样子，她奇怪问道：“天河，你干吗一副紧张兮兮的样子？”

“是杀气！”云天河头也不回地回答。

“又来了，哪来这么多杀气。”若放在其他地方，韩菱纱还会相信，但现在环顾四周，到处春意盎然，一片祥和，哪来什么杀气啊。

“真的，相信我……”见菱纱不信，云天河有些急了。

“喂！”韩菱纱见少年还是背对着她，便恼道，“有点礼貌好不好，我在跟你讲话呢，背对我干吗？”

“噢。”云天河闻言，只得恢复站姿，转身正对着韩菱纱，“真的有——”他想解释一番，谁知道话音未落，却突然一声晴天霹雳，转眼间电光飞射，雷声大作，竟是恰好打在云天河身上！

“哇——”云天河一声惨叫，被雷电一击，顿时受伤，单膝跪地。

二女见状大惊，却在柳梦璃想上前救治时，只听“轰隆”一声重物坠地的巨响，便有一只巨大的白色怪物出现在他们三人面前！韩菱纱等人吃惊地看去，只见这头怪物体形巨大，头生双角，遍体白毛，浑身还有暗蓝色的雷电光芒环绕。

看怪物这样子，倒像是藏地的白色牦牛，只不过看它体形宛如小象、双角锋利如刀，特别浑身还有电芒闪耀，就知道显然不是寻常牦牛。当它出现，便冲着三人怒声吼叫，声音乍听如牛，细听则似虎啸狼嚎，十分凶悍！

虽惊怪物出现，柳梦璃却是心系少年：“云公子，你受伤了？！”

“没、没有——”虽然说话有点艰难，但云天河好在还是中气十足，“只是全身被电麻了……不能动，你们小心……”

“那电光一定是怪物偷袭！”韩菱纱立即叫道，“梦璃，你先看看天河的伤！我来对付这个怪物！”说罢，她抽着望月天心剑，双目炯炯，警惕地望着白色怪物。看见她摆出战斗姿势，那白色怪物仿佛遭到挑衅，愤怒地吼啸一声，忽然间全身电光大盛，照得四外景物皆蓝。

看见怪物如此，就算胆大如韩菱纱，也禁不住一时芳心摇颤，心内惶然。正在这时，却听得天边砉然一声响亮的破空之声，转眼间便有一人飞降在韩菱纱和怪物之间。

正心情紧张的少女一看清来人，不禁脱口惊讶道：“你是那晚巢湖……”原来，这位和怀朔他们穿着同样道袍的年轻道人，身形瘦削颀长，面容英俊清冷，不是那晚出手相救的剑仙是谁？

虽然韩菱纱跟他说话，但他却恍若不闻。这位璇玑口中的“紫英师叔”一回身，手一挥，便有一道雪亮的剑光自背后剑匣飞出，转眼化作无数剑光飞速交叉，如同凌乱的花瓣将白色牛怪瞬间笼罩。当璀璨的剑光消散，原本气势汹汹的白色怪物也从原地消失，只留下空中纷纷扬扬的灰黑粉末。

“你……”看着这梦幻般的出手，韩菱纱真心地感谢，“紫英剑仙！谢谢，你又帮了我们一次！”说着话，韩菱纱转过身，对柳梦璃说道：“他就是在巢湖岸边救过我和天河的剑仙哦，也是怀朔、璇玑他们的紫英师叔，剑术很厉害呢！”

柳梦璃闻言，神色依然平静，随后微微侧身，跟这紫英剑仙施了一礼。不过紫英也神色不动，只是又一挥手，一道金色的光芒应手飞出，转眼罩住云天河：在韩菱纱的担心中，金光散尽时，那小野人并未和先前那个怪物一样消散，而是变得活蹦乱跳，丝毫看不出中了雷电妖术的样子。

经紫英救治，云天河的身上麻痹已经全部消失，便从地上站起来。站起来后，他还挠着头，有些懵懂地疑问道：“刚才怎么回事？突然打下那么厉害的雷？”

紫英剑仙也不管他，而是直接神色清冷地问道：“你们为何在此？”

“我们正要上山寻仙访道。”韩菱纱客气地答道。

“原来如此。”年轻的道子神色不动，口中冷冷说道，“既如此，刚才不应该帮你们的。”

“你……？！”听得他这么说，就算韩菱纱一直仰慕他的剑仙风采，也忍不住一时神色不愉。

见这俏丽的女孩儿一脸的不高兴，那个表情一直宛如昆仑雪顶般冰冷的年轻道子，也缓和了神色，抱拳施了一礼，解释道："姑娘莫要误会。我如此说，是因为若是来求仙，太一仙径只不过是小小试炼，须得凭自身之力通过。"

"是吗？"韩菱纱想想刚才出现的巨型雷电怪物，不由得心有余悸，"这太一仙径的名字倒是很好听，可路上怎么这样凶险啊？"自言自语地说完这句，她忽然想到什么，便脸现灿烂的笑容，看在年轻道人的眼里，霎时间便如春花绽放："要不这样，不如剑仙你好人做到底，就带我们上山吧！"

本来还注视着少女美好的笑颜，但听她说出这句话，年轻道子却是一挥袖，坚定答道："不可。"说罢便转身欲走。

"怎么会这样！"韩菱纱也没想到这人这么不通融。可这怎么难得倒她？她只不过眼珠转一转，便又有了主意。看着年轻道子转身要离去，她忙叫道："哎，等等！"

道子闻言，转身回头，等着她说下文。

"是这样，虽说要凭自身之力，可剑仙你刚才明明帮了我们，既然出手，就是打破规矩了，破例一次和破例两次又有什么分别呢？对不对？"韩菱纱充满诱惑地说服道。

听到少女之言，年轻的道人倒是一愣：他从没想到，居然有人会讲这种道理。一时间，表情清冷的道子不由得蹙起双眉。

"不必多逞口舌之利。"不用多想，紫英便说出自己的立场，"你们适才遭遇雷电，也不知闪躲，简直毫无应变能力可言。若像这样，没有修仙资质，就请回吧。"

"什么？你！你少瞧不起人！"韩菱纱想不到他这么说，顿时气得脸蛋儿通红，双眸睁得溜圆，紧紧盯着年轻道人。

见少女生气，紫英摇了摇头，轻声说了一句："我不过就事论事。"说罢，他再度转身，转眼一片剑光灿烂弥漫，就这般御剑离去。

"不是吧？"见他说走就走，韩菱纱目瞪口呆，"这家伙的性格这么讨人厌！"

听她这么说，云天河却是挠了挠头，说道："还好吧，他也没怎样，还帮了我们的。"

"你啊！"韩菱纱看着少年，一脸恨铁不成钢的神情，"到底懂不懂人争一口气的道理！唉，走了走了！拼了命我们也要爬上山，让那个冰块脸刮目相看！"

"菱纱，"见她一副气呼呼的样子，柳梦璃手抚额前的青丝，劝道，"有些人就是面冷心热，他出手帮我们，应该也没有恶意，你就别气了。"

"其实，我也知道啊。"韩菱纱说道，"他救了我们两次，是个好人，我只是不喜欢他那么说话。好嘛，不气就不气，我们走吧。"

说罢，他们这三人便又重新走上太一仙径，顺着这条紫微道，向远处缥缈的云山中走去。虽然，此刻四周的景色依然春光烂漫，但在他们的心目中，已再无先前轻松的心情。

## 第三十九章 紫微毒雨，剑斩三头幻人

这突然蹦出之『人』，可能根本不能算人！他的脖颈之上，竟然同时环列着三只头颅！

刚才他们欣赏漠北难得的江南春景，只觉得欣喜，但很快代价就来了。在紫微道中，又朝前走了一阵，正当众人觉得相安无事、那少年道子恐怕是虚言恫吓，却在路过一片池塘时，见得从那浓密的池边水草里，跳出一只冰蛤来！

冰蛤，西北苦寒高山中的特产。虽以冰蛤为名，并非说它遍体雪白冰寒。冰蛤与一般的青蛙无异，背绿肚白，若说有什么不同，则是体形几乎有寻常青蛙两三倍大，并且白色的肚皮雪色晶莹，看上去如同白冰一样。

从池塘旁跳出冰蛤来，刚开始云天河还不以为意，想走上前仔细看看这活物；谁知道见多识广的韩菱纱立即觉察出其中的凶险，赶紧一拉他的衣袖，将他扯到一旁——刚一离开，那看着还蛮可爱的冰蛤，便“哞”的一声大叫，从口中喷出一阵碧绿色的雨点，正落在云天河刚刚站立的地方！

那碧雨落地，在地上腾出阵阵绿烟；当绿烟很快被清风吹净，云天河几人再看时，便见到那白色石板上，已被腐蚀出许多小坑！这些坑大多很浅，但只不过是冰蛤随口一喷的结果，便足以让人触目惊心。

亲见这种情状，云天河倒吸一口凉气，暗自心惊：“要是刚才被喷上，这身衣服就坏了，一时还没得换，好可怕！”

心惊胆战之时，他立即趁冰蛤肚腹一鼓一鼓酝酿新的毒雨时，飞身上前，长剑一挥，顿时就将冰蛤斩为两段！身死之时，这冰蛤没有像寻常青蛙那样流出红

血，而是一地碧色毒水流离，看着十分可怖。

“好了！我们继续走吧。”云天河收剑回身，正招呼二女继续向前时，却冷不防见到对面韩菱纱和柳梦璃脸现惊异，齐声大叫：“小心！”少年反应极为迅疾，也来不及多问，立即猛地向前一蹿——再回头时，却见一阵毒雨正飞降在刚才立身之处，发出一阵阵“嗤嗤”的腐灼响声！

伴随着毒雨，池塘中竟蹦出一群冰蛤来！云天河略数一数，有二三十只之多。不仅如此，在蛤群后方居中的位置，还蹲踞着一只巨大的冰蛤。它的体形几乎有同伴的两三倍大，跟一只倒扣的簸箕似的，在蛤群中鹤立鸡群，双眼鼓如铜铃，正怒视着云天河这个方向。不仅体形有异，这巨蛤碧绿的皮肤中，还在背脊中央位置，有两条并行的金色纹线，被日光一照，金光灿灿，倒好像真的是两条镀金纹路一样。不用说，这自然是冰蛤蟾王了。

冰蛤蟾王出现，并非简单地增强了力量。它看来通了些灵智，当云天河射出群攻的“落星式”之时，它晓得应变，立即让自己的子民们四散分开，不至于让少年的群攻箭技一网打尽。这样一来，云天河几人立即变得比较被动。

说起来，刚才冰蛤一开始出来时，就算数量很多，云天河和两位少女也没怎么放在心上。但是当这些单个看起来并不太强的异种蛤蟆汇聚在一起，再加上一只开了灵智的蟾王首领指挥，就变得有些麻烦起来。一开始时，毒雨飞来，云天河三人只有逃命的份儿。一时间，他们三人在前面飞奔，后面一群冰蛤“哞哞哞”犹如牛鸣般蹦跳追赶，场面极为混乱。那些冰蛤此起彼落的蹦跳追赶时，倒和海里的飞鱼起落一样。

这些看似低等的妖怪让人如此头疼，以至于云天河等人一开始时，只顾疲于奔命，竟然没多少时间反击。不过，当一次契机出现之后，事情出现了转机。那是体力强劲的冰蛤蟾王一马当先，奋力追赶；在追得离三人最近之时，它奋力鼓起肚腹，“嗤”的一声，尽最大努力喷出一支细长的毒水之箭。

在蟾王如此奋勇之下，饶是云天河三人腿脚灵活，却还是被这支毒水箭给射着。中招的乃是韩菱纱；毕竟先前身子没来由地虚弱，纵然睡了一夜后恢复了，却还是现在三人中跑得最慢的。只听“扑”的一声响，她飘起的裙裾已是被那蟾王毒水箭给射中！

听得响声，韩菱纱霎时一惊，冷汗顿时从额头冒出；她低头一看，却见自己心爱的粉红裙裾上，已经被毒水箭溅出几个洞，洞口边缘全都焦黑，呈现一种被灼烧的可怕情状。

说起来，韩菱纱已是幸运；他们身形确实极快，饶是那蟾王奋力追赶，喷出的这道毒水箭碰到韩菱纱裙裾时，已是强弩之末。蟾王看见这结果，心中正有些可惜，没承想那边的少女，已经暴跳如雷了！

“哇咧！啊呀！我漂亮的心爱的裙子啊！破了三个洞呢！呜呜，第一次上琼华还特意穿好点呢，现在全完啦！”韩菱纱暴跳如雷！

“呃？”云天河一愣，听少女刚开始那两声撕心裂肺的惨叫，还以为女孩儿不幸受伤了。谁知道再往下一听，却只是裙子破了三个洞而已。“这有啥？”云天河回头正要埋怨几句，却见那少女已经瞬间发狂！本来在蛤群追赶下三人都是左支右绌，没时间做其他动作；谁知道衣服受损暴怒之下，少女的动作和速度瞬间都突破了极限！只见一道红影闪过，韩菱纱瞬间已经奔到那些交错喷洒的毒雨死角；还没等所有人和动物反应过来，韩菱纱怒声念咒，转眼便是一片交织的金色电光闪耀全场！

“惊雷闪！”见此情景，云天河自是识货。“怎么可能？”云天河一时都以为自己是眼花了。因为他现在也能施展惊雷闪，自然知道这仙术不是这么快就能完成和施放的，谁知道现在这少女竟然突破了认知的极限，几乎举手投足间就将这一大片雷灵法技放出！

不过很快他就知道这并不是自己的错觉。自己最为灵敏的鼻子里，已然嗅到浓烈的焦香肉味；当自己的食欲被香味勾起，他便确信：少女确实在这电光石火间释放雷灵大招“惊雷闪”，并且准头十足，效果显著。

“菱纱，没想到你仙术这么厉害。”看着包括蟾王在内的冰蛤群全部东倒西歪，电焦在地，柳梦璃也由衷地赞叹。

“那当然！天河，你说是不是——嗯？”韩菱纱正想也要得到少年的称赞，转脸一看，却见他正呆愣愣地看着那一地狼藉的冰蛤尸体。

“嘻，看我仙术精妙，你也惊呆了吧？”韩菱纱十分开心。

“不是。我在想，它们能不能吃呢？闻起来好香的样子。”云天河一脸研究的样子。

“你——真是个只知道吃的白痴！”这时少女才注意到少年嘴角那一滴晶莹的口水，顿时恼道，“吃吃吃，吃死你！那些冰蛤都有毒的。”

“好吧，真可惜！”云天河一脸失望。

“哼！走吧！”见他这样子，韩菱纱再也无心跟他炫耀绝技了。

此后继续前行，倒是又遇到几次冰蛤群的攻击。不过有了第一次的经验，之后这几次遇敌，相对便轻松了许多。说起来冰蛤并不是多少高等的妖怪；除了蟾王勉强算是妖怪外，普通的冰蛤也只能算是按照本能攻敌的异种生物而已。对三人来说，妖怪对手没多少灵智，就算再厉害也厉害不到哪儿去。

所以，见识过冰蛤的全部手段后，之后几次遇上冰蛤，一方面有了心理准备，知道准是在那些池塘里蹦出来；另一方面，当冰蛤一旦现身，他们一开始就抓紧时间，各自施展绝技。什么落星式、惊雷闪、醉生梦死，一扫便是一大片！甚至有好几次，才出来几个倒霉鬼，被消灭之后，后续的大部队还没有出来，就被聪明的作战三人组抢先发出仙术，在那些疑似冰蛤老巢的茂密水草中，如老牛耕田般来回横扫几遍。可叹不少冰蛤空有一肚子坏水，却出师未捷身先死，莫名其妙地被烤焦在水草之中了。

就这样，一路与蛤蟆奋勇作战，云天河偶尔一抬头，忽然看见远方的景物有些不一样。

“咦？那里怎么有些枫树，叶子都变红了？”

他这么一说，其他二女也朝前面远处眺望，发现前方远处的景物确实与刚才一路行来的迥异。

“这么说，我们快要走出这条紫微道了！”韩菱纱雀跃说道。

“不错，我们攀登昆仑山，有进展了。”柳梦璃看看远方，也如此判断。

“太好了！我们快走吧。”云天河十分开心，一马当先往前赶，脚步也变得轻快许多。

正当这三人觉得就快脱离这紫微道，却冷不防从旁边一处灌木丛中，跳出一人来！

乍见有人跳出，手里好像还拿着一根木棒，于是三人本能反应，还以为是山贼。

“好大胆——”

云天河现在已有了底气，这等山贼还不放在心上；遇到了，先跟他们好言相劝；如若不听，不用说“惊雷闪”，就是简单一个雷咒一道电光，都足以让他们屁滚尿流——就类似先前自己碰上那头白牛妖怪一样。

和他类似，其他二女一开始也并不在意。只是，他们三人很凑巧地，几乎同时向那人一望，却不约而同地大吃一惊！

原来，这突然蹦出之“人”根本不能算人！他的脖颈之上，竟然同时环列着三颗头颅！

“这、这……”

一瞬间，云天河还觉得自己又回到了那座淮南王陵的古墓里！可是朝四外望望，一派春光，根本不是那种妖魔鬼怪横生的地方。

“桀桀——”

忽然间，那三头怪人发出一声怪啸，在这晴天朗日之下，发出瘆人的声音：“老大！你看。”这是面朝云天河他们这边的那只头颅发出的声音。

“老二，看什么？”面向侧后方的头颅不解地问道。

“是三个人啊。”那老二头颅说道。

“三个人？！”这时剩下的那颗老三头颅兴奋叫道，“他们好看吗？我……看到一点儿了，三个青春男女啊！”

“是吗？”那老大头颅闻言大为兴奋，使劲转着脑袋，“我看看！我看看！”等他转过来，看见云天河三人，不禁激动得泪流满面：“太好了！我们兄弟仨，终于不用挤在同一个破身体上了！”

“是、是！很好、很好！哈、哈哈！”其他两颗头颅大点其头，一瞬间，三个脑袋摇头晃脑，不免相互碰撞，尤其是三头话语参差不齐，交叠在一起，这三声部听起来极为吓人。

“喂喂！”他们仨头乐得花枝乱颤，韩菱纱可不满意了。初时的惊吓过去，现在她适应过来，仔细听了三头的对话，顿时勃然大怒：“三颗脑袋的异形，也不去水边照照自己的样子，还敢打本姑娘的主意！”

“什么？！”那老大头颅不乐意了，“什么叫三颗脑袋异形？多难听，我们哥仨叫‘三头幻人’好不！”

这时他正转到正前，看见韩菱纱几人的样子，顿时对旁边乐得龇牙咧嘴的头颅道：“老二，待会儿你就夺了那女孩儿的身体。”他驱动手臂抬起，指向韩菱纱，“我就附身旁边那少年，到时候老二你就跟我卿卿我我，柔情蜜意！”

“是，是！”老二忙不迭地说道。这时老三头颅在旁边受了冷落，不满道：“老大你不能厚此薄彼啊，那蓝裙女子一样貌美，等我夺了她身体，你可不能冷落人家！”这个不知男女的头颅，说此话时，一脸幽怨，看得云天河等人触目惊心。

“你懂啥？”只听那老大头颅一脸不屑，“老三，你一直就是这么没见识。我们哥仨跟了他们一路，还弄不明白吗？那呆子后生暗恋红衣女娃，蓝裙姑娘又一颗心系在呆子后生身上。我等三头幻人，一向很有道德感的；虽然夺了他们身躯，也要尊重原先身体的意愿嘛。”

“老大聪明！”“老大高尚！”两位不知是小弟还是小妹的头颅，连声赞扬。

“够了！”听了他们这一番话，面红耳赤的韩菱纱，怒斥道，“哪儿来的三头异形，瞎说啥？那呆子就知道吃，哪晓得看中本姑娘？胡说八道的妖怪，瞧本姑娘施出手段，将你们的头一个个拧下！”说着话，她挥舞那对望月天心剑，猱身扑了上去！

“果然可恶！”这时云天河也愤怒地叫道，“我暗恋菱纱也就罢了，简直被你们说中了——可是你们胡说什么梦璃姑娘对我有情意？根本没有吧。梦璃，你说对不对？”他转向旁边文静少女，却发现她一向沉静的脸颊上，竟升起两朵红云；同时她的目光也避过一边，只在口中说道：“云公子，不必和他们多言；既然出言不逊，欲行不轨，就打倒他们吧！”

“就是！你看，你们胡说八道，也惹梦璃生气了吧，脸都气红了。”云天河自作聪明地说道。

接下来，三人各自怀愤，虽然出发点不同，但同心合力，各施绝学，简直比淮南王陵中对付淮南王怨魂还要卖力。

见他们攻击，这多话的三头幻人，连忙施展出符合他们特点的“三重心啸”，在三重尖厉怪啸声中，想摇动云天河三人的心魂，削弱他们的力量。他们这一怪招，在紫微道中向来屡试不爽，却没想到这次却失算了。也怪他们先前多话，惹得三人合力奋勇攻击。于是在犀利的雷电和神妙的幻术之中，三头幻人和先前那些冰蛤一样，也被电焦身亡了。

杀死三头幻人，往前走不多远，就看见山中出现一道奇异的风景：仿佛有一道无形的分割线，将这边和那边分隔开；这边春意盎然，葱绿一片；那边却是秋意深沉，红枫满道。

当他们好奇地走到近前，便发现在这道无形分割线的山路边，有一块落满赤红枫叶的白石碑。拂去那些遮住字迹的落叶，韩菱纱三人发现，这洁白的石头上刻着三个红漆大字：“白灏道”。

“有意思。”韩菱纱看着这奇异的分界线，说道，“这条太一仙径，如果是天然就是这样，那这昆仑仙山真神奇。”

“嗯。”柳梦璃接口道，“如果并非天然，那琼华派的力量深不可测，能位列仙山昆仑教门，果然名不虚传。”

“确实厉害。”眼见春秋分明，连云天河也知其中厉害之处。一般的法术，或伤人，或幻形，能够改变局部气候，硬生生变出泾渭分明的季节，那就不是简单的法术仙术，而是鬼斧神工之技了。

踏上白灏道，他们依旧保持警惕。山道之上，刚才还一片春光烂漫，现在已是深秋萧瑟。山路边的枫林，叶色鲜红，宛如火燃；其他山林中的草木，也是或红或黄，深浅不同，色调不同，调和在一起，交织在一处，铺漫到山谷中，宛如到处延展的斑斓锦缎。

走在白灏道上，云天河几人发现，先前走过的紫微道中，那池塘可谓“一池春水”“春来池水绿如蓝”，显出春天生机勃勃的水色波光。但到了白灏道中，池塘还是那种池塘，但水色已经空明澄澈，典型的一泓秋水，宛如冰滢寒凉的水晶，镶嵌在红黄的山林锦缎上。在紫微道上时，还时不时能听到草丛中一些虫鸣；但到了白灏道里，便一片肃杀无声，偶尔只听到几只老鸹振翅飞过，发出一声声萧索的聒噪之声。

不仅景色迥异，这秋之白灏道，也不像紫微道那样只来一些小怪。往前走不多时，正要转过一片山岩，却见对面山壁后，忽然闪出两人来——确切地说，这两位只能算怪物，不能算人！

## 第四十章 白灏腥风，脚踢无头仙将

有妖怪骚扰时，觉得厌烦；等它们不见了，又觉得有些寂寞。

“呀！”看见两人跳出，云天河便是一惊，脱口叫道，“怎么来了两位残疾？”

“什么残疾？！”对面其中一人怒吼道。

其实，云天河只说他们是残疾，已经算是十分厚道。这两位，样子像是粗豪大汉，却竟然没头；袒胸露乳之际，那胸毛茂盛的上身，倒是长着眼睛、鼻子、嘴巴，和像是眉毛的胸毛一起，勉强充作五官。

“原来是无头怪物！”韩菱纱现在也是见怪不怪了，只是不屑地说道。

“什么无头怪物！”那位手持褐色甲盾的无头怪物，张着肚脐眼似的嘴巴，大叫道，“我是腹眼仙将！”另一位拿着青色盾牌的无头怪也叫道：“我是无头行者！”而后他俩又不约而同叫道：“我们不是怪物，我们是刑天大人的族人！”

“刑天？”云天河闻言，不明所以。柳梦璃在一旁帮忙解释道：“刑天乃是上古兽族大神；在千年大战最后一刻，他为了争取时间，让兽族首脑蚩尤开启神农九幽大阵，就算在被人族王者轩辕氏砍掉脑袋后，也不放弃。失去头颅之后，他双乳化作眼睛，肚脐化为嘴巴，挥舞铁盾和巨斧，继续朝轩辕氏攻击，最终让蚩尤完成法阵，救了兽族残余力量，遁入九幽大地，化作后来的魔族。”

“还有这样的事情！真有意思。”上古的秘事在云天河听来，只觉得是有趣的故事。不过刚觉得有趣，他想到什么，忽然神色一紧，问柳梦璃道："刑天这么厉害，那眼前这两个刑天的后代，是不是也很难缠啊？"

"他们？"柳梦璃看了那腹眼仙将和无头行者一眼，不动声色地说道，"依我察言观色，这两位只是生前失去头颅的死尸，后来得了这昆仑山特有的灵气，修成无头怪物之身。碰巧琼华派要拿太一仙径考验上山之人，便容忍他们在此作乱。什么刑天之后，依梦璃看，应该是乱攀权贵亲戚的虚言。"

"虚盐？"云天河心中暗惊，"难道他俩是调料成精？"正迷惑想时，那韩菱纱看着他的神色，便知他没能理解，便接口说道："就是说啦，这俩是骗子，根本不是刑天之后。"

正当他们在这儿嘀咕时，那俩无头怪物也在私下交谈。

"你说，咱们能唬住他们吗？"奇形怪状的无头行者忐忑地问自己的兄弟。

"难说。"腹眼仙将胸眉耸动，没信心地道，"如果唬不住，只好硬碰硬打了。"

"嗯。"无头行者道，"打也不怕。就怕他们暗地嘲笑咱兄弟没脑袋，那可羞死人了！"

"唉，行者贤弟啊，你什么都好，就是太娇羞了。"腹眼仙将怪道。

"仙将兄说得是。不过，看他们样子要开打了——我、我好怕啊！"无头行者竟是胆小。

"不用怕，有我保护你！"腹眼仙将拍拍肚子，离远看倒好像他吃饱拍肚子一样。

也不知道是不是因为失去头颅，这俩难兄难弟手底的功夫，并没有他们的外貌那样唬人。虽然也能利用兵器打出"盾击术"，甚至还能发出能够定身的雷电，但毕竟不是云天河三人的对手。很快，那无头行者被柳梦璃一个冰咒发出的冰雪糊住了胸膛，顿时眼睛看不清，一个不留神，就被眼疾手快的云天河飞起一脚，踢落到旁边山坡下面去了。

听着兄弟骨碌碌滚下山坡的惨叫声，兄弟情深的腹眼仙将再也无心恋战，正用盾击术打出一个反击，想要借机逃跑去救兄弟时，却被韩菱纱一道雷电劈麻了半边身子，动弹不得之际，又让那个踢上瘾的少年抬起一脚，如踢皮球般重重踢下山坡去。

猝不及防、骨碌碌滚落之际，腹眼仙将起初懊恼，不过转眼一想，又得意起来："哈，无知小辈，本将军本来就要去救兄弟；你这么一踢，也不知改变角度，便让我现在循着同一路线滚下山坡去，岂不是助了本将军一脚之力？"

这么一想，他顿时心情愉快起来，一时仿佛得胜的是他自己；片刻后那旁边深谷之中，回荡起他断断续续的声音："贤弟……别……怕，哥哥……这……就来……救你……啊——"最后一声惨叫，不知撞到啥石头了吧。

解决了两位无头怪物，此后三人一路向前，除了遇到些山中的虎豹成精，也再没碰到什么奇形怪状的棘手妖怪。而在解决了一头不开眼的黑豹之后，再往前行，基本再没什么妖怪出来了。

有妖怪骚扰时，觉得厌烦，等它们不见了，又觉得有些寂寞。尤其四周秋色如酒，更添旅人清愁。走了一阵，韩菱纱先不耐烦起来，看着前面山路又蜿蜒进一片红枫林，便道："怎么回事？走了大半天，不要说什么修仙门派，连个人影都没看见！"

正抱怨着，却冷不防路边又突然跳出两人，各持兵器，面容凶狠。乍见他们跳出，云天河眼角一跳，还以为又是什么无头怪人，结果一看，却是两个拿剑的汉子，只是面貌粗豪，其他并无异常。

正观看间，那高大的汉子忽然高声怪叫道："此山是我开，此树是我栽！"说了这两句他便停住，旁边那个矮胖的汉子忙接口道："要从此路过，留下干粮来！"

"呃？这俩是干吗的？"云天河三人心中疑惑，却并不惊慌。韩菱纱还乐呵呵道："哈，才说没人呢，马上就来了两个傻瓜。"

"傻瓜？"以前韩菱纱也叫过云天河傻瓜、白痴，这下顿时让他心生一种亲切感。于是他和颜悦色地冲那两个汉子招呼道："你们两个傻瓜是谁？有事吗？"

看着他一脸求教的真诚样子，矮胖汉子却有些无语。他扭头看向旁边高大汉子，小声说道："老大，怎么办？我们都已经讲这么白了……"

"担心什么！"高大汉子镇定道，"他们只是在故作镇定罢了！"

这时柳梦璃看着对面二人，也疑惑道："仙山之中，怎会有匪徒？"

"错！"高大汉子闻言矢口否认，"我们不是匪徒，而是江湖上人称'剑南双侠'的豪杰！"他一指旁边矮胖汉子："他叫巴靖安，我叫耿峰，都是响当当的汉子。怎么，难道你们连'剑南双侠'也没听说过吗？"

"贱男？双侠？"韩菱纱差点没笑出来。好不容易忍住笑，她问对面两人道，“好吧，那，请问两位有何贵干？”

“刚才不是说过了吗？！哼！”巴靖安恼火道，“那我再说一次，听好！要从此路过，留下干粮来！”

“为什么要把干粮给你们？”一听两人提起食物，云天河顿时警惕起来。

“蠢货！”耿峰不屑道，“你没看我们手上拿着剑吗？！”

“对对！”巴靖安连声附和，“拳头大的人有干粮吃，快拿来！否则我手里的剑不答应！”

“剑？”云天河更迷惑了，“可是我也有啊。菱纱还有两把呢！还有拳头，”云天河攥紧自己的拳头，看了看自己的，又看了看他们，便很诚恳地道，“我看你们拳头小得很，应该是你们把干粮给我。”

“噗——”这下，柳梦璃也被云天河的话给逗笑了。

“哈哈！”韩菱纱更是乐得不行；她双手叉腰，想起自己的遭遇，便幸灾乐祸道，“人说秀才遇到兵，有理说不清；今天是强盗遇到野人，一样有理说不清。”

“呃……”那矮胖的巴靖安看见这样子，顿时傻了，“老大，怎么办？打不打？”

“咳咳……这个……”本来看着凶悍果敢的老大耿峰，竟迟疑了。对他来说，刚才云天河那话，听着可笑，但仔细一想，竟然还真是这个理。比剑，这边少一把；比拳头，那少年身形英挺，拳头坚硬，若真打起来，自己这“剑南双侠”，还真不一定能打胜。

正迟疑之时，那老二巴靖安眼巴巴问道：“老大，这小子身形剽悍哪，打不？”

“咳咳……那个……”耿峰口欲言而嗫嚅，“我看……要不……”

“莫非老大一眼就看出那女的是使双剑的好手？”巴靖安揣测道。

“啊？！”耿峰好似忽然被惊醒，然后忙不迭地说道，“对、对、对！是使双剑的好手，一流的剑客呀！”

“高！还是老大眼光高啊，那我们……打不？”巴靖安想了解老大的决策。

“咳咳……这位少侠，”只听耿峰换上客气的语气说道，“既然咱们都是使剑高手，我们英雄惜英雄，单剑惜双剑。这样吧，你们继续吃你们的干粮，我继续吃我的干粮。”

云天河闻言，挠了挠头，心想道：“听不懂……到底这干粮要给谁？”

正迷糊间，却见耿峰一拱手，一脸浩然正气，朗声说道：“既如此，咱青山不改，绿水长流，就此别过！我们走！”

“是，老大！”巴靖安答应一声，便和老大两人转身要走。

“慢着——”韩菱纱忽然叫道。

耿峰闻言身子一抖，慢慢转过身来，颤声问道：“你、你想怎样？”

“不怎样，只是想问问这条路是不是能通到仙山顶上？”

“这条路啊，”巴靖安抢先答道，“就算是，就凭你们几个也上不去！连我们‘剑南双侠’都——”

刚说到这里，耿峰突然重重地咳了两声：“咳咳！”

“……对啊，你问我就说，不是太没面子了！”巴靖安有点脸红地说道。

正在这时候，忽然从远处跑来一位年轻女子。当她跑得近些，便见她容貌算是秀丽，只不过一副侠女风范，少了柔美，多了英武。看她穿着打扮，正是当下武林中流行的女侠衣服款式，只是搭配没有韩菱纱有品位罢了。

“你们两个！又在欺负刚上山的人！”年轻女侠一跑到近前，便没好气地数落剑南双侠。

“石榴妹妹，你可别冤枉人！”在这位石榴妹妹面前，之前粗声大嗓的双侠之首耿峰，顿时像矮了半截。面对石榴女侠的质问，耿峰心虚地掩饰道：“我和大巴弟弟也是好心，怕他们在山上迷了路，才来帮忙的。”

“听你鬼扯！”石榴一脸的不信。

“不信就算了。”面对她，耿峰不敢恋战，“咱兄弟俩还要练剑，先走一步！”说罢便赶紧扯了巴靖安，脚底抹油，溜之大吉。

“这，究竟是……？”听了这番对答，柳梦璃有些不解。

“别理那两个浑蛋！”石榴女侠道，“他俩除了欺软怕硬，别的什么都不会！”

云天河闻言，挠了挠头道：“他们干吗要干粮？”

“那个啊，”听云天河这么一问，石榴倒是一愣，想了下才道，“当然拿来吃了！其实我们都是来求仙问道的，可惜通不过试炼，又不甘心就此离开，所以在山腰结庐，苦修武功，想要再去闯关。”

也许看着云天河三人神清气爽，气质不凡，石榴女侠便愿意多说两句话：“在这里练武，虽然山上偶尔也会送些东西下来，但这儿毕竟很清苦，那两个没骨气的东西就想了个馊主意，专打劫你们这种刚上山的人。”

“你说的山上，是指那个修仙门派吗？”韩菱纱问道。

石榴点点头：“原来你们不知道呀，据说昆仑山中一共有八个修仙门派，在播仙镇附近的这个最大最强，叫作‘琼华派’，供奉着九天玄女呢——九天玄女你们知道吧？她就是上古千年大战中，神族派来取代神将飞蓬的大神，很厉害呢！如果不是她统领诸神协助，我们这些人都会成为兽族的奴隶。供奉九天玄女的琼华这一派，讲究‘人剑合一’的修行之法；他们收取门徒极为严格，可以说是百里——不，千里挑一！”

“有这么难？”云天河挠了挠头，“那你和我们一起上山吧，人多不怕闯不过去！”

“多谢！”石榴拱手行了一礼，说道，“但是我不能入门并非因为走不过太一仙径，这儿不少人都和我一样……”

“那你能不能告诉我们？”柳梦璃问道。

“对不起……我知道你想问什么，可往后的试炼我连一点点都不能透露，要是让人知道了，我会立刻被送下山去。”石榴女侠无奈地答道。

“抱歉，让你为难了。”柳梦璃行了一礼，表示歉意。

“没关系，但愿你们都能如愿以偿。”说着话，她回身一指前面枫林中红叶掩映的一角木屋，“累了的话，可以在前面枫林中的木屋稍微休息一会儿。”

“谢谢！”柳梦璃答道。

“那我走了。”石榴女侠转身离去。

等她走了，韩菱纱对其他二人说道：“听她这么一说，我更是想快点上山看看！天河——”

“啊？”云天河不明所以。

“青山不改，绿水长流！我们走！嘻嘻……”韩菱纱说罢，转身就朝山上继续走去。

“是……”云天河在她后面点头称是，不过心中却迷惑道：“青山不改，绿水长流，这两句真是这么用的吗？有点不像呢……”一边想着，他一边和柳梦璃二人，跟随前面那少女灵动的身影，渐渐没入满山的红叶中。

这时候，一道明亮的阳光恰好穿破云层，照在他们走入的枫林，便把这本就色彩浓烈的枫叶，照得如同流淌的鲜血一般！

## 第四十一章 寂玄寒雪，义救五毒灵兽

他仰着头，看着飞在半空的小飞猪，却见它也盯着自己，丝毫没有逃走的意思。

离开那些侠客们暂居的枫林木屋，云天河三人继续沿着白灏道向山上行走。不过，稍微走在后面的柳梦璃，回首望望那阳光枫林中明亮的小木屋，却在心中想道："不能拜入琼华修仙又如何？如果他们能永远在这样风景优美的地方，快快乐乐地生活，不比很多人都好？"

当然，这只是自己一个人的想法，若说给那些虔心向道的侠士听，说不定还会嗤之以鼻，暗道她幼稚。

"唉……"不知不觉，少女轻轻地叹了口气，"世间之事，大抵如此吧。你觉得他执着了不该执着的，他却认为你放弃了不该放弃的。果是天道自然，各人有各人的缘法吧。"

心中这般想着，内心中似乎有着隐秘心事的少女，在片刻的软弱后，好像想通了什么，重又变得坚定起来。

离开枫林木屋，之后一路上遇到的，依旧是些小妖小怪。和刚才遇见的俗世侠客不同，云天河三人俱都习有仙术，要解决这些小妖怪，也不费多少功夫。又走了一阵，正在一片秋枫中绕过一道山壁，这三人却忽然觉得如坠三九冰窟之中！

最开始他们还以为是错觉，不过凝神一看，却见自己已经毫无准备地站在一片冰天雪地之中！从白灏道到这里，只不过一座山崖之隔，便已是从金秋走入严冬了。有了先前的经验，云天河的目光往路边的雪地里搜寻，便见到在一片白雪

掩盖中，有一座莹澈水晶制成的路牌，上面用白雪一样的颜料，镶嵌着白茫茫三个大字：“寂玄道”。

不用理解字面的意思，光看着这番冰寒的样子，云天河就觉得冷。寂玄道中，白雪掩盖；路边石壁上，悬着无数的冰凌。也有些常青树木立在两边，但都是雪压枝低。这里没有紫微道的繁花，没有白灏道的红枫，有的只是白茫茫的冰雪。一时间，三人因为攀爬山路有些激荡的心也被周围的寒雪冷气所压，变得瞬间沉静。

“寂玄道……”柳梦璃咀嚼着这个名字，片刻间眼神有些迷茫。不过很快她就重新冷静，轻声提醒其他人道：“云公子，菱纱，这寂玄道乃是冬景，取的是寂寞玄微之意。如果在这里遇到挡路的怪物，不说别的，要提防脚下冰滑。”

“嗯。”柳梦璃的提醒，其他两人十分认同。这个道理看似浅显，现在身处实地，却是非常重要。毕竟是在山路，常有一侧甚至两侧都下临悬崖深壑。如果脚下不稳，到时候哪怕杀死妖魔，不小心脚一滑，落下山照样摔死，却不倒霉?

寂玄道上，雪窝中也有妖怪突然蹦出。有“独眼居士”，听他自称，应该是当年求仙问道的俗世道人。他攀爬太一仙径，好不容易走到这寂玄道，也费尽心力，打倒强力怪兽“仙人骑”——暂时云天河三人也不知“仙人骑”就是前面遇到的白色怪物——结果，获胜后正在手舞足蹈庆祝胜利时，一不小心脚下一滑……等到他脑海中想起“雪天路滑，注意脚下”的宝贵祖训时，人已经在半空中了。而后坠落深谷，道人不仅顿时断气，一只眼球还在坠地时被凌乱的枯枝戳破，可谓惨上加惨。

后来这位算是因交通事故而死亡的道人，和先前遇到的一些怪物一样，也是得了昆仑仙山的灵气，加上一缕怨魂不灭，便修炼成尸妖。这类尸妖的执念很强，还以为自己仍然活着，一举一动依旧保持着前生的模样。于是，这位独眼居士，便在寒风飕飕的冰天雪地中日夜游荡，碰上比自己弱的妖怪，便奋勇冲上前去，将它杀害。正由于他这样的尸妖存在，这寂玄道和先前紫微道、白灏道相比，倒很少看见弱小的妖怪。

只是，独眼居士毕竟已是妖鬼之身，神志难免邪恶错乱。所以，虽然最开始还能分清上山朝拜之人和山野害人的妖怪，但渐渐地，独眼居士便陷入不分青红皂白的胡乱杀戮之中。

这样的疯狂杀戮，在独眼居士难得的偶尔清醒之时，也让这位本来的修道之人十分痛苦。可是已堕妖魔之道，光靠他自己是无法拔擢解脱的。可以说，对他而言，今天碰上云天河这三位强大的对手，是他的幸运。当他的丑恶尸妖之身被一片璀璨的金色电光绞碎时，他陷入黑暗中的灵魂升起最后一个念头：

“恩人……”

再往前走，又碰到一位老妪模样的妖怪：“如意婆婆”。别看她外表一副老态龙钟的样子，但手底下却毫不孱弱。她最拿手的妖术便是“云之幻境”。一旦施展开，这妖术能幻化出无数云遮雾罩的幻境，让人如坠云里雾里，很容易就被她趁机杀害。她的幻术很强大，经验也十分老到，但遇到云天河这几人，倒霉就倒霉在所用的兵器上——这支兵器，还是如意婆婆历尽千难万险，在昆仑山深山坳里的神秘古墓中寻来，乃是一柄上好的碧玉如意。她的名号，就是按照这柄如意取来。

自得了这柄暗蕴灵气的碧玉如意，倒是让她的幻术更上层楼，所以在袭击云天河三人时，纵然以寡敌众，如意婆婆还是信心满满。可是，让她没想到的是，对面那三人中的红衣女孩，一见到她手中之物，便两眼放光！还没等她来得及念咒施展完成云之幻境时，那女娃儿便发了疯一样蹿来——当如意婆婆执拗的怨魂，被一片璀璨的金色电光绞碎时，她陷入黑暗中的灵魂升起最后一个念头：

“强盗！”

还遇到修炼两百年的白狐。浑身雪色皮毛、不带一丝杂色的狐狸，本就是异种，现在栖息于昆仑仙山中，接受了山中灵气的熏陶，更成了异种中的异种。因此，面对云天河三人时，白狐妖胸有成竹，觉得自己的“狐啸”“一醉千年”已臻大成，对付这三个人类不在话下。

谁知道，那三人一见到她，还没等她来得及施展任何法术，便看见其中那个英俊的人类少年，猛然举起把寒光闪闪的长剑，发了疯般冲了过来！一边冲还一边大叫：“雪白狐皮！上好的雪白狐皮！”看着他发红的双眼、疯狂的冲刺，白狐妖心悸了，败退了。她拼了命地往便于掩护毛色的白雪山坡奔逃，当灵秀的狐身陷入一个白雪覆盖的草洞时，她惊恐万分的心中升起一个念头：

“屠夫！”

不管怎么说，道行二百年的白狐妖，比“独眼居士”“如意婆婆”走运多了！她幸运地藏身于白雪掩盖的洞穴中，躲过了那个想添置一条白狐皮袄过冬的少年。惊魂甫定之时，这一番惊险的经历，对白狐妖的人生产生了巨大的影响。

此后她专心修炼，直至千年。

千年修行，千年孤独；夜深人静时，没有人听到她为那次心灵创伤而哭。修成人身后灯火阑珊处，她也偷偷跳舞；那癫狂投入的姿态，虽然灵动优雅，但只不过是排解当年被那个少年追杀的惊恐。可谁晓得，千年白狐排解心理创伤的舞姿，后来被一位寒窗苦读的书生看到，竟让他迷住。他如同被种下了爱的蛊，喝下了爱的毒，一贫如洗时跟白狐女订下了海誓山盟。

可惜，悲剧的是，后来书生金榜题名，因为贪图富贵跟当朝尚书的女儿订了婚；当他洞房花烛之时，失恋的白狐没有恨，没有怒。她只有怨，怨自己八百年过去，始终没有吸取教训；她忘了年轻的人类是如何狂暴残忍，她竟然再次坠入同一个陷阱，遇上一个感情上的“屠夫”。这一次她想不到用什么方法解决自己的心理障碍，便从此衣袂飘飘，遁入所来之处的莽莽昆仑群山中，再也不知所终……

当然，云天河哪知道后来还发生很多事。当时他只是十分懊恼，顿足捶胸：“真倒霉！好不容易看见只白狐狸，想剥了皮做件皮袄过冬，谁知腿慢，竟让它跑掉了。”等回到寂玄道上，他跟二女忧伤地说道：“看来我始终成不了一名优秀的猎人，只好去修仙了。”

不过，云天河低沉的情绪并没有持续多久。沿着寂玄道往前走了没多久，他便看见路边两只妖怪对峙。

“哟嗬！运气不错啊。”云天河十分兴奋，“只说打妖怪，还没看见妖怪对打的！”他忙跑过去，专心围观起来。

云天河看得分明，这对峙的两只妖怪，一只是老熟人，正是先前在紫微道剿灭过的冰蛤蟾王；另一只在它对面，背生翅膀，飞在空中。冰蛤蟾王没什么好说，先前就干掉一只，变成烤蛙，不过这飞在半空的怪物，对云天河来说却是第一次见着。

原来，就在冰蛤蟾王的对面半空，正有一只圆乎乎的小东西悬浮飞在半空。它身子呈一种罕见的浅蓝色，形状像只小猪，但身后有三对翠绿色翅膀在不停地扑扇，维持半空中的悬停。小怪物的眼睛呈一种澄澈的紫色，双手双脚俱全，只是都很纤细。非常奇怪的是，这小怪物飞在半空时，手里还抱着一颗圆溜溜的东西，颜色嫩黄，像水果，像珠子。

等看清这会飞的小怪物，云天河一愣，顿时叫道：“住手！”

听到他这声大叫，那冰蛤蟾王也一愣，扭头看向这边：“……？！”

“这猎物是我的！”云天河一指那飞在空中的小怪物，现学现卖地叫道，“此山是我开，此树是我栽！要……嗯？”云天河一呆，但也没什么不好意思，理直气壮道，“后面忘了怎说了！反正这只看上去嫩嫩的会飞小猪我要了！

“咕呱？！”那冰蛤蟾王看着少年的姿势语气，弄清了他的意图，顿时不满地聒噪起来。

见它还不服气，云天河一挥剑，好心劝道：“想打架？行啊。不过有件事要告诉你，先前在紫微道上，我们碰上你一个兄弟挡路，还想杀死我们。结果怎么样？它被我们的仙术烧焦，变成烤蛙啦！”

“呱呱！”冰蛤蟾王叫唤两声，忽然飞快地跳走了。

“原来你听得懂人话。”云天河看着蟾王逃去的方向，若有所思。

赶跑冰蛤蟾王，他看向那只会飞的“小飞猪”，一脸的凝重：“嗯……看样子它皮也很薄，应该不用剥皮，直接烤了算了……不过，很奇怪，这只猪不逃走？跟其他的不太一样……”

他仰着头，看着飞在半空的小飞猪，却见它也盯着自己，丝毫没有逃走的意思。这一下，云天河心中就奇怪了：“咦？怎么给我一种感觉，它长得很有勇气的样子……哎呀，难得见到这么勇敢的猪，居然不怕我，了不起！”

这般想着，他便冲着那小飞猪叫道：“喂，算啦，今天就先放过你吧，以后再来找你。哈哈，记得多吃点，把自己养肥一点儿，嘿嘿！再见了，勇气猪！”

说着话，他便拔腿往回走。可是，很奇怪，当他往前走时，却感觉到后面空中一阵风声。他一回头，却见那小飞猪竟一直跟在他后面。

“你干吗一直跟着我？”他瞪着眼睛问道。

“咕，咕咕咕！”那小飞猪叽里咕噜地说了一大串。

“说什么？不懂……”云天河完全听不懂。他猜测道，“难道你觉得自己够肥了？不会吧？好歹吃到身体比头大吧？”

说罢，他又回头往前走了几步，却发现那小飞猪还是跟在他后面。

“啥意思？你要跟着我？”云天河问道。那小飞猪闻言，竟是点了点头。

“哈哈，没想到，我不会说猪语，你却听得懂人话。你要跟着我，是真的吗？这可是你自己送上门来的！”这时候，那小飞猪又在空中努力点了点头。

“哈哈，太好了！”云天河见状大喜过望！他心中想道：“真好哇，这样下次烤肉的时候，就可以……嘿嘿，哈哈、哈哈哈……”

心中计议已定，他便冲小飞猪叫道：“走吧，勇气！”

“咕咕！”那小飞猪在空中点了点头，继续跟在他后面往前飞。

“哈哈，太好了！”

单纯的少年，在返回二女身边的一路上，不时地回头看那只小飞猪。看着圆嘟嘟的会飞小猪，他心里跟乐开了花儿似的：

“真棒啊！第一次有食物跟着我跑，不是我追着食物跑，实在太高兴啦！”

# 第四十二章 千山万水，路阻琼华之门

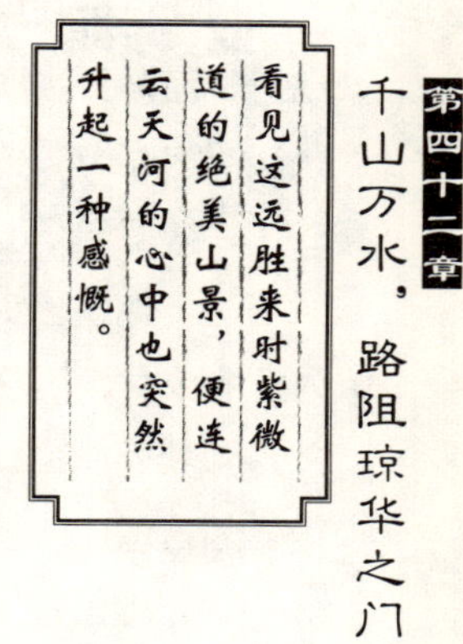


等云天河带着这只奇怪的会飞小妖怪走回二女身边，便引起了她们一致的惊呼。韩菱纱指着他身后，先叫起来：“天河你、你身后那是什么？”

少女惊异的表情并没有引起云天河的注意。他神色如常地回答道：“那是一只会飞的猪，叫作‘勇气’。”

“你有点常识好不好？”韩菱纱不能认同，“猪长这副模样吗？而且猪怎么可能会飞？！”

“不是猪？”云天河挠了挠头道，“我看它跟山猪哦咿、哦咿差不多的声音啊！”

“肯定不是猪！”韩菱纱下了结论。不过她很快就被小怪物玲珑可爱的外表给吸引，女孩子的天性瞬间激发：“它真的好可爱哦！嘻，能让我摸摸看吗？”说着话她已经跑上去，伸手就要摸那个小东西。可是，面对眉开眼笑的少女，那小怪物却一个劲儿地往后退，显然十分畏惧。

“哟……它还不愿意呢。”韩菱纱有些郁闷。这时柳梦璃也走过来，问云天河道：“云公子，你是不是从怪物手里救下了它？”

“是可以这么说啦，应该是抢下它，哈哈！”云天河有点得意地答道。

“这便是了。”柳梦璃看着叽叽咕咕的小怪物，说道，“它说你救过它一命，它很感激呢。”

“咦？”韩菱纱闻言惊奇，“梦璃你……你能听懂这小东西说的话？！”

“嗯……我自幼就能辨识一些常人听不见的声音、听不懂的话，小时候还不觉得，渐渐长大了，才明白我和别人不太一样……”说此话时，少女的脸上忽有些淡淡的哀伤。

“好梦璃，这有什么的，天赋异禀是好事啊。”韩菱纱见状，连忙安慰。“嘻嘻，你快告诉我，这只小东西还唧唧啾啾地说了什么，我好想知道！”善解人意的少女，用这样的方式转移伙伴的注意力。

柳梦璃闻言，侧耳听了听正在嘀嘀咕咕的小东西：“它说……它是一只五毒兽，因为想让自己变得强一点，才来太一仙径修炼的。”

“无毒兽？”云天河心道，“怎么会有这种东西？可是看起来确实没有毒，应该很好吃吧……”

“五毒兽？”韩菱纱却是惊喜万分，“原来这就是五毒兽呀！我以前听族里的人说过，那是一种很了不得的仙兽呢，它们孕育的五毒珠能解世间百毒。真没想到就是这样小小一只！”

云天河心中继续想道：“无毒兽能生出无毒猪？越听越不懂……”心里想着，他便脱口问道：“那它到底是不是猪呀？我都搞糊涂了。它干吗要跟着我？”

柳梦璃道：“它说，它在太一仙径里惹到打不过的怪物，幸好被你救了，它想——”

“想什么？”云天河问。

“它想认你做老大。”柳梦璃道。

“真是太可爱了，它还懂得知恩图报呢！”韩菱纱对五毒兽的好感度急剧上升。

“老大？”云天河却还有些没反应过来，“就是像柳波波那样吗？可是……我不想当什么老大啊，”少年有些郁闷，“我还以为它是会飞的猪，想把它烤来吃，不过那个什么仙兽，也一样可以烤吧？”

“有没搞错啊！”韩菱纱闻言，顿时怒道，“你这野人，它这么可爱，你居然想吃它！哎呀？”正声讨时，韩菱纱却见刚才一直悬飞在少年身后的小五毒兽忽然一振翅膀，掉转方向，往远处深山雪谷飞去！

“讨厌！都是你，把它吓跑了，我还没有好好瞧上一眼呢！”韩菱纱这下可真恼了。

“不会吧？刚才你都一直盯着它看……”云天河好心地纠正。

“我！”韩菱纱一时语塞，不过很快跺一跺脚道，“不和你说了，免得被气死！”

云天河仍是不解：“飞走就飞走，有什么好气的……”

“云公子，”这时柳梦璃道，“菱纱大概是想跟那只五毒兽多玩一会儿吧，我也觉得它很可爱呢。”

“那好办！”云天河拍着胸脯道，“下回我再来这里把它捉回来不就行了？”

“不用了。”柳梦璃摆了摆手，“它也不一定会再来这太一仙径了吧。而且让它在漫漫山野中自由自在地飞，不是更好吗？”

“好……我听你的。”云天河道。

“嗯，还有一件事希望云公子能答应我……”柳梦璃眼神中流露出殷切的光芒。

“啊？什么事？”云天河问道。

“可不可以……那只仙兽……”柳梦璃欲言又止。

见她这副欲言又止的样子，云天河想了想，顿时明白了她的意思。“好！我知道了，”他朗声说道，“梦璃，你心肠好。我不会再想烤了它填肚子，以后这种什么兽呀猪呀，我都不烤就是了。”

“云公子，谢谢你！”一向文静的少女，忽然变得前所未有的开心，“谢谢云公子，你能明白……我真的很高兴。”

“话是这么说没错，”看着喜笑颜开的少女，云天河心想道，“但说完后，怎么感觉……好后悔！”

经过这件小插曲，三人便继续往上攀爬。此后倒没什么棘手的妖怪挡路，不多时，正当二女埋头赶路时，却听少年突然叫道：

“你们看！那里是不是……琼华？”

韩菱纱和柳梦璃闻言，抬头一望，却见云天河手指之处，在那雪峰之顶，云空之上，忽然露出隐隐的翠碧。

几抹淡云，静静地浮动在那抹翠绿一旁，仿佛女子发髻上的碧玉簪头，正嵌着一缕轻纱。相比这一路的白雪皑皑，那山巅高处忽然露出的一抹翠色，显然彰显了某种不平凡。而仔细看，在那白云边上、翠碧丛中，还似有一座黄色的牌楼巍然矗立。也难怪，看见有这牌楼，云天河立即不把那儿当作寻常山林，而是脱口叫道：

“琼华！”

“应该是了！”韩菱纱兴奋叫着，刚才还有些喊累，这时却一马当先，沿着那白雪覆盖的小道往山峦高处冲去。

“小心！”柳梦璃提醒着，也提着裙裾从后面赶了上去。一时间，反倒是刚才走在前面开路的少年，落在了二女的后边。

再往上走，他们才知道，刚才只看到大片的雪白和少量的绿色，完全因为角度和高度的问题。当他们又往上走了一程，转过几处山崖石壁，便看到白雪皑皑的寂玄道很快终结。在他们面前，忽然是碧云天，是芳草地，是玲珑石，是婉转洞，是卓立峰，是白绡瀑，是山林新绿濛烟沐雨，是百花鲜丽光彩射目！

看见这远胜来时紫微道的绝美山景，便连云天河的心中也突然升起一种感慨：

这一切，真美；这山景，真的如画儿一般呀！

等踏足芳草地，走近先前远远看见的山门。来到琼华派山门前，三人只见画檐飞角、琼楼玉宇，淡黄的玉石材质上，雕刻着三清、四相、五灵等等道家的纹样，模样十分精美古朴。配合着周边仙境一般的山景，果然一派仙家气象。在这巍峨的山门后，他们远远可见后面无数的雄峻山峦出没于缥缈的云烟之间，其间露出无数古色古香的殿阁或是石桥，在白云山岚中若隐若现。

“真不愧是仙山，连大门也特别气派！”韩菱纱仰望着高大的山门，无限地感慨。

“是啊。”云天河也一同仰望着山门，说道，“你们看，那正中深色石牌上，还刻着一幅竖着的画儿呢。”

“画儿？”韩菱纱闻言，顺着少年的目光望去，却见他所望之处，乃是山门顶上正中那块褐色玉石的匾额。一看到那匾额，少女哑然失笑：“小野人，那里哪是画？分明刻的是五个古篆大字，写的是昆仑、仑……”念到一半，她忽然语塞，回头问那个少女道：“梦璃，你来看看，下面那三个跟蚯蚓扭似的字儿是什么？”

“噗——是琼、华、派。”柳梦璃抿嘴笑答道。

“对对，我猜就是，只是一时没敢读出来。”说罢，韩菱纱转脸又看向云天河，却见他依旧呆看着山门，那仰着脖子的情状，像极了一只呆头鹅。

“哎，可怜的野人啊，”韩菱纱心中叹道，“没见过这样的气派景象，看傻了都。”

“喂！”观察了片刻，韩菱纱见他还是一动不动，便忍不住拿手在他脸前摇了摇，叫道，“别呆看啦，再看也长不出花儿来。走！我们快进去看看里面啥样！”

“好！我们进去！”云天河回过神来，攥紧拳头，抬腿就要往前面山门里走。

“请留步！”正在这时，却有一人高声喝阻，“非本门弟子不得入内！”

“咦？这儿怎么还有个人？不对，还是两个。你们是谁？从哪儿冒出来的？”云天河一脸奇怪地看着眼前突然出现的两个年轻道士。

“咳咳，贫道明光，一直在这里。”年长一些的守门道士明光，这时心里这个郁闷啊！他心说：“我和师弟明尘一直都在门柱旁守着呢，你们却视而不见！”

心里郁闷，明光口中却彬彬有礼道：“我与师弟明尘，乃是昆仑琼华派中明字辈弟子，这几日是我俩在此当值守门。你等面生，非本派中人，觐见过山门，这就请回吧。”说着话，他手一摊，做了个请回的手势。

“什么？”云天河一下子就呆了，“我们几个费了这好大的力，连妖怪都砍了无数，这就让我们回啊！我们连门都还没进呢！”

顿时，他便怒气冲冲，上前一步，瞪着这俩道士！

## 第四十三章 仙境长春，高人寂寞如雪

那凤瑶掌门素手举在胸前，转眼便有一点星辉光芒自指尖生发。

见少年发怒，柳梦璃连忙上前行礼，温言说道："两位师兄，我们是来拜师的，能不能劳驾通禀一声？"

"掌门有令，近日派中诸事甚多，无暇他顾。各位请回吧！"明光十分坚持。

这一下，韩菱纱也急了："哎？不会吧？我们好辛苦才爬上来的。"

"掌门有令，我们也没办法。"旁边那明尘开口说道，"若不愿下山，几位也可先在太一仙径的白灏道盘桓数日，那里风景不错——"

"数日到底是几日啊？"韩菱纱问道。

"这……"本就是托辞，被少女这么一问，明尘也犯了难，只好老实说道，"姑娘，我们也是奉命行事，请姑娘莫要为难。"

"师弟，不必跟他们多说！"明光手一摆，板着脸说道。

"是。"明尘躬身答应，然后这二人便走回门柱旁，按剑戒备，不再理云天河他们。

见得如此，云天河三人只得退到稍远的地方，商议对策。只见韩菱纱跺了跺脚，懊恼说道："这也太倒霉了吧？那两个门神遮遮掩掩，又不讲清楚，满口推托的话。"

柳梦璃摇了摇头："我看他们神情肃穆，举止也很戒备，或许门派里真的有什么事。"

“现在怎么办？”云天河使劲摇晃脑袋，一副抓狂的样子，“不会要下山吧？”

“来都来了，我可不甘心！”韩菱纱说着，朝山门里面远远张望。看了一阵，她眼珠一转，对二人笑道：“嘻！不如我们先偷溜进去瞧瞧。”

“这……”柳梦璃一时沉吟。

恰在这时，有一位琼华派的中年道人从门内走出，径直向他们走来。韩菱纱见状大惊：“啊！我、我说要溜进去，只是说说而已，还什么都没做呢！”

那道人走近，听到她只言片语，脸上不由得有些疑色。韩菱纱察言观色，忙说道：“咳，我的意思是，这位道长有何指教？”

“贫道虚邑，”虚邑道人双手合十一礼，“掌门要召见你们！”

“咦咦咦？！”韩菱纱一时没反应过来。

“掌门？谁啊？”云天河茫然道。

“笨，就是一派之主，门派里所有人都要听他的！”韩菱纱这时也反应过来。

“哦，那他一定又厉害又威风。”云天河抱起双臂说道。

听到云天河这两句，虚邑不由得多看他两眼，然后说道：“三位等一下，在掌门面前，不可乱说乱动；无论你们是不是本门弟子，规矩法度总要守的。尤其这位少侠，”虚邑看向云天河，“似乎阅历甚浅，请注意自己的行止庄重。切记！”

“呃……”云天河有些郁闷。

“嘻嘻，被嫌弃了吧！”韩菱纱抓住机会幸灾乐祸。

“请问，掌门为什么要见我们呢？”柳梦璃忽然发问。

虚邑摇了摇头：“掌门行事，自有缘由，我也不知。你们只管跟我来！”说罢，他便转身往山门中走去。

“去就去，名门正派不会把我们怎样的，还能见到掌门，怎么想也不吃亏！”韩菱纱说着话，便和其他两人一起跟在虚邑的后面，迈步走进了昆仑琼华的山门。

只有走进琼华派的道场，三人才真正明白什么是修仙名门。

在仙境般的云山环绕下，这里遍地琪花瑶草、绿茵芳坪。很多琼华派的建筑，并非全部建在坚实地上；琼华派的建筑场地，是一片片巨大的石盘，造型各异，也不知用什么驱动，还是仙山天然如此，俱都飞在半空中。那些芳草碧茵、清湖碧池、亭台轩榭，全都建在这些巨大的悬空石盘上。

琼华石盘高低错落，层次分明；各部之间，有石桥如虹，横空连接。可想而知，琼华所处高山之巅，本就云烟缥缈；现在这些壮丽楼阁在云中飘浮，走在其中，以前仰望在天的白云，此刻就在身周浮动，触手可及，哪怕再是凡夫俗子，到了此地，也觉得心神灵澈高洁，不仙而仙了。

不仅如此。按理说离琼华派最近的太一仙径寂玄道，一派冰天雪地，而从山下仰望昆仑高山，也见到绝顶之巅全都是皑皑白雪。这也符合常识，不用说僻处西北寒苦之地，就算是气候温润的南国，真有山峦高到昆仑山这个程度，也一定是山顶常年积雪。毕竟越往高处，越寒冷，这是常理。可是，地处昆仑山巅位置的琼华派道场，却颠覆了这一常识。这里丝毫无周围环抱群山的皑皑白雪，而是到处百花齐放、绿草如茵、清池荡漾、杨柳依依。“四时不谢之花，八节长春之草”，这句话放在这里再合适不过了。

不仅花草葳蕤，这里还有前所未见的仙禽、仙兽，还有仙虫。有雪白的麋鹿在芳草林中从容漫步，有金色的蝴蝶在鲜花丛中翩翩飞舞，有丹顶的白鹤在流云雾中优雅翱翔，还有七彩的鸾鸟，舒展着跟传说中凤凰一样的神异风姿，在琼华派的天空上翩跹往来。

最特别的是，在这仙山福地，仿佛地心的引力也大为减弱。云天河三人跟在虚邑后面行走时，只觉得足下每点一次地，便飘然而起，轻飘飘朝前迈进，转眼便是一大段距离。跟在虚邑后面，半飞半走地前行时，云天河三人还能时不时看见路边的玉石广场或是芳草绿地上，有三三两两的羽士道人，在修炼剑术；衬托着仙气盎然的环境，那姿态显得极为优美雅致。时不时地，还能看到远处的琼楼玉宇之中，不时有灿烂的剑光冲天而起，如流星般划过长空，转眼消失在天际。不用说，这定是琼华中人御剑飞行，不知去天下何处斩妖除魔或是寻道访友了。

可以说，琼华派缥缈的环境、雄丽的楼台、仙幻的兽禽、灵异的人物，甚至奇妙的走路特性，都已经让云天河三人足够震撼。那领路的虚邑，不需要任何言语上的讲解，就足以让三人肃然起敬，满怀敬畏。在这样的情境里，平素活泼的韩菱纱，也始终容颜肃穆，不发一言。

一路无话。当踏上一条两边夹水、笔直漫长的玉石道路，一路行走，便看到道路的终点，乃是一座巍峨壮丽的高大宫殿。因为建在一座石丘之上，这宫殿显得高高在上；它的两侧各是一处晶澄无比的湖泊，正门台阶的两侧，则各有一尊玉石雕成的女神雕像，几乎跟正门顶上的匾额平齐。

"这里便是'琼华宫'。"虚邑将三人带到琼华宫门口，介绍一声，便踏上高高的台阶，转眼来到大殿正门前。

这时琼华宫的殿门大开，云天河他们站在门边，便能看见空旷的大殿之中，只站着一位体态修长的道人，正背对着门口。只见旁边虚邑道人对殿中之人躬身行礼："掌门，弟子已将他们带来了。"

"虚邑，你且退下。"那掌门头也不回地说道。

"是！"虚邑又躬身一礼，便转身离开。

"这声音……"韩菱纱看着大殿那掌门模糊的身影，心中有些惊讶，"掌门是……女的？！奇怪……创下莫大声名的琼华派，怎么掌门是个女的？"

韩菱纱这般想，倒不是对女子有什么歧视；她自己本身就是女子。但在时下，确实重男轻女，小门小户还罢了，真正重大的帮派教门中，执掌大权的都不是女子。有这样的缘由在，韩菱纱在掌门说话时，听出是一个威严但好听的女子声音，就比较惊讶。

不过她转念又一想，便对殿中的女掌门充满了敬意："以女子之身，能执掌这个人才济济的修仙大派，那她一定天赋过人、惊才绝艳吧。"

她心中猜测之时，便和云天河、柳梦璃一起走到了大殿中，在离琼华掌门不远的地方站定。

听得他们的脚步声走到近前，那掌门才转过身来，打量云天河几人。这时云天河等人借着殿中青色夜明珠发出的光辉，也看清了这位琼华的女掌门。出乎云天河的意料，本来他想象着修仙的琼华派"老大"，应该是一个道骨仙风的老头儿，样子应该和庙里的太上老君像差不多。谁知道，这时候一看，却见是一个素衣如雪的女子。

琼华派的掌门，容颜并不算很美，但依然能称得上秀丽。她的身形苗条颀长，头上秀髻高耸，堆若轻云；两道蛾眉弯如新月，与寒潭秋水般的双眸相配，散发出一种清寒威严的气息。云天河看着她，撇去外貌上的初印象，只觉得这模样儿不错的女掌门，却是脸色深沉，目光幽邃，一股威严神圣的气息由内而外生发，弥漫在窈窕的身躯周围。

云天河打量掌门之时，掌门也在看他。凝望片刻，她朱唇轻启，与清冷威严的姿容相反，她的语气中还似乎带有些迟疑："你……叫什么名字？"

"啊？问我？"云天河没想到掌门一开口就是跟他说话，有些紧张，"我、我叫云天河。”

“哦。”掌门脸上神色不动，沉吟一时，忽然开口道，“你爹是云天青？”

“是啊，你、掌门也认识我爹？”云天河大为惊讶。

“是。”掌门说道，“今日我在敬天之屋，以天珠占卜，得知会有故人之子前来，想必卦象中说的就是你了。”

“我爹……他以前真的在这儿待过？”云天河还是不敢相信。

“不错，你爹确实曾入琼华派，只可惜他修行半途而废，后来就自行下山去了。”她看着少年，冷然的脸色中稍微露出一丝笑容，“如今他可是心有遗憾，才嘱咐你上山拜师？”

云天河摇了摇头，答道：“是我自己想来。爹很早就死了，也没交代什么。”

掌门闻言，微微吃惊。“他……竟已过世了？怎会如此……”自言自语两句，掌门忽然陷入沉默。

“……掌门？”等了片刻，云天河叫道。

听他相唤，掌门回过神来，摇了摇头：“也罢，也罢，死生由命。”她看着少年：“我道号‘夙瑶’，近日本门将有大事，我原不想节外生枝，但念及故人情义，且让你们几个试上一试。若能通过考验，我便破例一回，让你们入门又有何妨？”

云天河闻言，挠了挠头问道：“要是没通过呢？”

“那便是几位仙缘浅薄，不适修行，也只能请你们下山去了。”

“哦……”云天河心想：“原来就算掌门认识我爹，也没什么优待啊。”他心中嘀咕之时，韩菱纱却也在心中懊恼：“唉，这夙瑶掌门竟然只理会天河，当我和梦璃不存在一样……”

正腹诽时，却听夙瑶说道：“你们若准备好了，便上前来。”

云天河闻言，与韩菱纱和柳梦璃对视一眼，便心领神会，行了个礼道：“掌门，我们准备好了。”

“好。”夙瑶道，“我且将你们送往一处境地，名为‘须臾幻境’。如何去而复返，须得自行体悟。”

“呵呵，没事。”云天河豁达地说道，“只要不被送下山，去哪儿都行。”

见他这副满不在乎的洒脱样子，夙瑶不知想起什么，竟一时有些走神。片刻后，她才说道：“若是在其中困得久了，我自会将你们召回，但入门之事也不必再提了。”

“意思就是……”云天河迟疑道，“不凭自己的本事跑回来，就不算数？”

“对。”夙瑶点了点头。

“哈！”云天河击掌笑道，“掌门你放心，不管跑路还是爬山，我都可以的！”

“但愿如此。”夙瑶道。

“这傻瓜……”韩菱纱在一旁看着，有些担心，“要是再继续耍白痴，我们可能会被直接赶出去……”正想着，却见那夙瑶掌门素手举在胸前，转眼便有一点星辉光芒自指尖生发，“凝神！”夙瑶喝道。

等见云天河三人全都凝神注目，夙瑶便叱得一声：“玄女有命，普告万灵，自在往来，腾身紫微！疾——”

随着夙瑶的咒语，她指尖那点星芒越来越亮；与此同时，云天河三人脚下也射出无数光华，与夙瑶指尖星光相连接，转眼交织成一片灿白无比的光芒。在这星辉白光中，云天河三人只觉瞬间失神，在眼前一片空白之中，只觉得身体好像变成了一根羽毛，轻飘飘地飞入漫天的白光中。

等白辉消失，脚踏实地，回过神来，云天河三人便发现自己已经到了一处奇异的所在！

## 第四十四章 须臾幻境，酒泛沧浪剑赋

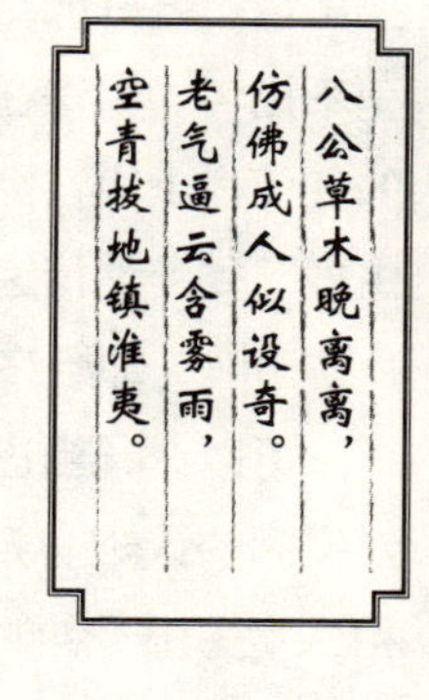


待夙瑶作法，云天河三人便进入了须臾幻境。到了这里，他们才发现，眼前所见都是在人间前所未见的景象。这像是一处昏暗的空间，总体呈暗蓝的色调，好似黄昏之后深蓝天幕下的苍茫夜色。这处空间看起来封闭，但又极为广阔，广阔得让他们上看不见顶，下看不到底。

云天河几人环顾四周，首先看到自己的立脚之处，是一处飘浮在空中的巨大方形地块。这地块上也不知敷设了什么材质，看上去很像是铺满了碧蓝翠玉，人走在上面，就好像在万顷碧海上凌波微步一样。这片地块上，还疏疏朗朗放置着一些青铜大鼎和石头祭坛，形制都非常古朴。看着它们，云天河几人只觉得有一股古老而原始的气息扑面而来。

而像他们脚下这样的巨型方地，在这片广阔空间中还有许多。它们或在上方悬浮，或在下方沉坠，之间高低错落，都有巨大的青铜锁链相连。当然，和这片空间的广阔尺度类似，这些青铜锁链极为阔大；对云天河这几个人来说，青铜锁链上完全就是平坦宽广的大路了。

这样奇异的空间里，还有着微弱的光芒，颜色跟火把或是烛光相似，虽然并不明亮，却照亮了远近的景物；并不均匀的光色涂抹，明暗斑驳，让这片空间平添了几分光怪陆离的格调。出于初到陌生之地的本能，云天河他们也想找出那些光辉来自何处，谁知道任凭他们远近眺望，却始终找不出这光源来自哪里。

不仅是光线。在这片虚空之中，还时不时传来一阵阵低沉的声响。侧耳细听那声色，就好像有什么猛兽潜藏在远方低低地吼啸，又有点像淮南王陵某些角落里不知名的鬼怪在凄楚号叫——又或者，这声音根本不同于云天河几人以前听到的任何世上声音。它们在无尽的虚空中产生、回荡、消散，在向进入这片领域的生灵，委婉地传递着某种令人不安的信息。同样，无论云天河三人怎么侧耳聆听那些声响，却始终无法定位它们的来源。

可以说，当进入到这片空间里，无论所见所闻，都让云天河三人颠覆了以往对空间的认知。无论是广阔的尺度，还是缥缈的光色、诡谲的音响，都让云天河和二女生出一种渺小的感觉。这种感觉，他们先前在昆仑群山中也有过，但完全不如现在显著。

“这是哪里？”云天河打量着这方天地，茫然无措道，“掌门不是说要带我们去一个地方？须臾幻境？”

“嘻，不懂了吧！”韩菱纱笑嘻嘻道，“还跑路爬山的，掌门可不是要带你去踏青，她使的是仙、法！”

“嗯。”柳梦璃点了点头，“这法术十分厉害，须臾之间便将几人送来此地，绝非易事，但是掌门施展起来却不费吹灰之力。”

听她这么说，韩菱纱好似想起什么，忙道：“好梦璃，你不是也会幻术？能带我们出去吗？那样我们就很快通过考验了！”

韩菱纱殷殷期盼之时，那柳梦璃却摇了摇头：“此地亦幻亦真，虚实难辨，凭我的法力还不能破解。”

“哇！这么厉害？”韩菱纱不惊反喜，“琼华派果然不简单！最想不到的，掌门居然是个女的，还是个大美人，看起来又那么威严，害我刚才好紧张。”正感叹间，旁边那个正在东张西望的少年却忽然手一指，说道：“那边有人，我们赶快问问他怎么走出去好了！”

韩菱纱和柳梦璃随云天河指点的方向看去，正见到那边一只巨大青铜方鼎的旁边，有个白胡子老人坐在一个巨大的葫芦上，靠在青铜鼎身上。当他们看时，那白胡子老人似乎是在睡觉，还时不时发出挺明显的鼾声。

看见有人，韩菱纱点了点头道：“也好，一时半会儿想不到其他办法了。”

“好！”云天河应答一声，又是他一马当先，朝那方鼎旁的白胡子老人走去。

走到近前，云天河一看这白胡子老头，心里便乐了：“哈，还是你长得跟太上老君似的，我在太平村中人家门上见过。依我看，这个琼华派的掌门不应该那位阿姨当，应该你来做才是。”

心中正胡思乱想，旁边那文静有礼的女孩儿，便轻轻上前，对这位正在打盹儿的老人家施了一礼，轻轻说道：“老人家，打扰一下可以吗？”

“……嗯？”仙风道骨的白胡子老人应了一声，又继续打鼾。

“老人家？”这时韩菱纱也喊了一声。

“……嗯……好酒……”老人继续说着梦话。

见得如此，韩菱纱只得大叫一声：“老人家！”

“啊？！”半梦半醒的老人猛然一惊，“哎呀，我梦里的酒！没了，全没了！”他一脸沉痛，看见是云天河几人打扰了他，便撅着白胡子怒道：“你们、你们没见老夫正在打盹儿吗？！吵醒了老夫，梦里的好酒都喝不上了！”

“实在对不住！”柳梦璃赶忙行了一礼，柔声说道，“我们不是有意要打扰您睡觉，只是想问问从这儿怎么出去。”

“嗯？”老人清醒了一些，看着眼前三人，“原来是从琼华派来的小娃儿。”

“正是。”韩菱纱诚恳地问道，“老人家您认识琼华派的人吗？能不能告诉我们出去的路啊？”

“唉……”老人并没回答少女的问题，而是一脸悲痛，痛心疾首地说道，“刚才梦里美酒喝得好好的，刚被你们这一闹，肚子里的酒虫全醒了，咕咕直叫！”

“老人家，”云天河慷慨地说道，“你肚子饿的话，我们带了干粮！”

“干粮管什么用？”老人眼睛一瞪，“老夫乃是酒仙翁，自然要喝酒！”

“老人家！”韩菱纱急忙劝他，“喝酒伤身，而且会喝醉呢。”

“哈哈哈！”酒仙翁仰面大笑，“莫说醉，醉了海阔天空！喝酒好，喝酒好啊！”

见酒仙翁如此，云天河想起小时候的一些事情，便在心中默默想道：“爹也是这么爱喝酒吗……”

“说起来，你们几个娃儿，”只见酒仙翁一脸不高兴地说道，“刚才把别人好梦惊醒，害老夫没能喝到梦中的美酒，居然还想要老夫帮忙，想得美哦。嗯……”他似乎想起什么，眯起眼睛，陶醉地念叨：“刚刚梦到蜜酒，好久没梦到了，真是好喝啊，嗯……嗯……”酒仙翁一边说，一边咂嘴，就差口水没流出来。

他在那边口馋，云天河在这边却是一惊：“蜜酒？我爹也很爱喝的！”

“是吗？！”酒仙翁显然也有些吃惊。他重新仔细打量打量少年，在某一瞬间，看似老朽的浊眼中，却蓦然闪过一道精光。不过他很快又恢复成一副慵懒的模样，只是语气却有了改变。只听他对着少年说道：“我看你这傻小子的眼睛，就知道你说的是实话，不是顺竿爬来哄老翁开心，呵呵呵！你我有缘，你我有缘啊。”

见酒仙翁不像先前那么生气，口气有些松动，韩菱纱便心中一喜，忙道：“老人家，我们也不知道您正梦见喝美酒啊，所谓不知者不罪，您就大人有大量，别计较了。”

“女娃儿说得轻松！”没想到酒仙翁竟是脸一板，“老夫才没那么好打发，除非……”

“除非什么？！”韩菱纱急问。

“哈，你们害老夫没喝到酒，自然要给老夫找酒来，这样吧，这附近有许多散落的酒坛，装满好酒；只要你们去帮我找来九十九坛美酒，把我葫芦旁边这个酒缶装满，老夫能喝得过瘾，就少不了要帮帮你们。”

韩菱纱一听，一探头，便看见酒仙翁所坐的巨大葫芦那一侧，地上果然有一只形状方正的青铜酒缶。其实韩菱纱最怕的，倒不是酒仙翁不肯帮忙，而是他任何条件都不提。现在见他提出条件，韩菱纱喜上眉梢，忙跟酒仙翁谢道：“嘻，太好了，谢谢仙翁指点！”

不过这时候，云天河却在一旁愣愣问道：“酒仙翁，你这么想喝酒，为什么自己不去找呢？是不是——”

“哎呀，少呆了！”韩菱纱连忙打断道，“天河，这就是仙翁给我们的考验哪！”

“哈哈，无妨。”酒仙翁摆了摆手，旷达地笑道，“就当老夫年纪大了，只好麻烦年轻人跑跑腿。”

“可你一次喝那么多酒，头不会晕？”云天河还是有些疑惑，“我上回只喝了一点，就撑不住了……”

“哈，你这娃儿有意思，求人办事还问东问西的。”酒仙翁眯着眼睛看着少年，“这倒让我想起很久以前，也有个年轻人，哄得老夫很开心呢！仔细看，你和那人长得真有几分像。”

“喂，天河，他说的是不是你爹啊？”韩菱纱提醒道。

“真的吗？爹也来过这里？”云天河很是惊奇。

不过这时酒仙翁却不肯再多说了。“好了，闲话少说，去吧！动作不够快，老夫可要生气的！”他吹胡子瞪眼，一边说，一边张口一吐，顿时吐出一团桃红色的火焰，掉落地上，飘摆摇动，燃烧不绝。

酒仙翁指着火苗，郑重说道：“你们也别给我找上一年两年，我等得了，我肚里的酒虫也等不了。这是老夫腹内吐出的酒焰，乃是常年饮酒后结成的精华，所以也称酒精之焰。半个时辰后，它就要熄灭。你们速去速回，如果不能在酒精之焰熄灭前寻来九十九坛酒，那你们就别想出去，永留此地陪本仙喝酒吧。”

“放心吧，老人家，”云天河拍着胸脯，信心十足道，“肯定一会儿就给你寻来，保证不耽误你喝酒。”

“少年人，别这么大意。”酒仙翁看着少年，“老夫要提醒你，不是所有酒坛都装着美酒。这里酒灵之气十足，年深日久，不少酒坛酒器已经成了精；有几个狂妄的还自称‘千杯不醉’‘万盅不倒’——我呸！在我酒仙翁面前还敢吹这名号……总之你们小心了。”

“谢谢老人家！”刚已经走出两步的少年，闻言回身拱手感谢，却发现刚才出言提醒的老头儿，现已是闭目养神，不发一言。

# 第四十五章 何以解忧，快乐逍遥唯酒

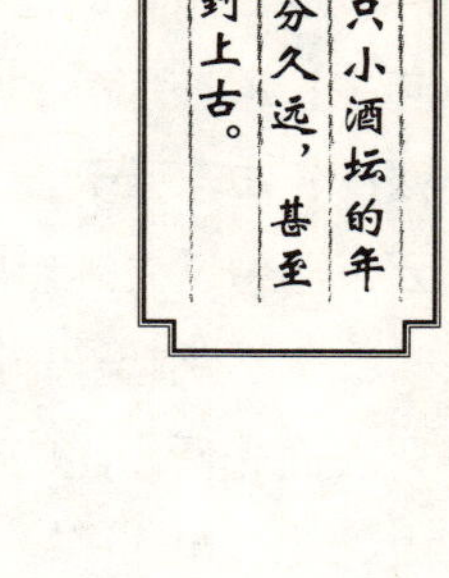


离开酒仙翁所在的青铜大鼎，云天河三人便踏上那些宽阔的青铜锁链之路，开始寻找酒仙翁所说的九十九只小酒坛。

在青铜锁链上行走，四外皆空，其实颇为可怕。不过他们这三人倒毫不畏惧。

云天河打小就在山间追来跑去，常常在一些高崖之间的天然石桥或是躺倒的松树干上，高空行走，早已习惯。那韩菱纱为解救族人，经常深入各种奇异之地，什么古怪地形没见过？故此也不惧。而柳梦璃比较特别，听起来她是生活比较规矩的官家小姐，却不知何故，足踏如此险地，却依然神色如常，衣带飘风，保持着矜持文静的大家小姐风范。

听过酒仙翁的提醒，三人全都全神贯注，用心提防。只是，行走了一阵，却丝毫没有什么酒坛成精前来骚扰。渐渐地，他们便放松了警惕。走了一时，他们在一条锁链末端维系的平台上，看见那平台上空，果然悬浮着一只小酒坛。

这酒坛形状比较精致，并不大，也就一两个拳头的大小，它的造型十分古朴，无论粗陶材质还是不加修饰的造型，都显露出一种动人的原始美。显然，这只小酒坛的年代十分久远，甚至还要追溯到上古。此刻它正悬在半空中，缓缓地自旋，散发出一丝红彤色的光芒。

虽然酒仙翁并未明说他所需要的小酒坛是什么特征，但当云天河他们看到这只悬浮空中小酒坛的第一眼，便知道它就是酒仙翁所需要的。

“这也没什么难嘛。”云天河说道。他和二女看得分明，虽然那小酒坛悬浮半空，看似神奇，但离地不过一人多高；只要稍一跳起，便能将它揽入怀中。

“怎么酒仙翁他老人家出了这么简单的考验题目？”云天河心中想道，“难道他真的认识我爹？”

这么想着，他便走上前去，想跳起拿下那只小酒坛。谁知道就在这时，异变陡生！就在那小酒坛的下方平台上，零落堆放着一些酒坛酒爵，很多都是破损的残片；本来云天河三人都不以为意，还以为是堆在地上的一些垃圾。谁知道就在云天河想过去跳起拿下酒坛时，却冷不防那酒器堆中，蹦出一物。

突然跳起一样东西，便把云天河几人吓了一大跳。他们定睛一看，却见是一只表面光滑无比的深褐色酒坛。和空中悬浮的那只小酒坛不同，这只深褐酒坛更大，约有半人多高，而且造型相对更新，不仅材质光滑，那口小、肚大、细底的样子，也更加近代。不仅如此，它坛身还贴着一张菱形的“酒”字红纸，那坛口还粘着一张黄色的符纸，上面画着繁杂的符纹。

“哈！”见到这酒坛突然蹦起，云天河先是一惊，转而笑了起来，“酒坛成精！你终于出来了！说，是‘千杯不醉’呢，还是‘万盅不倒’？”

“哼！”那酒坛精从坛口冒出一声冷冰冰的哼声，瓮声瓮气叫道，“本大仙是‘千杯不醉’，难道你们这些凡人也听过我等的大名？”

“刚听说。”韩菱纱接口说道，“‘千杯不醉’是吧？跟你商量个事情——我们要帮那边的老人家拿坛酒，显得我们的敬老之意。你且让开一下，我们拿了那酒坛就走。”

“哈哈！我果然没猜错。”这千杯不醉酒坛精冷笑道，“果然又是那个老不修指示的。”

“呃？”云天河三人闻言愕然。

“别装糊涂了！”酒坛精恨恨说道，“就是他总是指使人来偷美酒，我们不许，总被打破。你们看——”它一指旁边地上那些酒坛残片，“它们都是我们同族的尸体。”

“呃，是这样啊。”这时柳梦璃上前，施了一礼，客气地说道，“这位酒坛仙人，我们只是要取走这坛酒水，完成须臾幻境的考验任务，实在情非得已，还望阁下莫要为难。”

“哼！不要假惺惺了，本仙人就是不允许，要阻拦，你们要怎样？”千杯不醉蛮横说道。

“怎样？”韩菱纱也生气了，恨声说道，“没见过你这样野蛮的妖怪，没读过书吧！你要阻挡，那只好请你去跟它们做伴！”说着，她一指那堆垃圾碎片。

“好哇！”酒坛精冷笑道，“好狠的女孩儿！今天看谁把谁变成碎片。”它忽然呼啸一声，顿时那酒器堆中，又飞起四五只酒坛，外形和它一模一样。它狞笑道：“你这几个凡人，正是细皮嫩肉，今日正好留下你们，酿几坛血酒！啧啧，那滋味……”说到这里，它那恐怕已有了血肉的坛腹中，发出一阵令人颤抖的奇异咕噜声。

伴随着它这句话，其他刚刚飞起的酒坛精，也一阵“轰轰”大笑，纷纷说道：“前几回杀死的凡人，酿成的血酒已经喝完了，你们来得正好。”“你们皮相更好，在我们肚里酿出的酒更有滋味，一定会让我等仙力更上层楼！”

乱哄哄说着，它们便一哄而上，发出恐怖的“吱吱”吞噬之声，朝云天河几人扑了上来！

“大胆！”

云天河和二女立时大怒，各出兵器，出手如风，朝那些酒坛精砍去。只是，一用兵器，他们才知，这些酒坛精不同于以前见过的任何妖怪；无论自己刀剑如何锋利，一砍上它们的坛身，却立即被那滑溜溜的坚硬表面给滑到一旁，除了发出几声铿锵脆响，丝毫不能伤它们分毫。

见得如此，那些酒坛精更加嚣张；云天河站在前面，首当其冲，竟被一只千杯不醉酒坛精冲破防御，往他肚子上猛地一撞——霎时间云天河往后“咚咚咚”退了好几步，差点到了平台边缘，才勉强稳定身形。

见得如此，云天河又惊又怒，立即弯弓搭剑，默运玄功，喝了一声：“落星式！”顿时有数支灿烂的剑芒自玉腰弓上激射而出，将几只冲在最前面的酒坛精笼罩其中。

“咯——”只听一声碎裂轻响，剑芒散尽，有一只酒坛精坛身上裂出一道细细裂纹，其余几只酒坛精倒是毫发无损，只是被落星式的剑芒冲击得东倒西歪。

柳梦璃传授的落星式，在云天河心目中，从来是无往不利的神技，没想到在这须臾幻境中，竟然战果收效不大。见此情状，云天河暗自心惊。在他施展出落星式之时，韩菱纱也念咒施展出雷灵仙术“惊雷闪”。和云天河的落星式相似，这威力强大的惊雷闪，也只不过是把酒坛精们劈得东倒西歪，并没有达到真正的杀伤目的。

“呀，看来五灵相生相克之理，竟在这些酒坛精身上应验了！”一看仙术无甚效果，韩菱纱心中暗自吃惊。

就在他们暂且无功而返之时，那些凶恶的酒坛精却是瓮声狂笑道：“小娃儿，没想到你们还会弄法术。怎么样？伤不了我们半根毫毛。不过你们会弄法术，我等酒坛仙人，也不是吃素的！”

说着话，它们悬在半空的坛身，原本只是缓缓自旋，这时却突然转得飞快，带起一阵阵摄人心魄的啸音。在这阵低沉刺耳的啸音之中，那些酒坛精的坛口中，忽然飞出无数碧绿色的水滴，洒向半空，转眼纷落如雨！

这些遽然洒出的水滴，样子和前些时在太一仙径紫微道中遇到的冰蛤毒雨差不多，只是闻起来带了些酒气。正因如此，在那些酒坛精放出毒酒碧雨之时，保持着警惕的云天河三人，向后急避，倒是闪过了最主要的攻击。尽管如此，还是有些飞溅的毒雨沾上刚才站在最前的少年衣襟上，顿时便腐蚀出几个细洞，边缘焦黄，跟火焰灼烧过一样。

见得如此，云天河三人大惊失色。“这样下去不是办法！”刚才出手却没怎么奏效的云天河与韩菱纱，心中都是大急。正当他二人焦急万分之时，刚才一直没有出手、只是冷眼观察的柳梦璃，却忽地沉吟道：“腹中有毒雨啊……”

说着话，她素手轻抬，在眼前空中画了一朵六瓣雪花的形状；与此同时，她口中念念有词，到最后高叱一声：“疾！”顿时这幽暗空中，出现一朵巨大的冰冷雪花。这朵雪花几乎有半亩大小，自柳梦璃面前生发，很快就飞向那几个酒坛精。

千杯不醉酒坛精见刚才一阵毒雨就把云天河几人逼得狼狈逃窜，正得意扬扬、嚣张无比。当它们狂笑之时，看见文静的少女信手在空中凝成一朵巨大的六棱雪花，俱是不解其意。

“怎么？这雪花倒是大，可是轻飘飘的，想把我们撞碎？那还不如继续拿刀剑砍我们，那样显得不太蠢。”

这几只酒坛精同声相应，都在放肆地嘲笑柳梦璃这看似花架子的法术。

只是，在它们嚣张的笑声中，空中那看似优美空灵的巨型雪花，却突然降落在它们中间；顿时六棱形状蓦然寒光一闪，竟是瞬间就将它们冻住！

“哎呀！”一觉得寒气逼人，那些酒坛精先是一惊，很快便狂叫道，“用这雪花给咱仙人纳凉吗？不想活了！”说着话，它们便急运坛腹中已经修炼酝酿了不知多少年的毒酒碧雨，想将那个可笑的少女给毒杀。

说起来，这些酒坛精别看坛肚颇大，但心眼儿肚量却极小；刚才它们只是稍微受了一点点惊吓，这时就运用腹中全部毒水，想让柳梦璃身上千疮百孔，死得惨不忍睹！

谁知道，原本只要轻轻运功，腹中便能喷出毒雨，这时候肚中竟纹丝不动！它们一时还没反应过来，立即加大了力气运功，谁知道也只是最多在坛口冒出几点毒水。费尽力气冒出的几点毒雨，不仅数量少，还根本喷不高；在坛口咕嘟冒了几下，全都流离在坛口，看起来倒好像生活不能自理地流口水。

这一下，几只千杯不醉酒坛精顿时觉得不妙。只是，当它们想挣扎逃脱，却发现那只巨大的六芒寒冰雪花如同锁链，将它们紧紧冻牢！发现这情况，它们心里一凉，并且越来越凉……没过多时，便觉得那已经被冻得毫无知觉的坛肚，突然间“咔嚓”一声破裂，转眼便是“砰”的一声，如同被踩裂了肚子的癞蛤蟆，那坛腹中已经修炼成五脏六腑的血肉，顿时便爆了开来！

在这阵令人恐惧的爆破声中，刚才还不可一世的凶狠酒坛精，便“撕心裂肺”“柔肠寸断”“肝脑涂地”了……

# 第四十六章 冰封永寂，难阻焚心似火

峰壑辗转日月追，
谁闭尘关不得归？
长欲挥剑断逝水，
却尽青春铸劫灰。

柳梦璃用水灵仙术“六芒雪”解决了酒坛精，一地血肉模糊。

相对二女，云天河有些没心没肺，才不管满地的血气，脚尖点地，一跃而起，探手摘下那空中的小酒坛。那小酒坛，一被他拿在手中，便倏然缩小，变得比大拇指大不了多少。

“哈！原来如此。”见得酒坛缩小，云天河大喜，“本来还想着，九十九只酒坛怎么拿；原来它能应手缩小，倒是省去来回跑腿的麻烦。”

见酒坛竟是如意缩放的宝贝，韩菱纱和柳梦璃也十分高兴。三人立即变得士气十足，抖擞精神前往其他地方拿取小酒坛。当他们离开已经取过酒坛的地方，偶尔回首看去，却见已经被摘下酒坛的地方，却又有一只新的酒坛悬在原处；这酒坛和先前摘下的一样，只是已无那种红彤色的光芒。见得原地无中生有，又有新的酒坛出来，云天河三人十分惊奇。只是当他们回身想去重新摘下，却发现永远是看得见，摸不着，再也拿不下酒坛的实体。

“难道这是酒坛的魂魄吗？”韩菱纱嘟囔一句。确认了原处的酒坛无法重新再拿，他们便往新的地方继续寻找。

有了刚才的经验，他们对那些看似胡乱堆着的酒器有了充分的警惕。果不其然，要是他们不走近悬浮在空中的红光小酒坛还好，一旦走近，那杂物堆中就冲出一群妖怪。这些妖怪里，有些就是刚才的老相识“千杯不醉”，还有酒仙翁提醒的“万蛊不倒”。

万蛊不倒也是酒坛成精，和深褐色的千杯不醉不同，万蛊不倒是一些深青色的酒坛，显然当年炼制时的材质不同。万蛊不倒酒坛精的身上贴的是一张菱形的褐色纸张，上面写着“醇”字。和无翼而飞的千杯不醉不同，万蛊不倒已修炼出一对雪白的翅膀。在空中飞舞时，若离得远了，还以为是什么体形大一些的怪鸟。

万蛊不倒的本事倒和千杯不醉只在伯仲之间。一旦云天河三人有了准备，拿下自然不在话下。除了酒仙翁指名提醒的这两种妖怪，还有“神仙灯”“兽面爵”，都是古宫灯、古酒爵成精。酒坛成精也就罢了，三人队伍中，韩菱纱一见连古代宫灯、酒爵这些值钱古董都成了精，顿时既是气愤，又是心疼，下手便格外地狠。那神仙灯能打出火光漫天的“爆烈袭”，兽面爵能打出寒冰刺骨的“酒冰刺”，和酒坛精的毒酒碧雨混合在一起，倒是给三人造成了不少麻烦。

不过也就仅仅是麻烦而已。这些酒器宫灯成精，毕竟灵智低下；当云天河三人有了防备，往往离得还有很远，就开始拿“落星式”“惊雷闪”“六芒雪”远程突袭。在他们这种先下手为强之下，很少有精怪给他们造成真正的麻烦。

事实上，当云天河三人拿到二十多只酒坛时，便发现，这个考验真正的难题，在于时间。那酒仙翁只给了半个时辰，说短不短，说长也不长。毕竟这地方实在太过广阔，光在各个平台间奔走，就足够人疲于奔命了，何况中间还要解决那些捣乱的妖怪。

这种时候，就能看出他们三人拜入琼华门下的坚定意志了。紧张的时间限制下，云天河和两个女孩儿好像被激发出所有潜能。他们在青铜链路上奔走如风，到得一处平台上，先不分青红皂白一阵闪电冰雨，犁平妖怪，便探身摘下红辉酒坛。有了固定的模式，虽然云天河三人觉得越来越麻木，但效率确实越来越高了。

最后，三人好不容易凑齐九十九只缩微的酒坛，返回酒仙翁倚靠的青铜方鼎前，再取出这些缩微酒坛时，这些酒坛便迎风而长，又恢复成最初的大小。三人齐心协力，一起将酒坛中的美酒倾倒在地上那只酒缶中。当最后一坛美酒倒在酒缶中后，便见到旁边地上那朵桃红色的酒焰火苗，正好闪烁了最后一次，便告熄灭了。

“太好啦！”云天河见状用力一挥拳，“来得真及时！老仙翁，我们这就通过考验了吧？”

“哦？”和云天河的兴奋样子不同，酒仙翁看着那已经美酒荡漾的青铜酒缶，却是不置可否，“老夫刚才怎么看着，在你们倒完最后一坛酒水前，那酒精之焰便已经熄灭了？”

“什么？”云天河闻言，一时呆住了，“难道是我看错了？”他有些不确信，忙回头问两位同伴：“菱纱、梦璃，我看到来得及的，你们看到的跟我一样吗？”

“当然！”韩菱纱有些怒气冲冲，“天河看得没错，明明来得及的！你说呢，梦璃？”

“老仙翁，确实如此。”柳梦璃行了一礼，“若是来不及，我等手脚也会更快的，绝不至于费了这一番力，却最后差在这一时半刻。”

“哎呀，”酒仙翁一副不快的样子，“你们几个年轻人，难道欺我年老眼花，有意欺瞒老夫？”

“老人家，绝不是如此——”韩菱纱见状，连忙好言解释。谁知道刚才还一副慈眉善目模样的酒仙翁，却是骤然翻脸：“不用说了！”他厉声喝了一声，又换上一副痛心疾首的表情，“世风日下，人心不古！连我这样只会喝酒的糟老头子，你们也要欺负哄骗，真是可叹可气！今天我老人家就算豁出这副老骨头，也要惩罚你们这些不实诚的后生！”

话音刚落，他一拍座下巨大酒葫芦，霎时那酒葫芦飞空而起，悬在半空中。俯瞰三人的酒仙翁，一脸傲然，哪还像他口中“糟老头子”的样子？

“琼浆醉！”

只听他一声大喝，顿时便从半空中飞下一阵酒雨。这酒雨飞洒如箭，看架势倒是和酒坛精的毒雨差不多，但并无刺鼻毒味，反倒是酒香四溢。味道好闻，却不代表它好惹，还在半空中时，云天河几人就听见它们劲气破空的“嗤嗤”响声。

云天河几人闻声大惊，赶紧朝旁边退让。谁知道还是晚了，韩菱纱此时正离得最近，还在闪避之时，那手臂上便已经中了十多点“琼浆醉”。霎时间她那条胳膊如遭重击，冒出鲜血的同时，整个人还不受控制地朝后一荡，顿时让韩菱纱差点疼出眼泪来！

可以说，刚才取那九十九只酒坛，遇到那么多精怪，造成的损伤还不及酒仙翁这一次攻击！柳梦璃见状大惊之下，立即挥指如电，迅速扔出几颗没药和丁香，施展治疗绝技“沉水润心”，赶紧将韩菱纱手臂上的伤势止住。

“老人家你！”到这时，连最平和的柳梦璃，也忍不住动起气来。韩菱纱转眼受伤的事实，终于让这三人弄明白一件事：酒仙翁口中的“惩罚”，可是要见血的！他已下了狠手，如果自己不全力反击，丢了性命也是很可能的！

想到这个，他们三人几乎不约而同地想到一件事情：

号称人间仙境教门的昆仑琼华派，哪有这么容易进；虽然在此之前琼华派上上下下，没有一个人提到一个“死”字，今日所历所闻，却是步步危机，一个不小心，就会丢命！不用说别的，先前那些成精的酒坛、通灵的宫灯，又是毒雨、又是爆炎，哪个不是致命的法术？这是他们三人手底下真有两下子，如果换了寻常的武功高手，比如先前遇见的耿峰、巴靖安、石榴，早就死了不知多少遍！而这酒仙翁，才一出手，也是毫不留情啊！

现在，他们三人终于有些理解先前石榴女侠说的话了。很可能，他们就是在这须臾幻境的试炼中，发现以他们当前的实力，根本就没资格出手。

三人忽然想通这一点，俱各心寒，惊怒之际，立即拉开了架势，各施绝技，毫不留手地朝酒仙翁攻击。

“哈哈，小娃儿们，你们终于想通了？”酒仙翁一拍酒葫芦，升到更高地方躲过攻击之后，便是仰天大笑，“你们以为能够问道升仙的昆仑第一修仙门派‘琼华’，是这么好进的？不消说了，今日你们是甭想走出这个地方了！”

话音未落，这老谋深算的酒仙翁，忽然又是一拍胯下酒葫芦——这次并非让它再次飞高，而是葫芦口上的塞子突然“砰”一声迸开，顿时又是一阵白茫茫的酒雨从酒葫芦中喷出。

“这次见识见识老仙儿的‘酒泉飞雨’如何？”酒仙翁大笑声中，长袖急挥，那些白茫茫酒雨忽然化作无数带着酒气的寒冰鸦形，密密麻麻地朝三人扑来！

“好个老头儿，什么酒泉飞雨，该叫酒泉飞鸦还差不多！”云天河一边急蹦乱跳飞躲，一边不服地大叫。

“笨蛋，这时候还跟他计较仙术名？”韩菱纱奔逃中目瞪口呆，赶紧双剑急舞，挥出几道剑芒，帮少年挡住紧追身后的奇异冰酒寒鸦。

“快！我们走成三角形！”这时候柳梦璃忽然大叫。

“好！”其他两人都不是笨蛋，一听少女这般说，立即分别朝两个方向奔去。

刚才这阵子，他们已经看出来，这酒仙翁实际并不能飞离青铜方鼎多远。否则一开始那道帮忙拿酒的考验题，便不成立了。所以，只要三人形成三角之势，酒仙翁的攻击效果就大大减小。当然，如果此刻跑得远远的，倒是一时安全，但如何完成考验，就成了个不了之局。

“好小娃，果然滑头！”酒仙翁见了，气得白胡子一抖一抖，“就算这样，你们也好不了！”

说着话，酒仙翁又是“琼浆醉”、又是“酒泉飞雨”，甚至一开始用来计时的酒精之焰，也用来攻敌。一时间，这本来有些昏暗的奇异空间里，漫天白雨红焰乱飞，倒煞是好看！

酒仙翁这些仙术虽然看起来凌乱，但其实暗地里都有一定目的。如果这时候有个熟知仙术又精通实战经验的人在一旁观看，就能看出，酒仙翁打出的好些法术，并不在乎攻击伤害本身，而是攻击的方向，总是逼着他们三人走乱阵形，或是连成一线，或是挤成一堆，总之不再能呈最稳固、又两两间平均距离最大的三角之形。

可是，让这位经验丰富得可怕的酒仙翁没想到的是，下面这三位小男女，别看相互间并肩作战、合作磨合的时间并不长，但一种很难用常理解释清楚的可怕默契，却在他们三人间悄然存在。

所以，别看酒仙翁的仙术满天乱飞、暗藏祸心，他们三个人之间大致的三角形状，却始终未变。这样一来，无论酒仙翁怎么竭尽全力地攻击，所收到的实际效果始终有限。何况，和一般的队伍不一样，这三人中，还有个很难得的治疗师：柳梦璃。

这位文文静静的女孩儿，作为一个七品县官的大小姐，也不知道从哪儿学来那么多秘术；这些秘术，最难得的就是有一些能够止血疗伤的法术，比如那个已经几次发挥作用的“沉水润心”。在这种比拼仙术层次的战斗中，有一位治疗师的存在实在太重要了。有了她的存在，其他伙伴的战斗力等于翻了好几倍！

这个道理很容易想通，假设没有治疗师的存在，只要稍微受点伤，也不用多少严重，在这种瞬息万变的战斗里，他就必须赶紧脱离战团。可是，如果受了伤，哪怕是挺重的伤，有个可靠的治疗师用不同于世俗郎中的仙术秘技，帮你瞬间止血痊愈，就很快又能生龙活虎继续战斗，那不等于就是多了好几个人力！

当然，这样的治疗师有用是有用，但放眼世间，却是实在太宝贵了。先前那三个武林中人，始终困于白灏道，一个关键的原因就在这里。很多撑一撑就过去的战斗，却因为没有治疗师，战斗过程中无以为继，只好含恨放弃了。正因这样的稀缺道理，所以别看云天河还懵懵懂懂，不知好坏，那久历岁月的酒仙翁，见到有柳梦璃这样的人物，却是暗暗心惊。

“唉，难道现在外面的世道变了？”酒仙翁继续施展仙术时，心中却暗暗想道，“怎么这三个少年人却是如此难缠？照这样打下去，老夫这面子恐怕要丢在这里了。”正这么想着，他那敏锐的灵机忽然察觉到，正在自己身后方位的少年，估计是看到自己好像有点出神，便觉得有了机会，竟然当机立断，不顾危险地飞扑上来，持弓横扫，想要把自己打下坐骑葫芦来。

“呵呵！臭小子，你胆子倒是挺大，若是换了个人，恐怕真让你得手。”

酒仙翁心中暗想，暂时装着毫无所知，却在云天河快扑近时，突然一转身，口中喷出一口酒水，又用手一拂，吹上一股至寒风气，顿时便让还在空中飞射的酒水凝成一根锋利的冰凌。这冰凌不亚于一把锐利的刀剑，尤其在云天河飞身上前时，更是致命至极！

“啊！”

其他二女见状，都是脱口惊呼；而这时云天河也陡然看到了危机——只可惜，哪有所有的战斗都顺风顺水？当他发现危机时，那闪烁着寒光的冰凌已经向他前胸刺来，而他的身形已经飞扑在空中，想要做任何躲避的姿势已经完全来不及了！霎时间，云天河的瞳孔本能地放大，哪怕平时再是胆大，这时也发出本能的惊恐表情！

眼看着，云天河就要殒命在这支寒光闪烁的冰凌之下。只是，就在冰光闪烁中，按照幻境设计本能行事的酒仙翁，那本不应有自己真正思维的内心里，却忽然闪过一丝念头。电光石火间，他看着少年那张惊慌失措的脸，突然间觉得是如此熟悉——这一刻，那短暂的一瞬间仿佛被切分了无数个片段；本来禁锢的内心，突然在这段时间的碎片中，涌现出无数个想法。随着这些意识的疯狂涌现，在眼前的冰光耀映里，酒仙翁的脸色也瞬间变幻了许多表情：

他先是仿佛看到一番可怕的景象，仿佛比现在少年看到的还要恐怖万分，一种深入骨髓的惊惧展现在他脸上；俄而他有些迷惑，他看了看眼前惊惶的少年，又反思内视了自己的内心；转而他忽然又好像陷入回忆，脸色悠远而凝重，好像想起了一些已经很久不愿碰触的往事；再后来他的神色变得悲伤，好像既哀叹往事的残酷，又惆怅未来的恶兆。

总之这短短的一瞬间，这位极为奇特的幻境仙人，已经看到了无数过去、现在、未来的景象碎片，并与此同时产生了无数的喜怒哀乐、七情六欲。在这样世间罕见的思维剧变之末，他忽然叹息一声，在自己空明的躯壳中，用外面无法听到的震耳欲聋声音吼道：

“既种孽因，必有恶果；欲强消除，必遭天谴！

“幻境非幻，须臾永恒！

“今日我强种善因，以此一点恩由，为琼华全派上下，于将来保留一点种子！”

说罢，就在无限细分的那一瞬间最末几个时间片段中，酒仙翁突然出手，猛地一挥，就把那支凶险无限的寒光冰凌挥碎成无数轻细的冰末。紧接着，他长袖一拂，如同卷过一道春风，将那个面临绝境的少年轻轻地卷起放到地上。

少年触地的一刹那，他忽又用无人听到的声音，对着自己的“内心深处”说道：“你不知道我知道的。”

这时候，就在酒仙翁空荡荡的身躯内，在心脏的位置处，却有一个闪烁幽绿微光的细小身影。这身影，若仔细看，竟和酒仙翁的样子一模一样！只是它此刻很小，倒立，还闪烁微绿光芒。本来这幽绿倒影甚是平静，但在酒仙翁说出“你不知道我知道的”时候，微小倒影却绿光一闪，如同应声虫般重复了一遍：“你不知道我知道的。”

显然酒仙翁听出了内心中滋生的淡绿倒影的声音。他只是微微一笑，不再理会，去收了漫天仙术，按下酒葫芦，落在了地上。甫一落定，他随手弹去先前韩菱纱和柳梦璃惯性攻来的法术，然后展颜一笑，无比慈祥地说道：“唉，想必老夫确实老眼昏花，那酒精之焰并未烧完，竟错怪了你们。罢了罢了，这‘酒’字一关，就算你们过了。”

“……”

无论是大难不死的云天河，还是刚刚来得及收住攻击的韩菱纱、柳梦璃，看见酒仙翁这副表情、听到他说这话的语气，全都目瞪口呆。

而在他们还未完全清醒过来时，那酒仙翁的脸上已浮现一丝古怪的笑容，只看着云天河一人，说道：“酒关已过，按‘酒色财气’顺序，下面你们就要过‘色欲’之关了！”

“色、欲、之、关？”云天河三人听闻此言，愣了一下，就变得神色忸怩，脸上全都红了……

暂且不提这奇异的须臾幻境中发生的事情，再说这琼华派中。几乎就在酒仙翁于内心中吼出那几句话时，琼华派后山一处山洞里，也发生了一件不寻常的事情。

这处洞穴，僻处琼华派后山角落里。与一番洞天福地、四时长春景象的琼华派前山主体不同，这处洞穴的周围，却是一片枯寂寥落的景象。就好像太一仙径中从紫微道进入白灏道、寂玄道，琼华派的道场延伸到这里，进入一片死寂。事实上，这里也是琼华派不为外人所知、甚至不为新入教弟子所知的禁地。

这一处发生异事的万年溶洞，更是这片枯寂禁地的中心。如果有人走到这里，会发现这处幽邃的洞穴里，已经不是枯寂萧瑟能够形容；整个洞穴中，到处是白雪覆盖、寒冰凝结。尤其在那洞穴深入进去的一片空地上，更是有一块寒光闪烁的巨大冰块矗立洞穴中央。

这块巨冰四周，布满了无数冰凌：它们犬牙交错、尖锐锋利的样子，就如同无数锐利无比的刀枪剑戟。按一般常理，这样深邃的洞穴应该黑暗无光才是，只见这洞穴的地上和四壁，由奇异的矿石组成。它们如同夜明珠一样，纵然没有其他光源的耀映，也常年散发着冰蓝色的幽幽光芒。

在这种冷光的照射下，矗立洞穴深处中央的巨大冰块，也通体散发出荧荧的幽蓝光芒。如果只是深洞、萤石、巨冰也就罢了，在这人间仙境的莽莽昆仑中，比这里奇特的地方更多。但是，最罕见的地方在于，就在这块巨大寒冰中，仔细看里面竟是冰封一人！不仅如此，就在这块冰块的外面，还插着一支通体流动炎烈赤红之色的奇异剑器！

如果这时候云天河和韩菱纱、柳梦璃也来到这里，就会发现，这把冰中之剑的造型，是如此地熟悉。这种熟悉，并不是说他们见过相似的宝剑，而恰恰相反，这种熟悉比较特别，乃是一种“相反相成”的熟悉。

原来，如果说云天河所持的那把冰蓝细剑为“阴”，那这把炎烈之剑便是毫无疑问的“阳”。如果只是阴阳属性相反也就罢了，偏偏云天河所持之剑，每一个造型细节，都和这把炎烈之剑相反！比如，云天河之剑的锋刃，呈现深海水蓝的颜色，那炎烈之剑的剑身，就仿佛流动能将四海之水烤干的烈阳红色；云天河之剑缺失剑格护手的部位，细看隐有太阴月痕，那炎烈之剑相同的部位，便灼刻太阳日轮。

所以，如果云天河几人在这里，见此冰中之剑，定会惊呼：这两把剑怕是一对吧？！

如果说，一把赤炎日轮之剑，出现在这冰封之地里，还不算特别出奇，那这块巨大寒冰里，竟然冰封着一人。冰洞莹莹的光辉中，这冰封之人，却是一个英俊飘逸、丰神俊朗的男子。他穿着琼华派的袍服，上面绣着一些现在琼华派众人袍服上已经很少见的徽纹；那犹如皓月的额头正中，有一痕天然生就的赤红肤纹，宛如一朵烈焰升腾。如果说他已经死了，却肌肤润泽，口鼻微微翕动；若说他还活着，恐怕依照常理，世间没有一个人能在这样密闭寒冷的冰块中生存。

不过，这样是生是死的疑问，很快就有了答案。在须臾幻境酒仙翁面对云天河下定决心的那一瞬间，那好像沉眠千年的俊伟男子，紧闭的双目却在满洞迷离的冰光中，瞬间睁开……正是：

峰壑辗转日月追，
谁闭尘关不得归？
长欲挥剑断逝水，
却尽青春铸劫灰。

图书在版编目（CIP）数据

仙剑奇侠传. 4 / 管平潮著. — 北京：北京联合出版公司, 2014.8（2014.12重印）

ISBN 978-7-5502-3190-0

Ⅰ. ①仙… Ⅱ. ①管… Ⅲ. ①长篇小说－中国－当代 Ⅳ. ①I247.5

中国版本图书馆CIP数据核字（2014）第126097号

仙剑奇侠传. 4

作　　者：管平潮
责任编辑：王　巍　陈　昊
特约监制：孟　祎
策 划 人：吴志硕
产品经理：谢梓麒
特约编辑：李　彤
封面绘图：寸身言
版式设计：刘珍珍
封面设计：宋晓亮

北京联合出版公司出版
（北京市西城区德外大街83号楼9层　100088）
廊坊市兰新雅彩印有限公司印刷　新华书店经销
字数311千字　710毫米×1000毫米　1/16　18印张
2014年9月第1版　2014年12月第2次印刷

ISBN 978-7-5502-3190-0
定价：33.00元

仙剑奇侠传
肆